Marzo 2020 © Informapress, Pistoia

https://www.informagiovani-italia.com
https://www.facebook.com/Informagiovani.Italia

https://www.informagiovani-italia.com/biorgrafie.htm

Italo Svevo

Senilità

Sommario

Biografia   4

Prefazione alla seconda edizione   12

Capitolo I   15

Capitolo II   26

Capitolo III   36

Capitolo IV   49

Capitolo V   68

Capitolo VI   84

Capitolo VII   96

Capitolo VIII   112

Capitolo IX   123

Capitolo X   140

Capitolo XI   166

Capitolo XII   185

Capitolo XIII   217

Capitolo XIV   227

Biografia

Italo Svevo, pseudonimo di **Ettore Schmitz**, è stato un romanziere e drammaturgo tra i più importanti nel panorama letterario italiano, scrittore di racconti, pioniere del romanzo psicologico in Italia. Nasce in una famiglia borghese, figlio di un commerciante di vetro tedescoebraico e di una madre italiana. Scrittore che ebbe soprattutto fama postuma, porterà con sé in tutte le sue opere, il legame centrale dell'essere umano nel contesto dell'epoca in cui vive. Come egli stesso disse *"L'autobiografia, come è indicato dalla parola stessa e come l'intendono Alfieri, Rousseau e Goethe, dovrebbe essere lo studio del proprio individuo e in seconda linea, onde spiegare questo individuo, lo studio della propria epoca"*.

Così fu nel primo Svevo inserito nella **cultura mitteleuropea**, e continuò nel tardo Svevo, cittadino dell'Europa del primo dopoguerra, immersa nelle contraddizioni che abbiamo conosciuto sfociare in un'altra terribile guerra. La vita di Svevo è in effetti un riflesso delle ambiguità (irrisolte) della sua epoca storica e della identità riposta nella cultura nella quale cresce. Amico di **James Joyce**, grande poeta e romanziere irlandese, Svevo è considerato un pioniere del **romanzo psicologico in Italia**, noto soprattutto per il suo *La coscienza di Zeno* (del 1923).

"Traversava la vita cauto, lasciando da parte tutti i pericoli ma anche il godimento, la felicità." (Italo Svevo, Senilità, 1898)

Italo Svevo nacque a <u>Trieste</u> il 19 dicembre 1861, da una famiglia borghese di **religione ebraica** nell'allora **impero austro-ungarico**. In seguito ritornò in una scuola commerciale a Trieste, ma le difficoltà economiche del padre lo costrinsero a lasciare la scuola e a diventare impiegato di banca. Continuò a leggere e studiare da solo e cominciò a scrivere.

Come Trieste, allora importante città portuale dell'Impero, all'apice del suo benessere e sospesa tra due culture e due nazioni, così fu la vita e l'animo di Svevo, sospeso a metà. Di padre tedesco e di madre italiana, acquisì una formazione iniziale in ambiente linguistico tedesco, avviato agli studi in Germania, nella città di **Würzburg** dove venne mandato all'età di 12 anni e quindi introdotto agli studi commerciali, che poi abbandonò nel 1880, in seguito al fallimento dell'industria paterna. Gli studi in lingua tedesca influenzeranno profondamente l'amore per la letteratura, permettendogli di leggere i maggiori autori classici tra cui **Richter**, **Schiller** e **Goethe** o **Schopenhauer**. Aspirerà sin da giovane alla migliore conoscenza dell'Italia, nel viaggio e nella letteratura e in particolare nel recarsi in città come **Firenze** per studiare al meglio e correttamente la lingua italiana. Non sarà un caso se più avanti deciderà di abbandonare il vero nome, che infatti era **Aron Hector Schmitz**, e più volte cambiato prima di arrivare al nome per il quale è oggi conosciuto.

La volontà e determinazione di scrivere del giovane diventerà sempre più forte, nonostante i vent'anni impiegati a lavorare in banca (filiale triestina della Unionbank viennese). La più accanita volontà di scrivere era dalla sua parte, in parte colmata dalla collaborazione come recensore teatrale per il giornale triestino **L'Indipendente**, nonostante il lavorare gli prendesse gran parte della giornata (lavorava nell'industria di vernici del padre di sua moglie, **Livia Veneziani**, sposata nel 1896 e dalla quale avrà quattro figli, tre maschi, morti in guerra, e una femmina, Letizia, vissuta fino al 1993). In questo periodo riuscì a farsi pubblicare una serie di racconti sotto lo pseudonimo di **Ettore Samigli** (*Una lotta* e *L'Assassinio di via Belpoggio*).

Pubblicò il suo primo romanzo, a trentanni, nel 1892, con il nome di Italo Svevo, '***Una vita***', ma ebbe uno scarso successo. Tuttavia questo lavoro fu rivoluzionario nel suo trattamento analitico e introspettivo delle agonie di un eroe inefficace (un modello che Svevo ha ripetuto nelle opere successive). Un'opera potente ma sconclusionata, il libro fu ignorato al momento della sua pubblicazione.

Al contempo la conoscenza di Svevo dei grandi classici aumentava sempre più, in proporzione alla sua ferma convinzione di voler diventare uno scrittore. Dopo il lavoro, amava frequentare la **biblioteca civica di Trieste**, passando il tempo in letture come **Boccaccio** e **Machiavelli**, ma anche **Zola** e **Flaubert** o **Stendhal** e **Tolstoj**, e senza tralasciare opere scientifiche come quelle di **Charles Darwin**. Nel frattempo, continuava l'attività commerciale nell'industria del suocero, specializzata nella produzione di vernici industriali usate nelle navi da guerra, espandendo il business anche all'estero (tra cui l'Inghilterra). Per portare avanti l'azienda familiare, nei primi anni del Novecento, Svevo si trasferì nei dintorni di Londra, esattamente nella città di **Charlton**: da questa esperienza nacque il suo scritto "***This England is so different***" (**E' tanto differente questa Inghilterra**) edito da **John Gatt Rutter & Brian Mulroney**. Nel frattempo, nel 1903 pubblicò la commedia '***Un marito***'.

Un anno prima di entrare nell'azienda del suocero, nel 1898 pubblicò il secondo romanzo, ***Senilità***, un altro insuccesso, che lo porterà quasi ad abbandonare l'attività letteraria. Nel 1904 moriva l'amico **Umberto Veruda**, un nuovo dolore che getterà Svevo nello sconforto, così come avvenne qualche anno prima per la morte dell'amato fratello, dei genitori e delle sorelle. Un calvario di lutti affrontato grazie alle attenzioni di colei che sarebbe diventata sua moglie.

Per via dei continui viaggi di lavoro a Londra, capì che doveva imparare la lingua inglese: fu così che nel 1907, durante un corso linguistico alla **Berlitz School di Trieste**, conobbe uno dei suoi insegnati, un giovane **James Joyce**. Con il futuro scrittore irlandese diventarono grandi amici, e questi lasciò leggere all'uomo d'affari di mezza età alcune parti dei suoi "dublinesi" inediti, dopo di che Svevo produsse timidamente i suoi due romanzi. La grande ammirazione che Joyce nutriva per loro, insieme ad altri fattori, incoraggiò Svevo a tornare a scrivere. Mai incontro si dimostrò più incoraggiante e proficuo per la produzione letteraria di Svevo, ma probabilmente di entrambi; così come nel 1910 lo saranno i contatti con la **psicoanalisi freudiana** attraverso l'amicizia con **Wilhelm Stekel**, allievo di **Freud**, che allora si occupava del rapporto tra poesia e inconscio.

Con il definitivo passaggio di Trieste al **Regno d'Italia**, Svevo iniziò a collaborare al primo importante giornale triestino italiano, **La Nazione**, fondato da **Giulio Cesari**, prendendo anche la cittadinanza italiana e italianizzando definitivamente il nome in Italo Svevo. Grazie alla profonda conoscenza del pensiero umano, acquisita con la lettura, e ai viaggi all'estero, Svevo decise di aprirsi ad un socialismo democratico e pacifista, schierandosi per un'unione economica europea al termine della guerra.

Nel 1919 darà inizio agli scritti del suo *La coscienza di Zeno*, pubblicato nel 1923, un romanzo psicologico (piuttosto un memoriale autobiografico) un'opera brillante sotto forma di un diario di vita di un paziente al il suo psichiatra, nato in un periodo denso di trasformazioni radicali per la società europea, che se da una parte usciva dalla prima guerra mondiale, sul piano culturale si affacciava a nuove '*avanguardie*' artistiche e letterarie, così come sul piano scientifico si proponeva a nuove incredibili teorie, come quelle einsteiniane o freudiane.

Pubblicato a spese dell'autore, come le altre sue opere, anche questo romanzo fu una grande delusione. Tutto questo fino a pochi anni dopo, quando l'amico Joyce affidò l'opera a due critici francesi, **Valéry Larbaud** e **Benjamin Cremieux**, che lo pubblicizzarono e lo resero famoso.

Dopo la lettura de *La coscienza di Zeno* Joyce si era permesso di consigliare all'amico triestino qualche strategia promozionale, con una lettera datata 30 gennaio 1924:

Grazie del romanzo con la dedica. Ne ho due esemplari [...]. Sto leggendolo con molto piacere. Perché si dispera? Deve sapere che è di gran lunga il Suo migliore libro. Quanto alla critica italiana non so. Mi faccia mandare degli esemplari di stampa a:

M. Valery Larbaud

Chez «Nouvelle Revue Française»

3 rue de Grenelle

M. Benjamin Crémieux

Chez «Revue de France»

(troverà l'indirizzo su un esemplare)

Mr. T.S. Eliot

Editor

«Criterion»

9 Clarence Gate Mansion

Upper Baker Street

London

M. F. Ford

«The Transatlantic Review»

27 Quai d'Anjou

Paris

Parlerò o scriverò in proposito con questi letterati.[1]

Fu proprio grazie all'acuta sensibilità di Larbaud, unita all'insostituibile contributo di Benjamin Crémieux e di Marie Anne Comnène, che l'opera sveviana ottenne dunque un'inarrestabile risonanza sia in Francia che – se pur tra accese polemiche – in Italia.

---

[1] *Carteggio con James Joyce, Valery Larbaud, Benjamin Crémieux, Marie Anne Comnène, Eugenio Montale, Valerio Jahier*, a cura di B. MAIER, dall'Oglio, Milano, 1965, p. 29.

In Italia la sua fama crebbe più lentamente, anche se il poeta **Eugenio Montale**, poi premio Nobel per la letteratura nel 1975, scrisse un saggio elogiativo su di lui in un numero del 1925 de *L'Esame*.

Diventerà il primo di tanti estimatori italiani di Italo Svevo. Nel 1925 vengono pubblicati i racconti *La madre*, ***Una burla riuscita***, ***Vino generoso***, ***La novella del buon vecchio e della bella fanciulla***, con una prefazione di Montale Scrive inoltre alcuni pezzi teatrali e l'incompiuto ***Corto viaggio sentimentale***, che verrà pubblicato postumo nel 1949, *Saggi e pagine sparse* (1954); Commedie (1960), una raccolta di opere drammatiche.

Purtroppo non fece in tempo a godersi per molto tempo la fama raggiunta. Da sempre conosciuto per essere stato un grande fumatore, nonostante fosse malato d'asma, il 12 settembre del 1928, a 66 anni, ebbe un incidente d'auto, inizialmente ritenuto non grave, mentre tornava da un periodo di cure termali a Bormio, dove si era recato per curare la malattia. Morì il giorno dopo, per cause legate all'incidente ma soprattutto per l'enfisema polmonare di cui soffriva da tempo. Il suo '***Le confessioni del vegliardo***', una continuazione de *La coscienza di Zeno*, rimarrà incompiuto. Il carteggio di Svevo con Montale è stato pubblicato con il titolo Lettere nel 1966. Svevo venne infine riconosciuto come una delle figure più importanti della storia letteraria italiana moderna.

Prefazione alla seconda edizione

Senilità *fu pubblicata dapprima ventinove anni or sono nelle appendici del nostro glorioso Indipendente. Poi, nello stesso anno 1898, presso la Libreria Ettore Vram, in un'edizione ch'è ormai totalmente esaurita.*

Questo romanzo non ottenne una sola parola di lode o di biasimo dalla nostra critica. Forse contribuì al suo insuccesso la veste alquanto dimessa in cui si presentò. Altrimenti sarebbe difficile di spiegare tanto silenzio dopoché il romanzo Una vita, *da me pubblicato sei anni prima, e ch'era certamente inquinato da almeno altrettanti difetti, s'era saputo conquistare l'attenzione di parecchi critici, fra i quali Domenico Oliva che la espresse con parole abbastanza lusinghiere. Anzi fu la lode di un sì autorevole critico che m'incorò alla pubblicazione di questo secondo romanzo, il quale fu poi ignorato anche da lui, che pur certamente lo aveva ricevuto.*

Mi rassegnai al giudizio tanto unanime (non esiste un'unanimità più perfetta di quella del silenzio), e per venticinque anni m'astenni dallo scrivere. Se ci fu errore, fu errore mio.

Questa seconda edizione di Senilità *fu resa possibile da una parola generosa di James Joyce, che per me, come poco prima per un vecchio scrittore francese (Edoardo Dujardin), seppe rinnovare il miracolo di Lazzaro. Che uno scrittore, sul quale incombe imperiosa l'opera propria, abbia saputo più volte sprecare il suo tempo prezioso per favorire dei fratelli meno fortunati, è tale generosità che, secondo me, spiega l'inaudito successo ch'egli ebbe, poiché ogni altra sua parola, tutte quelle che compongono la sua vasta opera, furono espresse dallo stesso grandissimo animo.*

La mia fortuna non s'arrestò qui: uomini del valore di Beniamino Crémieux e Valery Larbaud mi regalarono il loro tempo e il loro affetto. Cosi poté avvenire che quasi metà del numero del I° Febbraio dell'anno scorso della rivista Le Navire d'Argent *poté essere dedicata a me. Il Crémieux vi pubblicò uno studio sui miei tre romanzi e la traduzione di alcuni capitoli de* La Coscienza di Zeno *e il Larbaud quella di parte di due capitoli di questa vecchia Senilità. La predilezione del Larbaud per questo romanzo me lo rese subito caro come nel momento stesso in cui l'avevo vissuto. Lo sentii subito nettato da un disprezzo durato per trent'anni, cui io, per debolezza, avevo finito con l'associarmi.*

L'articolo del Crémieux – una pietra miliare nella mia vita – suscitò, a sua e anche mia grande sorpresa, qualche sdegno da noi. Non potevamo non sorprendercene essendo recenti della commossa prefazione del Larbaud al libro del Dujardin.

Invece debbo confessare che nel mio animo non c'è alcun rancore per la critica nostra perché per tanti anni m'ignorò. Prima di tutto è vero che vi sono alcune ragioni che spiegano tale oblio. Eppoi di rancore non si può parlare visto che Silvio Benco e Ferdinando Pasini contano in tale critica. Il Benco, che mi concesse la sua amicizia fin dalla sua prima giovinezza, dedicò un articolo, di cui sempre m'onoro, a La Coscienza di Zeno *subito dopo la pubblicazione, nel 1923. Ferdinando Pasini, nell'Agosto del 1924, mi sorprese con un articolo ne* La Libertà *di Trento che alleviò quella dolorosa solitudine ch'è la sorte di tanti nostri scrittori quando hanno tentato di arrivare al pubblico. La benevolenza del Pasini m'incantò perché dovetti considerarla risultata da un puro giudizio critico. Di lui io sapevo solo ch'egli insegnava a tanti con la parola e con l'esempio, mentre di me, prima di allora, egli non aveva conosciuto neppure il nome. La nostra amicizia s'iniziò col suo articolo.*

Ma per ritornare a Senilità *debbo dire ch'essa da noi trovò un acuto e affettuoso critico in* Eugenio Montale *che pubblicò uno studio a me dedicato nell'*Esame *(Novembre-Dicembre del 1925). È questo il mio miglior lavoro ed è vantaggioso per me che chi legge di Zeno abbia conosciuto il Brentani? Amerei di poterlo credere. Intanto, mio giovine e pensoso amico, grazie per tanto studio e tanto amore.*

Pensa Valery Larbaud che il titolo di questo romanzo non sia quello che gli competa. Anch'io, che so ormai che cosa sia una vera senilità, sorrido talvolta di aver attribuito ad essa un eccesso in amore. Eppure, per non conformarmi neppure ad un consiglio del Larbaud ch'è non solo l'autore che tutti sanno ma anche il lettore più ardente (l'aggettivo s'appropria all'autore di Ce vice impuni, la lecture*) e ch'è perciò colui che sa, per propria genialità e per la pratica del pensiero di tanti grandi, come un libro debba essere presentato, devo avere dei motivi fortissimi. Mi sembrerebbe di mutilare il libro privandolo del suo titolo che a me pare possa spiegare e scusare qualche cosa. Quel titolo mi guidò e lo vissi. Rimanga dunque così questo romanzo che ripresento ai lettori con qualche ritocco meramente formale.*

Trieste, lì 1 Marzo 1927.

ITALO SVEVO

Capitolo I

Subito, con le prime parole che le rivolse, volle avvisarla che non intendeva compromettersi in una relazione troppo seria. Parlò cioè a un dipresso così: – T'amo molto e per il tuo bene desidero ci si metta d'accordo di andare molto cauti. – La parola era tanto prudente ch'era difficile di crederla detta per amore altrui, e un po' più franca avrebbe dovuto suonare così: – Mi piaci molto, ma nella mia vita non potrai essere giammai più importante di un giocattolo. Ho altri doveri io, la mia carriera, la mia famiglia.

La sua famiglia? Una sola sorella non ingombrante né fisicamente né moralmente, piccola e pallida, di qualche anno più giovane di lui, ma più vecchia per carattere o forse per destino. Dei due, era lui l'egoista, il giovane; ella viveva per lui come una madre dimentica di se stessa, ma ciò non impediva a lui di parlarne come di un altro destino importante legato al suo e che pesava sul suo, e così, sentendosi le spalle gravate di tanta responsabilità, egli traversava la vita cauto, lasciando da parte tutti i pericoli ma anche il godimento, la felicità. A trentacinque anni si ritrovava nell'anima la brama insoddisfatta di piaceri e di amore, e già l'amarezza di non averne goduto, e nel cervello una grande paura di se stesso e della debolezza del proprio carattere, invero piuttosto sospettata che saputa per esperienza.

La carriera di Emilio Brentani era più complicata perché intanto si componeva di due occupazioni e due scopi ben distinti. Da un impieguccio di poca importanza presso una società di assicurazioni, egli traeva giusto il denaro di cui la famigliuola abbisognava. L'altra carriera era letteraria e, all'infuori di una riputazioncella, – soddisfazione di vanità più che d'ambizione – non gli rendeva nulla, ma lo affaticava ancor meno. Da molti anni, dopo di aver pubblicato un romanzo lodatissimo dalla stampa cittadina, egli non aveva fatto nulla, per inerzia non per sfiducia. Il romanzo, stampato su carta cattiva, era ingiallito nei magazzini del libraio, ma mentre alla sua pubblicazione Emilio era stato detto soltanto una grande speranza per l'avvenire, ora veniva considerato come una specie di rispettabilità letteraria che contava nel piccolo bilancio artistico della città. La prima sentenza non era stata riformata, s'era evoluta.

Per la chiarissima coscienza ch'egli aveva della nullità della propria opera, egli non si gloriava del passato, però, come nella vita così anche nell'arte, egli credeva di trovarsi ancora sempre nel periodo di preparazione, riguardandosi nel suo più segreto interno come una potente macchina geniale in costruzione, non ancora in attività. Viveva sempre in un'aspettativa non paziente, di qualche cosa che doveva venirgli dal cervello, l'arte, di qualche cosa che doveva venirgli di fuori, la fortuna, il successo, come se l'età delle belle energie per lui non fosse tramontata.

Angiolina, una bionda dagli occhi azzurri grandi, alta e forte, ma snella e flessuosa, il volto illuminato dalla vita, un color giallo di ambra soffuso di rosa da una bella salute, camminava accanto a lui, la testa china da un lato come piegata dal peso del tanto oro che la fasciava, guardando il suolo ch'ella ad ogni passo toccava con l'elegante ombrellino come se avesse voluto farne scaturire un commento alle parole che udiva. Quando credette di aver compreso disse: – Strano – timidamente guardandolo sottecchi. – Nessuno mi ha mai parlato così. – Non aveva compreso e si sentiva lusingata al vederlo assumere un ufficio che a lui non spettava, di allontanare da lei il pericolo. L'affetto ch'egli le offriva ne ebbe l'aspetto di fraternamente dolce.

Fatte quelle premesse, l'altro si sentì tranquillo e ripigliò un tono più adatto alla circostanza. Fece piovere sulla bionda testa le dichiarazioni liriche che nei lunghi anni il suo desiderio aveva maturate e affinate, ma, facendole, egli stesso le sentiva rinnovellare e ringiovanire come se fossero nate in quell'istante, al calore dell'occhio azzurro di Angiolina. Ebbe il sentimento che da tanti anni non aveva provato, di comporre, di trarre dal proprio intimo idee e parole: un sollievo che dava a quel momento della sua vita non lieta, un aspetto strano, indimenticabile, di pausa, di pace. La donna vi entrava! Raggiante di gioventù e bellezza ella doveva illuminarla tutta facendogli dimenticare il triste passato di desiderio e di solitudine e promettendogli la gioia per l'avvenire ch'ella, certo, non avrebbe compromesso.

Egli s'era avvicinato a lei con l'idea di trovare un'avventura facile e breve, di quelle che egli aveva sentito descrivere tanto spesso e che a lui non erano toccate mai o mai degne di essere ricordate. Questa s'era annunziata proprio facile e breve. L'ombrellino era caduto in tempo per fornirgli un pretesto di avvicinarsi ed anzi – sembrava malizia! – impigliatosi nella vita trinata della fanciulla, non se n'era voluto staccare che dopo spinte visibilissime. Ma poi, dinanzi a quel profilo sorprendentemente puro, a quella bella salute – ai rétori corruzione e salute sembrano inconciliabili – aveva allentato il suo slancio, timoroso di sbagliare e infine s'incantò ad ammirare una faccia misteriosa dalle linee precise e dolci, già soddisfatto, già felice.

Ella gli aveva raccontato poco di sé e per quella volta, tutto compreso del proprio sentimento, egli non udì neppure quel poco. Doveva essere povera, molto povera, ma per il momento – lo aveva dichiarato con una certa quale superbia – non aveva bisogno di lavorare per vivere. Ciò rendeva l'avventura anche più gradevole, perché la vicinanza della fame turba là dove ci si vuol divertire. Le indagini di Emilio non furono dunque molto profonde ma egli credette che le sue conclusioni logiche, anche poggiate su tali basi, dovessero bastare a rassicurarlo. Se la fanciulla, come si sarebbe dovuto credere dal suo occhio limpido, era onesta, certo non sarebbe stato lui che si sarebbe esposto al pericolo di depravarla; se invece il profilo e l'occhio mentivano, tanto meglio. C'era da divertirsi in ambedue i casi, da pericolare in nessuno dei due.

Angiolina aveva capito poco delle premesse, ma, visibilmente, non le occorrevano commenti per comprendere il resto; anche le parole più difficili avevano un suono di carattere non ambiguo. I colori della vita risaltarono sulla bella faccia e la mano di forma pura, quantunque grande, non si sottrasse a un bacio castissimo d'Emilio.

Si fermarono a lungo sul terrazzo di S. Andrea e guardarono verso il mare calmo e colorito nella notte stellata, chiara ma senza luna. Nel viale di sotto passò un carro e, nel grande silenzio che li circondava, il rumore delle ruote sul terreno ineguale continuò a giungere fino a loro per lunghissimo tempo. Si divertirono a seguirlo sempre più tenue finché proprio si fuse nel silenzio universale, e furono lieti che per tutt'e due fosse scomparso nello stesso istante. – Le nostre orecchie vanno molto d'accordo, – disse Emilio sorridendo.

Egli aveva detto tutto e non sentiva più alcun bisogno di parlare. Interruppe un lungo silenzio per dire: – Chissà se quest'incontro ci porterà fortuna! – Era sincero. Aveva sentito il bisogno di dubitare della propria felicità ad alta voce.

– Chissà? – replicò essa con un tentativo di rendere nella propria voce la commozione che aveva sentita nella sua. Emilio sorrise di nuovo ma di un sorriso che credette di dover celare. Date le premesse da lui fatte, che razza di fortuna poteva risultare ad Angiolina dall'averlo conosciuto?

Poi si lasciarono. Ella non volle ch'egli l'accompagnasse in città ed egli la seguì a qualche distanza non sapendo ancora staccarsene del tutto. Oh, la gentile figura! Ella camminava con la calma del suo forte organismo, sicura sul selciato coperto da una fanghiglia sdrucciolevole; quanta forza e quanta grazia unite in quelle movenze sicure come quelle di un felino.

Volle il caso che subito il giorno dopo egli risapesse sul conto dell'Angiolina ben più di quanto ella gli avesse detto.

S'imbatté in lei a mezzodì, nel Corso. La inaspettata fortuna gli fece fare un saluto giocondo, un grande gesto che portò il cappello a piccola distanza da terra; ella rispose con un lieve inchino della testa, ma corretto da un'occhiata brillante, magnifica.

Un certo Sorniani, un omino giallo e magro, gran donnaiuolo, a quanto dicevasi, ma certo anche vanesio e linguacciuto a scapito del buon nome altrui e del proprio, si appese al braccio di Emilio e gli chiese come mai conoscesse quella ragazza. Erano amici fin da ragazzi ma da parecchi anni non s'erano parlati e doveva passare fra di loro una bella donna perché il Sorniani sentisse il bisogno di avvicinarglisi.

– L'ho trovata in casa di conoscenti, – rispose Emilio.

– E che cosa fa adesso? – chiese Sorniani facendo capire di conoscere il passato di Angiolina e d'essere veramente indignato di non conoscerne il presente.

– Non lo so, io – e aggiunse con indifferenza ben simulata: – A me fece l'impressione di una ragazza a modo.

– Adagio! – fece il Sorniani risolutamente come se avesse voluto asserire il contrario, e soltanto dopo una breve pausa si corresse: – Io non ne so nulla e quando la conobbi tutti la credevano onesta quantunque una volta si fosse trovata in una posizione alquanto equivoca. – Senza che Emilio avesse bisogno di stimolarlo più oltre, raccontò che quella poveretta era passata vicino ad una grande fortuna convertitasi poscia, per sua o per colpa altrui, in una sventura non piccola. Nella prima giovinezza aveva innamorato profondamente un certo Merighi, bellissimo uomo, – Sorniani lo riconosceva quantunque a lui non fosse piaciuto – e agiato commerciante. Costui le si era avvicinato con i propositi più onesti; l'aveva levata dalla famiglia che non gli piaceva troppo e fatta accogliere in casa dalla propria madre. – Dalla propria madre! – esclamava Sorniani – Come se quello sciocco – gli premeva di far apparire sciocco l'uomo e disonesta la donna – non si fosse potuta godere la ragazza anche fuori di casa, non sotto gli occhi della madre. Poi, dopo qualche mese, Angiolina ritornò nella casa donde non sarebbe mai dovuta uscire e Merighi con la madre abbandonò la città dando a credere di essere impoverito in seguito a speculazioni sbagliate. Secondo altri la cosa sarebbe proceduta in modo un po' diverso. La madre del Merighi, scoperta una tresca vergognosa di Angiolina, avrebbe scacciata di casa la ragazza. – Non richiesto fece poi delle altre variazioni sullo stesso tema.

Ma era troppo evidente ch'egli si compiaceva di sbizzarrirsi su quell'argomento eccitante e il Brentani non ritenne che le parole cui poteva prestare fede intera, i fatti che dovevano essere notorii. Egli aveva conosciuto di vista il Merighi e ne ricordava la figura alta d'atleta, il vero maschio per Angiolina. Rammentava di averlo sentito descrivere, anzi biasimare, quale un idealista nel commercio: un uomo troppo ardito, convinto di poter conquistare il mondo con la sua attività. Infine, dalle persone con le quali aveva da fare giornalmente nel suo impiego, aveva saputo che quell'arditezza era costata cara al Merighi il quale aveva finito col dover liquidare la sua azienda in condizioni disastrose. Il Sorniani perciò parlava al vento perché Emilio ora credeva di poter conoscere con esattezza l'accaduto. Al Merighi impoverito e sfiduciato era mancato il coraggio di fondare una nuova famiglia e così Angiolina, che doveva diventare la donna borghese ricca e seria, finiva nelle sue mani, un giocattolo. Ne sentì una profonda compassione.

Il Sorniani aveva assistito egli stesso a delle manifestazioni d'amore del Merighi. Lo aveva visto, parecchie volte, di domenica, sulla soglia della chiesa di Sant'Antonio Vecchio, attendere lungamente che ella avesse fatte le sue preghiere inginocchiata presso all'altare, tutt'assorto a guardare quella testa bionda, lucente anche nella penombra.

«Due adorazioni», pensò commosso il Brentani cui era già facile d'intuire la tenerezza dalla quale il Merighi era inchiodato sulla soglia di quella chiesa.

– Un imbecille – concluse il Sorniani.

L'importanza dell'avventura crebbe agli occhi d'Emilio per le comunicazioni del Sorniani. L'attesa del giovedì in cui doveva rivederla divenne febbrile, e l'impazienza lo rese ciarliero.

Il suo più intimo amico, un certo Balli, scultore, seppe dell'incontro subito il giorno dopo ch'era avvenuto. – Perché non potrei divertirmi un poco anch'io, quando posso farlo tanto a buon mercato? – aveva chiesto Emilio.

Il Balli stette a udirlo con l'aspetto più evidente della meraviglia. Era l'amico del Brentani da oltre dieci anni, e per la prima volta lo vedeva accalorarsi per una donna. Se ne impensierì scorgendo subito il pericolo da cui il Brentani era minacciato.

L'altro protestò: – Io in pericolo, alla mia età e con la mia esperienza? – Il Brentani parlava spesso della sua esperienza. Ciò ch'egli credeva di poter chiamare così era qualche cosa ch'egli aveva succhiato dai libri, una grande diffidenza e un grande disprezzo dei propri simili.

Il Balli invece aveva impiegati meglio i suoi quarant'anni suonati, e la sua esperienza lo rendeva competente a giudicare di quella dell'amico. Era men colto, ma aveva sempre avuto su lui una specie d'autorità paterna, consentita, voluta da Emilio, il quale, ad onta del suo destino poco lieto ma per nulla minaccioso, e della sua vita in cui non v'era niente di imprevisto, abbisognava di puntelli per sentirsi sicuro.

Stefano Balli era un uomo alto e forte, l'occhio azzurro giovanile su una di quelle facce dalla cera bronzina che non invecchiano: unica traccia della sua età era la brizzolatura dei capelli castani, la barba appuntata con precisione, tutta la figura corretta e un po' dura. Era talvolta dolce il suo occhio da osservatore quando lo animava la curiosità o la compassione, ma diveniva durissimo nella lotta e nella discussione più futile.

Il successo non era arriso nemmeno a lui. Qualche giuria, respingendo i suoi bozzetti, ne aveva lodata questa o quella parte, ma nessun suo lavoro aveva trovato posto su qualcuna delle tante piazze d'Italia. Egli però non aveva mai sentito l'abbattimento dell'insuccesso. S'accontentava del consenso di qualche singolo artista ritenendo che la propria originalità dovesse impedirgli il successo largo, l'approvazione delle masse, e aveva continuato a correre la sua via dietro a un certo ideale di spontaneità, a una ruvidezza voluta, a una semplicità o, come egli diceva, perspicuità d'idea da cui credeva dovesse risultare il suo «io» artistico depurato da tutto ciò ch'era idea o forma altrui. Non ammetteva che il risultato del suo lavoro potesse avvilirlo, ma i ragionamenti non lo avrebbero salvato dallo sconforto, se un successo personale inaudito non gli avesse date delle soddisfazioni ch'egli celava, anzi negava, ma che aiutavano non poco a tener eretta la sua bella figura slanciata. L'amore delle donne era per lui qualcosa di più che una soddisfazione di vanità ad onta che, ambizioso, prima di tutto, egli non sapesse amare. Era il successo quello o gli somigliava di molto; per amore dell'artista le donne amavano anche l'arte sua che pure era tanto poco femminea. Così, avendo profondissima la convinzione della propria genialità, e sentendosi ammirato e amato, egli conservava con tutta naturalezza il suo contegno di persona superiore. In arte aveva dei giudizi aspri e imprudenti, in società un contegno poco riguardoso. Gli uomini lo amavano poco ed egli non avvicinava che coloro cui aveva saputo imporsi.

Circa dieci anni prima, s'era trovato fra' piedi Emilio Brentani, allora giovinetto, un egoista come lui ma meno fortunato, e aveva preso a volergli bene. Da principio lo predilesse soltanto per la ragione che se ne sentiva ammirato; molto più tardi l'abitudine glielo rese caro, indispensabile. La loro relazione ebbe l'impronta dal Balli. Divenne più intima di quanto Emilio per prudenza avrebbe desiderato, intima come tutte le poche relazioni dello scultore, e i loro rapporti intellettuali restarono ristretti alle arti rappresentative nelle quali andavano perfettamente d'accordo perché in quelle arti esisteva una sola idea, quella cui s'era votato il Balli, la riconquista della semplicità o ingenuità che i cosiddetti classici ci avevano rubate. Accordo facile; il Balli insegnava, l'altro non sapeva neppure apprendere. Fra loro non si parlava mai delle teorie letterarie complesse di Emilio, poiché il Balli detestava tutto ciò che ignorava, ed Emilio subì l'influenza dell'amico persino nel modo di camminare, parlare, gestire. Uomo nel vero senso della parola, il Balli non riceveva e quando si trovava accanto il Brentani, poteva avere la sensazione d'essere accompagnato da una delle tante femmine a lui soggette.

– Infatti – disse dopo di aver uditi da Emilio tutti i particolari dell'avventura, – un certo pericolo non dovrebbe esserci. Il carattere dell'avventura è già fissato da quell'ombrellino scivolato tanto opportunamente di mano e dall'appuntamento subito accordato.

– È vero, – confermò Emilio il quale però non disse come a quei due particolari egli avesse dato tanto poca importanza che essi, rilevati dal Balli, lo avevano sorpreso come dei fatti nuovi. – Credi dunque che il Sorniani abbia ragione? – Nel suo giudizio sulle comunicazioni del Sorniani egli certo non aveva tenuto conto di quei fatti.

– Me la presenterai – disse il Balli prudentemente – e poi giudicheremo.

Il Brentani non seppe tacere neppure con sua sorella. La signorina Amalia non era stata mai bella: lunga, secca, incolore il Balli diceva che era nata grigia – di fanciulla non le erano rimaste che le mani bianche, sottili, tornite meravigliosamente, alle quali ella dedicava tutte le sue cure.

Era la prima volta ch'egli le parlava di una donna, e Amalia stette ad ascoltare, sorpresa e con la cera subito mutata, quelle parole ch'egli credeva oneste, caste, ma che in bocca sua erano pregne di desiderio e di amore. Egli non aveva raccontato nulla, ed ella, già spaventata, aveva mormorata l'ammonizione del Balli: – Bada di non fare delle sciocchezze.

Ma poi volle ch'egli le raccontasse tutto, ed Emilio credette di poter confidare la sua ammirazione e la felicità provata quella prima sera, tacendo dei suoi propositi e delle sue speranze. Non s'accorgeva che quella che diceva era la parte più pericolosa. Ella stette ad ascoltarlo, servendolo muta e pronta a tavola acciocché egli non avesse da interrompersi per chiedere una cosa o l'altra. Certo, col medesimo aspetto, ella aveva letto quel mezzo migliaio di romanzi che facevano bella mostra di sé, nel vecchio armadio adattato a biblioteca, ma il fascino che veniva ora esercitato su lei – ella, sorpresa, già lo sapeva – era del tutto differente. Ella non era passiva ascoltatrice, non era il fato altrui che l'appassionasse; il proprio destino intensamente si ravvivava. L'amore era entrato in casa e le viveva accanto, inquieto, laborioso. Con un solo soffio aveva dissipata l'atmosfera stagnante in cui ella, inconscia, aveva passati i suoi giorni ed ella guardava dentro di sé sorpresa ch'essendo fatta così, non avesse desiderato di godere e di soffrire.

Fratello e sorella entravano nella medesima avventura.

Capitolo II

Ad onta dell'oscurità, la riconobbe subito alla svolta del Campo Marzio. Per riconoscerla gli sarebbe bastato oramai di vederne procedere l'ombra con quel movimento senza ritmo perché senza scosse, il procedere di un corpo portato da mano sicura, affettuosamente. Le corse incontro e dinanzi al colore sorprendente di quella faccia, strano colore, intenso, eguale, senza macchia, sentì salirsi dal petto un inno di gioia. Ella era venuta e quando si poggiò al suo braccio, a lui parve gli si desse tutta.

La condusse verso il mare, lontano dal viale ove si muovevano ancora alcuni passanti, e, alla spiaggia, si sentiron ben soli. Avrebbe voluto baciarla subito ma non osò ad onta ch'ella, che non aveva detto parola, gli sorridesse incoraggiante. Già l'idea che osando avrebbe potuto posarle le labbra sugli occhi o sulla bocca, lo commosse profondamente, gli tolse il fiato.

– Oh, perché ha tardato tanto? Temevo ch'ella non venisse. – Parlava così, ma il suo risentimento era dimenticato; come certi animali, in amore sentiva il bisogno di lagnarsi. Tant'è vero che poi gli parve d'aver spiegato il suo malcontento con le parole gioconde: – Mi pare impossibile d'averla qui accanto a me. – La riflessione gli diede intero il sentimento della sua felicità. – Ed io credeva non ci potesse essere una serata più bella di quella della settimana scorsa. – Oh, era tanto più lieto ora che poteva gioire della conquista già fatta.

Troppo presto s'arrivò al bacio, visto che dopo quel primo impulso di stringerla subito fra le braccia, egli ora si sarebbe accontentato di guardare e di sognare. Ma ella capiva ancora meno i sentimenti d'Emilio di quanto egli comprendesse i suoi. Egli aveva osato una carezza timida sui capelli: tanto oro. Ma oro anche la pelle, aveva soggiunto, e tutta la persona. Credeva così d'aver detto tutto mentre ad Angiolina non parve. Ella stette un istante pensierosa e parlò di un dente che le doleva. – Qui, – disse e fece vedere la sua bocca purissima, le gengive rosse, i denti solidi e bianchi, uno scrigno di pietre preziose legate e distribuite da un artefice inimitabile, la salute. Egli non rise e baciò la bocca che gli si era offerta.

Quella sterminata vanità non l'inquietò poiché tanto gli giovava: anzi non se ne avvide. Egli, che come tutti coloro che non vivono, s'era creduto più forte dello spirito più alto, più indifferente del pessimista più convinto, guardò intorno a sé le cose che avevano assistito al grande fatto.

Non c'era male. La luna non era sorta ancora, ma là, fuori, nel mare, c'era uno scintillìo iridescente che pareva il sole fosse passato da poco e tutto brillasse ancora della luce ricevuta. Alle due parti, invece, l'azzurro dei promontorii lontani era offuscato dalla notte più tetra. Tutto era enorme, sconfinato e in tutte quelle cose l'unico moto era il colore del mare. Egli ebbe il sentimento che nell'immensa natura, in quell'istante, egli solo agisse e amasse.

Le parlò di quanto a lui era stato raccontato dal Sorniani, interrogandola finalmente sul suo passato. Ella si fece molto seria e parlò in tono drammatico della sua avventura col Merighi. Abbandonata? Non era la vera espressione perché era stata lei a pronunziare la parola decisiva che aveva sciolto i Merighi dal loro impegno. Vero è che l'avevano seccata in tutti i modi, lasciando intendere che la consideravano quale un peso nella famiglia. La madre del Merighi (oh, quella vecchia brontolona, cattiva, malata di troppa bile) glielo aveva spiattellato chiaro e tondo: – Tu sei la disgrazia nostra perché senza di te mio figlio potrebbe trovare chissà che dote. – Allora di propria volontà, ella abbandonò quella casa, ritornò dalla madre –

disse dolcemente questa dolce parola – e, dal dolore, poco appresso, ammalò. La malattia fu un sollievo perché nella febbre si dimenticano tutti gli affanni.

Poi ella volle sapere da chi egli avesse appreso quel fatto. – Dal Sorniani.

Non ricordò subito quel nome, ma poi esclamò ridendo: – Quel brutto coso giallo che va sempre in compagnia del Leardi.

Anche il Leardi ella conosceva, un giovinotto che incominciava allora allora a vivere, ma con una foga che lo aveva posto subito in prima linea fra i gaudenti della città. Il Merighi gliel'aveva presentato molti anni prima, quando tutt'e tre erano quasi bambini; avevano giocato assieme. – Gli voglio molto bene – conchiuse essa con una franchezza che faceva credere nella sincerità di tutte le altre sue parole. E anche il Brentani il quale incominciava a inquietarsi per quel giovine, temibile Leardi che gli si cacciava accanto, a quelle ultime parole si tranquillò: – Povera fanciulla! Onesta e non astuta.

Non sarebbe stato meglio di renderla meno onesta e più astuta? Fattasi questa domanda, gli venne la magnifica idea d'educare quella fanciulla. In compenso dell'amore che ne riceveva, egli non poteva darle che una cosa soltanto: la conoscenza della vita, l'arte di approfittarne. Anche il suo era un dono preziosissimo, perché con quella bellezza e quella grazia, diretta da persona abile come era lui, avrebbe potuto essere vittoriosa nella lotta per la vita. Così, per merito suo, ella si sarebbe conquistata da sé la fortuna ch'egli non poteva darle. Subito le volle dire una parte delle idee che gli passavano per il capo. Cessò di baciarla e d'adularla e, per insegnarle il vizio, assunse l'aspetto austero di un maestro di virtù.

Con un'ironia di se stesso in cui spesso si compiaceva, si mise a compiangerla d'essere caduta fra le mani di un uomo come lui, povero di denaro e anche di qualche cosa d'altro, energia e coraggio. Perché se egli avesse avuto del coraggio, – e facendole per la prima volta una dichiarazione d'amore più seria di tutte le precedenti, la sua voce si alterò in una grande commozione, – egli si sarebbe presa la sua bionda fra le braccia, se la sarebbe stretta al petto e l'avrebbe portata attraverso alla vita. Ma invece egli non si sentiva da tanto. Oh, la miseria in due era una cosa orribile; era la schiavitù, la più dolorosa di tutte. La temeva per sé e per lei.

Ella qui lo interruppe: – Io non avrei paura – a lui parve ch'ella volesse prenderlo per il collo e gettarlo in quella condizione che tanto temeva – io vivrei accanto all'uomo cui volessi bene, povera e rassegnata.

– Ma non io – disse egli dopo una breve pausa e fingendo d'aver esitato per un istante. – Io mi conosco. Nelle strettezze non saprei neppure amare. – E, dopo altra breve pausa, aggiunse con voce grave e profonda: – Mai! – mentre ella lo guardava seria, il mento appoggiato al manico dell'ombrellino. Rimesse così le cose a posto, osservò – e quest'era l'avviamento all'educazione che voleva darle – che per lei sarebbe stato preferibile che le si fosse avvicinato un altro di quei cinque o sei giovanotti che quel giorno l'avevano ammirata con lui: Carlini ricco, Bardi che sprecava spensieratamente gli ultimi resti della sua gioventù e della sua grossa fortuna, Nelli affarista che guadagnava molto. Ciascuno di loro, per un verso o per l'altro, valeva più di lui.

Ella, per un momento, trovò la nota giusta. Si offese! Era però troppo visibile che il suo risentimento era voluto, esagerato, ed Emilio dovette accorgersene; ma non le imputò a colpa tale finzione. Dimenandosi con tutto il corpo, ella simulava uno sforzo per svincolarsi da lui, per andar via, ma la violenza di questo sforzo non arrivava fino alle braccia per le quali egli la tratteneva. Quelle subivano la sua stretta quasi inerti e finì che egli le accarezzò, le baciò e non le strinse più.

Le chiese scusa; non s'era spiegato bene e, coraggiosamente ripeté con altre parole quello che già aveva detto. Ella non rilevò la nuova offesa, ma conservò per qualche tempo un tono risentito: – Non voglio ch'ella creda che per me sarebbe stato lo stesso di venir avvicinata da uno o l'altro di quei due signori. A loro non avrei permesso di parlarmi. – Al loro primo incontro, vagamente avevano ricordato d'essersi visti sulla via un anno prima; egli, dunque – diceva Angiolina – non era per lei il primo venuto. – Io – dichiarò Emilio solennemente, – non volli dire altro se non che io non la meritavo.

Soltanto allora egli arrivò a comunicarle gl'insegnamenti che dovevano esserle tanto utili. La trovava troppo disinteressata e la compianse. Una ragazza della sua condizione doveva badare al proprio interesse. Che cosa era l'onestà a questo mondo? L'interesse! Le donne oneste erano quelle che sapevano trovare l'acquirente al prezzo più alto, erano quelle che non consentivano all'amore che quando ci trovavano il loro tornaconto. Dicendo queste parole egli si sentì l'uomo immorale superiore che vede e vuole le cose come sono. La potente macchina da pensiero ch'egli si riteneva, era uscita dalla sua inerzia. Un'onda d'orgoglio gli gonfiò il petto.

Essa poi pendeva sorpresa e attenta dalle sue labbra. Parve ella credesse che donna onesta e donna ricca fossero la stessa cosa. – Ah! le superbe signore son dunque fatte così? – Poi, vedendolo sorpreso, negò d'aver voluto dire questo, ma se egli fosse stato l'osservatore che credeva, si sarebbe accorto che ella non capiva più il ragionamento che poco prima l'aveva tanto sorpresa.

Egli ripeté e commentò le idee già espresse: la donna onesta sa valere molto; è quello il suo segreto. Bisogna essere onesta o almeno parere. Era già male che il

Sorniani potesse parlare leggermente di lei, malissimo ch'ella dichiarasse di voler bene al Leardi, – e qui sfogò la sua gelosia, – quel donnaiuolo compromettente quant'altri mai. Era meglio fare del male che aver l'aria di farlo.

Subito ella dimenticò le idee generali che egli aveva esposte per difendersi vigorosamente da quegli attacchi. Il Sorniani non poteva sparlare di lei, e il Leardi, poi, era un ragazzo non compromettente affatto.

Per quella sera l'istruzione finì lì, perché egli pensò che quella medicina così potente dovesse venir propinata a piccole dosi. A lui pareva inoltre d'aver portato già un grande sacrificio rinunziando per qualche istante all'amore.

Per una sentimentalità da letterato il nome di Angiolina non gli piaceva. La chiamò Lina; poi, non bastandogli questo vezzeggiativo, le appioppò il nome francese, *Angèle* e molto spesso lo ingentilì e lo abbreviò in *Ange*. Le insegnò a dirgli in francese che lo amava. Saputo il senso di quelle parole, ella non volle ridirle, ma al prossimo appuntamento le disse senz'essere invitata: *Sce tèm bocù.*

Egli non si meravigliava affatto d'esser giunto tanto oltre così presto. Corrispondeva proprio al suo desiderio. Certo ella lo aveva trovato tanto ragionevole che le sembrava di poter fidarsi di lui, e infatti per lungo tempo, ella non ebbe neppur l'occasione di rifiutargli qualche cosa.

Si trovavano sempre all'aperto. Amarono in tutte le vie suburbane di Trieste. Dopo i primi appuntamenti, abbandonarono Sant'Andrea ch'era troppo frequentato, e per qualche tempo preferirono la strada d'Opicina fiancheggiata da ippocastani folti, larga, solitaria, una salita lenta quasi insensibile. Si fermavano a un pezzo di muricciuolo che divenne la meta delle loro passeggiate soltanto perché la prima volta vi si erano assisi. Si baciavano lungamente, la città ai loro piedi, muta, morta, come il mare, di lassù niente altro che una grande estensione di colore misterioso, indistinto: e nell'immobilità e nel silenzio, città, mare e colli apparivano di un solo pezzo, la stessa materia foggiata e colorita da qualche artista bizzarro, divisa, tagliata da linee segnate da punti gialli, i fanali delle vie.

La luce lunare non ne mutava il colore. Gli oggetti dai contorni più precisi non s'illuminavano, si velavano di luce. Vi si stendeva un candore immoto, ma di sotto, il colore dormiva intorpidito, fosco, e persino nel mare che ora lasciava intravvedere il suo eterno movimento, baloccandosi con l'argento alla sua superficie, il colore taceva, dormiva. Il verde dei colli, i colori tutti delle case rimanevano abbrunati e la luce di fuori, inaccolta, distinta, un effluvio che saturava l'aria, era bianca, incorruttibile, perché nulla in lei si fondeva.

Nella vicina faccia della fanciulla, la luce lunare s'incarnava, sostituiva quel colore di bambino roseo senz'attenuare il giallo diffuso ch'Emilio credeva di percepire con le labbra; tutta la faccia diveniva austera e, baciandola, Emilio si sentiva più corruttore che mai. Baciava la bianca, casta luce.

Poi preferirono i boschetti del colle al Cacciatore; sentivano sempre più il bisogno di segregarsi. Sedevano accanto a qualche albero e mangiavano, bevevano e si baciavano. I fiori erano presto scomparsi dalla loro relazione, e avevano ceduto il posto ai dolci che poi ella non volle più per non guastarsi i denti. Subentrarono i formaggi, le mortadelle, le bottiglie di vino e di liquori, roba già molto costosa per la scarsa borsa d'Emilio.

Ma egli era dispostissimo a sacrificare ad Angiolina tutte le poche economie fatte nei lunghi anni della sua vita regolata; si sarebbe ristretto nelle spese non appena esaurita la sua piccola riserva. Altri pensieri lo preoccupavano di più: chi aveva insegnato ad Angiolina a baciare? Egli non rammentava più i primi baci ricevuti; allora, tutto occupato del bacio che dava, non aveva sentito, in quello che riceveva, altro che un dolce necessario complemento al suo, ma gli pareva che se quella bocca fosse stata tanto animata, egli ne avrebbe provata qualche sorpresa. Le aveva dunque insegnata lui quell'arte in cui egli stesso era novellino?

Ella confessò! Il Merighi l'aveva baciata molto. Rise parlandone. Certo, Emilio le appariva buffo quando mostrava di credere che il Merighi non avesse approfittato della sua posizione di fidanzato almeno per baciarla a sazietà.

Il Brentani non sentiva alcuna gelosia per il ricordo del Merighi che aveva avuto tanti diritti più di lui. Gli doleva anzi ch'ella ne parlasse leggermente. Non avrebbe dovuto piangere ogni qualvolta lo nominava? Quando egli manifestava il proprio rammarico di non vederla più infelice, ella, per secondarlo, atteggiava la bella faccia a tristezza e, per difendersi dal rimprovero che sentiva esserle fatto, ricordava ch'ella s'era ammalata per l'abbandono del Merighi: – Oh! se fossi morta allora, certo non mi sarebbe dispiaciuto. – Pochi istanti dopo, ella rideva rumorosamente fra le braccia di lui che s'erano aperte per consolarla.

Ella nulla rimpiangeva ed egli se ne sorprendeva altrettanto quanto della propria dolorosa compassione. Come le voleva bene! Era veramente sola gratitudine per quella dolce creatura che si comportava come se proprio per lui fosse stata creata, amante compiacente senz'esigenze?

Quando la sera sul tardi tornava a casa e la pallida sorella lasciava il lavoro per fargli compagnia a cena, egli ancora vibrante di commozione, non soltanto non sapeva parlare d'altre cose ma neppure gli riusciva di fingere un interessamento per le piccole faccende di casa che formavano la vita d'Amalia e delle quali ella soleva parlargli. Finiva ch'ella accanto a lui riprendeva il lavoro e restavano nella stessa stanza ognuno solo coi propri pensieri.

Una sera ella lo guardò a lungo senza ch'egli se ne avvedesse; poi, sorridendo con isforzo, gli chiese: – Sei stato finora con lei?

– Chi *lei?* – chiese egli subito ridendo. Poi si confessò perché aveva bisogno di parlare. Oh, era stata una serata indimenticabile. Aveva amato nella luce lunare, nell'aria tiepida, dinanzi a un paesaggio sconfinato, sorridente, creato per essi, per il loro amore. Ma egli non sapeva spiegarsi. Come poteva dare un'idea di quella serata alla sorella non parlandole dei baci d'Angiolina?

Ma mentre egli ripeteva: – Quale luce, quale aria! – ella indovinava sulle sue labbra le tracce dei baci ai quali egli pensava. Odiava quella donna che non conosceva e che le aveva rubata la sua compagnia e il suo conforto. Ora ch'ella lo vedeva amare come tutti gli altri, le mancava l'unico esempio di volontaria rassegnazione allo stesso proprio triste destino. Tanto triste! Si mise a piangere, da prima con delle lagrime silenziose che cercava di celare sul lavoro, poi, quando egli di quelle lagrime s'accorse, con singhiozzi impetuosi che invano tentò di reprimere.

Cercò di spiegare quelle lagrime: era stata indisposta tutto il giorno, non aveva dormito la notte precedente, non aveva mangiato, si sentiva molto debole.

Egli senz'altro le credette: – Domani se tu non stessi meglio, chiameremo il dottore.

Allora al dolore d'Amalia s'aggiunse l'ira che egli così leggermente si lasciasse ingannare sulla causa delle sue lagrime; quella era la prova della più completa indifferenza. Non ebbe più ritegno, e gli disse che lasciasse stare il dottore perché per quella vita ch'ella faceva non valeva la pena di curarsi. Per chi viveva e perché? Visto ch'egli non voleva ancora comprendere e la guardava estatico, ella disse tutto il proprio dolore: – Neppur tu hai più bisogno di me.

Egli, certo, non capì, perché invece di commuoversi s'adirò: egli aveva passata la sua gioventù solitario e triste; era troppo giusto che di tempo in tempo s'accordasse qualche svago. Angiolina non aveva importanza nella sua vita: era un'avventura che sarebbe durata qualche mese e non più. – Sei veramente cattiva di farmene un rimprovero. – Si commosse soltanto nel vederla continuare a piangere, senza parole, in un'inerzia sconsolata. Per confortarla le promise che sarebbe venuto più spesso a tenerle compagnia; avrebbero letto e studiato insieme come in passato, ma ella doveva procurare d'essere più allegra perché egli non amava le persone tristi. Il suo pensiero volò ad *Ange*! Come sapeva ridere a lungo, lei, con risate prolungate e contagiose, e sorrise egli stesso pensando che quelle risate avrebbero echeggiato in modo ben strano nella sua triste casa.

Capitolo III

Una sera egli doveva trovarsi con lei alle venti precise, ma mezz'ora prima, il Balli mandò ad avvisarlo che lo attendeva al Chiozza, giusto a quell'ora, per fargli delle comunicazioni importantissime. Egli s'era già schermito da altri simili inviti che avevano soltanto lo scopo di strapparlo qualche volta ad Angiolina, ma quel giorno colse il pretesto di rimandare l'appuntamento per penetrare nella casa della fanciulla. Avrebbe studiata quella persona già tanto importante nella sua vita, nelle cose e nelle persone che l'attorniavano. Già cieco, egli conservava tuttavia il contegno delle persone che vedono bene.

La casa d'Angiolina era situata a pochi metri fuori della via Fabio Severo. Grande e alta, in mezzo alla campagna, aveva tutto l'aspetto di una caserma. La portineria era chiusa ed Emilio, invero con un po' d'esitazione non sapendo come sarebbe stato accolto, salì al secondo piano. – Non è certo l'aspetto della ricchezza, – mormorò per registrare i suoi rilievi a viva voce. La scala doveva essere stata fatta molto in fretta, le pietre mal squadrate, la ringhiera di ferro grezzo, i muri bianchi di calce, niente di sudicio ma tutto povero.

Venne ad aprirgli una ragazzina, decenne forse, con un ragnatelo di vestito goffo e lungo, bionda come Angiolina, ma gli occhi smorti, la faccia giallastra, anemica. Non parve per nulla sorpresa al vedere un volto nuovo; soltanto sollevò e fermò con la mano al petto i lembi del giacchettino privo di bottoni. – Buon giorno! Ella desidera? – Aveva una cortesia cerimoniosa fuori di posto nella personcina puerile.

– C'è la signorina Angiolina?

– Angiolina! – chiamò una donna che nel frattempo s'era avanzata dal fondo del corridoio. – Un signore domanda di te. – Quella probabilmente era la dolce madre cui Angiolina aveva anelato di ritornare allorché era stata abbandonata dal Merighi. La vecchia vestiva da serva, in colori vivaci per quanto un po' stinti, il grande grembiale turchino, e turchino il fazzoletto che portava in testa alla friulana. Del resto il volto conservava qualche traccia di bellezza passata; anzi il profilo ricordava quello d'Angiolina, ma la faccia ossuta e immobile con degli occhietti neri pieni d'inquietudine aveva qualche cosa della bestia attenta per sfuggire alle legnate. – Angiolina! chiamò ancora una volta. – Viene subito – avvertì con grande cortesia. Poi, senza guardarlo mai in faccia, disse più volte: – S'accomodi intanto. – La sua voce nasale non sapeva essere gradevole. Ella esitava come un balbuziente al principio di un discorso; poi tutta la frase le usciva di bocca ininterrotta, un solo soffio privo di qualunque calore.

Ma, dall'altra parte del corridoio, correndo, venne Angiolina. Era già vestita per uscire. Vedendolo si mise a ridere, e lo salutò cordialmente: – Oh, signor Brentani. Che bella sorpresa! – Presentò disinvolta: – Mia madre, mia sorella.

Era proprio quella la dolce madre cui però Emilio, lieto d'essere stato accolto così bene, porse la mano, mentre la vecchia, non essendosi attesa tanta degnazione, diede la propria con un po' di ritardo; non aveva capito che cosa egli volesse e quegli occhi inquieti di volpe l'avevano fissato per un istante con un'immediata, evidente diffidenza. La ragazzina, dopo la madre, gli porse anch'essa la mano tenendo la sinistra sempre al petto. Ottenuto quell'onore disse con calma: – Grazie.

– S'accomodi qui – disse Angiolina; corse ad una porta in fondo al corridoio e la aperse. Beato, il Brentani si trovò solo con Angiolina; perché la vecchia e la ragazzina, fatto un ultimo complimento, erano rimaste fuori della porta. E, chiusa quella porta, egli dimenticò tutti i suoi propositi d'osservatore. L'attirò a sé.

– No – pregò essa – qui accanto dorme mio padre ch'è indisposto.

– So baciare senza far rumore, – dichiarò lui e le premette lungamente le labbra sulla bocca mentre essa continuava a protestare, ne risultò così un bacio frazionato in mille, adagiato in un alito tiepido.

Stanca, ella si svincolò e corse ad aprire la porta. – Ora s'accomodi qui e sia saggio perché dalla cucina ci vedono. – Sempre ancora rideva ed egli, poi, la rammentò spesso così lieta d'avergli giuocato quel tiro da bambina maliziosa che fa dispetti a chi la ama. Sulle tempie i capelli le erano stati arruffati dal suo braccio, ch'egli, come sempre, aveva posto intorno alla bionda testa; con l'occhio egli accarezzò le tracce della propria carezza.

Appena più tardi vide la stanza in cui si trovavano. La tappezzeria non era troppo nuova, ma i mobili, date quelle scale, quel corridoio e i vestiti della madre e della sorella, sorprendentemente ricchi, tutti dello stesso legno, noce, il letto coperto di un drappo con larga frangia, in un canto un vaso enorme con alti fiori artificiali e di sopra, sulla parete, aggruppate con grande accuratezza, molte fotografie. Del lusso insomma.

Egli guardò le fotografie. Un vecchio che s'era fatto fotografare in posa di grand'uomo, appoggiato a un fascio di carte. Emilio sorrise. – Il mio santolo – presentò Angiolina. Un giovanotto vestito bene ma come un operaio in festa, una faccia energica, uno sguardo ardito. – Il santolo di mia sorella, – disse Angiolina, – e questo è il santolo del più giovane dei miei fratelli, – e fece vedere il ritratto di un altro giovanotto più mite e più fine dell'altro.

– Ce ne sono degli altri? – domandò Emilio, ma lo scherzo gli morì sulle labbra perché tra le fotografie ne aveva scoperte due unite, di uomini ch'egli conosceva: Leardi e Sorniani! Il Sorniani, giallo anche in fotografia, lo sguardo torvo, pareva continuasse anche di là a dir male d'Angiolina. La fotografia del Leardi era la più bella: la macchina aveva fatto questa volta il proprio dovere riproducendo tutte le gradazioni del chiaroscuro, e il bel Leardi pareva ritratto a colori. Stava là, disinvolto, non appoggiato a tavoli, libere le mani inguantate, proprio in atto di presentarsi in un salotto ove forse lo attendeva una donna sola. Guardava Emilio con una cert'aria di protezione, naturale alla sua bella faccia d'adolescente, ed Emilio dovette torcere lo sguardo, pieno di rancore e d'invidia.

Angiolina non comprese subito perché la fronte di Emilio si fosse tanto oscurata. Per la prima volta, brutalmente, egli tradì la sua gelosia: – Non mi piace mica di trovare tanti uomini in questa stanza da letto. – Poi, vedendo ch'ella si sentiva tanto innocente da essere stupefatta del rimprovero, addolcì la frase: – È quello che io ti diceva sere or sono; non è bello di vederti circondata da cotesti figuri e può danneggiarti. Già il fatto che li conosci è compromettente.

Improvvisamente ella ebbe dipinta sulla faccia una grande ilarità, e dichiarò ch'era ben lieta di vederlo geloso. – Geloso di questa gente! – disse poi rifacendosi seria e con aria di rimprovero, – ma quale stima hai dunque di me? – Ma quando egli stava già per chetarsi, ella commise un errore. – A te, vedi, darò non una ma due delle mie fotografie – e corse all'armadio a prenderle. Dunque tutti gli altri possedevano una fotografia di Angiolina; ella gliclo aveva raccontato, però con un'ingenuità tale che egli non osò di fargliene un rimprovero. Ma venne ancora di peggio.

Costringendosi ad un sorriso, egli guardava le due

fotografie ch'ella gli aveva consegnate con un inchino scherzoso. Una, in profilo, era fatta da uno dei migliori fotografi della città; l'altra era un'istantanea bellissima ma più per il vestito elegante, trinato, ch'ella aveva portato la prima volta in cui egli le aveva parlato, che per la faccia sfigurata dallo sforzo di tener aperti gli occhi ai raggi del sole. – Chi ha fatto questa poi? – domandò Emilio. – Il Leardi forse? – Egli ricordava d'aver visto il Leardi sulla via, con una macchina fotografica sotto il braccio.

– Ma no! – disse essa. – Geloso! Me l'ha fatta un uomo serio, sposato: il pittore Datti.

Sposato sì, ma serio? – Non geloso, – disse il Brentani, con voce profonda, – triste, molto triste. – Ed ora vide fra le fotografie anche quella del Datti, il grande barbone rosso, ritratto con predilezione da tutti i pittori della città e, vedendolo, Emilio ebbe un dolore acuto al ricordare una sua frase «Le donne con cui ho a fare, non sono degne di costituire un torto a mia moglie».

Egli non aveva più bisogno di cercare dei documenti, gli cascavano addosso, l'opprimevano, ed Angiolina, maldestra faceva del suo meglio per illustrarli, metterli in rilievo. Umiliata e offesa, mormorò: – Merighi m'ha fatto conoscere tutta questa gente. – Ella mentiva perché non era credibile che il Merighi, un commerciante laborioso, avesse conosciuto quei giovinastri e quegli artisti o, pur conoscendoli, fosse andato a sceglierli per presentarli alla sua sposa.

Egli la guardò a lungo con uno sguardo inquisitore come se fosse stata la prima volta che la vedesse ed ella comprese la serietà di quell'occhiata; un po' pallida guardava in terra e attendeva. Ma subito il Brentani ricordò quanto poco egli avesse il diritto di essere geloso. – No! né umiliarla né farla soffrire mai! – Dolcemente, per dimostrarle ch'egli l'amava ancora sempre, – egli sentiva che le aveva già manifestato un sentimento molto differente, – volle baciarla.

Subito ella apparve rabbonita ma s'allontanò e lo scongiurò non la baciasse più. Egli si sorprese ch'ella rifiutasse un bacio tanto significante e finì coll'adirarsene più che per quanto era successo prima. – Ho già tanti peccati sulla coscienza – disse ella seria, seria, – che oggi mi sarà ben difficile di ottenere l'assoluzione. Per colpa tua mi presento al confessore con l'animo mal preparato.

In Emilio rinacque la speranza. Oh, la dolce cosa ch'era la religione. Di casa sua e dal cuore d'Amalia egli l'aveva scacciata, – era stata l'opera più importante della sua vita, – ma ritrovandola presso Angiolina, la salutò con gioia ineffabile. Accanto alla religione delle donne oneste, gli uomini sul muro parvero meno aggressivi e, andandosene, egli baciò con rispetto la mano ad Angiolina che accettò l'omaggio come un tributo alla sua virtù. Tutti i documenti raccolti erano inceneriti alla fiamma di un cero sacro.

Perciò, l'unica conseguenza della sua visita fu che egli aveva trovata la via a quella casa. Prese l'abitudine di portarle la mattina i dolci pel caffè. Era una gran bell'ora anche quella. Si stringeva al seno il magnifico corpo uscito allora dal letto, e ne sentiva il tepore, che passava il leggero vestito da mattina e gli dava il sentimento di un contatto immediato con la nudità. L'incanto della religione era presto svanito perché quella di Angiolina non era tale da proteggere o difendere chi non fosse difeso altrimenti, ma pure ad Emilio i sospetti non vennero mai così fieri come la prima volta. In quella stanza egli non aveva il tempo di guardarsi d'intorno.

Angiolina tentò di simulare quella religione che le aveva giovato tanto una volta, ma non le riuscì e presto ne rise spudoratamente. Quando ne aveva assai dei suoi baci, lo respingeva dicendogli: *Ite missa est,* insudiciando un'idea mistica ch'Emilio serio, serio, aveva espressa più volte al momento di separarsi. Domandava un *Deo gratias* quando chiedeva un piccolo favore, gridava *mea maxima culpa* quando egli diventava troppo esigente, *libera nos Domine* quando non voleva sentir parlare di qualche cosa.

Eppure egli aveva una soddisfazione completa dal possesso incompleto di quella donna, e tentò di procedere oltre solo per diffidenza, per timore di venir deriso da tutti quegli uomini che lo guardavano. Ella si difese energicamente: i suoi fratelli l'avrebbero ammazzata. Pianse una volta in cui egli fu più aggressivo. Non le voleva bene se voleva renderla infelice. Allora egli rinunziò a quelle aggressioni, racchetato, lieto. Ella non era appartenuta a nessuno ed egli poteva essere certo di non venir deriso.

Però ella gli promise formalmente che sarebbe stata sua quando si fosse potuta dare senza espor lui a fastidi né se stessa a danni. Ne parlava come della cosa più naturale di questo mondo. Anzi ebbe una trovata: bisognava cercare un terzo su cui scaricare questo disturbo, questo danno e non poche beffe. Egli stava ad ascoltare estatico queste che non gli parevano altro che dichiarazioni d'amore. C'era poca speranza di trovare quel terzo come lo voleva Angiolina, ma dopo queste parole egli credeva di poter adagiarsi tranquillo nel proprio sentimento. Ella era in verità come egli l'aveva voluta, e gli dava l'amore senza legami, senza pericolo.

Certo, per il momento tutta la sua vita apparteneva a quell'amore; non sapeva pensare altro, non sapeva lavorare, neppure adempiere per bene ai suoi doveri d'ufficio. Ma tanto meglio. Per qualche tempo la sua vita assumeva tutta un aspetto nuovo, e in seguito sarebbe stato altrettanto divertente di ritornare alla calma di prima. Amante delle immagini, egli vedeva la propria vita quale una via diritta, uniforme, traverso una quieta valle; dal punto in cui egli aveva avvicinata Angiolina la strada si torceva, deviava per un paese vario d'alberi, di fiori, di colli. Era un piccolo tratto e si ridiscendeva poi a valle, alla facile via piana e sicura, resa meno tediosa dal ricordo di quell'intervallo incantevole, colorito, fors'anche faticoso.

Un giorno ella lo avvisò che doveva andare a lavorare presso una famiglia di conoscenti, certi Deluigi. La signora Deluigi era una buona donna; aveva una figlia ch'era amica d'Angiolina, un vecchio marito, e in casa non c'erano giovanotti; tutti volevano un gran bene ad Angiolina in quella casa. – Ci vado molto volentieri, perché là passo le giornate meglio che non in casa mia. – Emilio non ebbe niente da ridirci, e si rassegnò anche a vederla, di sera, meno spesso. Ella ritornava tardi dal lavoro e non valeva più la pena di trovarsi.

Perciò egli ebbe ora delle sere che poté dedicare all'amico e alla sorella. Ancora sempre egli tentava d'ingannarli – come ingannava se stesso – sull'importanza della sua avventura, ed era persino capace di voler far credere al Balli d'essere lieto che Angiolina qualche sera fosse occupata per non averla, dopo tutto, vicina ogni giorno. Il Balli lo faceva arrossire guardandolo con occhio scrutatore, ed Emilio, non sapendo dove celare la sua passione, derideva Angiolina, riferiva certe osservazioni esatte che andava facendo su lei e che veramente non attenuavano affatto la sua tenerezza. Ne rideva con sufficiente disinvoltura, ma il Balli, che lo conosceva e che nelle sue parole sentiva un suono falso, lo lasciava ridere solo.

Ella toscaneggiava con affettazione e ne risultava un accento piuttosto inglese che toscano. – Prima o poi – diceva Emilio, – le leverò tale difetto che m'infastidisce. – Ella portava la testina eternamente inclinata sulla spalla destra. – Segno di vanità, secondo il Gall – osservava Emilio, e con la serietà di uno scienziato che fa degli esperimenti, aggiungeva: – Chissà che le osservazioni del Gall non sieno meno errate di quanto generalmente si creda? – Era golosa, amava di mangiare molto e bene; poveretto colui che se la sarebbe addossata! Qui poi mentiva sfacciatamente perché egli amava altrettanto di vederla mangiare che di vederla ridere. Derideva tutte le debolezze ch'egli specialmente amava in lei. S'era molto commosso un giorno in cui Angiolina, parlando d'una donna molto brutta e molto ricca, era uscita nell'esclamazione: – Ricca? Allora non brutta. – Ci teneva tanto alla bellezza e l'abbassava dinanzi a quell'altra potenza. – Donna volgare – rideva ora col Balli.

Così, fra il suo modo di parlare col Balli e quello da lui usato con Angiolina, nel Brentani s'erano andati formando addirittura due individui che vivevano tranquilli l'uno accanto all'altro, e ch'egli non si curava di mettere d'accordo. In fondo egli non mentiva né al Balli né ad Angiolina. Non confessando il proprio amore a parole, si sentiva sicuro come lo struzzo che crede d'eludere il cacciatore non guardandolo. Quando invece si trovava con Angiolina, egli si abbandonava tutto al proprio sentimento. Perché avrebbe dovuto diminuirne la forza e la gioia con una resistenza che non aveva alcuna ragione d'essere dove non c era alcun pericolo? Egli amava, non solo desiderava! Sentiva muoversi nell'animo anche qualche cosa che somigliava a un affetto paterno, al vederla così inerme come per loro stessa natura certi disgraziati animali. La mancanza d'intelligenza era una debolezza di più, che chiedeva carezze e protezione.

S'incontrarono al Campo Marzio proprio allorché ella, adirata di non averlo trovato al posto, stava per andarsene. Era la prima volta ch'egli l'avesse fatta attendere, ma con l'orologio alla mano egli le provò di non aver tardato. Raddolcita l'ira, ella confessò che quella sera aveva avuto una speciale premura di vederlo, per cui era stata dessa ad anticipare; aveva da raccontargli delle cose tanto strane che le accadevano. Si appese affettuosamente al suo braccio: – Ho pianto tanto ieri – e si asciugò le lagrime che nell'oscurità egli non poté vedere. Non volle dirgli niente finché non fossero giunti sulla terrazza, e vi salirono a braccetto pel lungo viale oscuro. Egli non aveva alcuna premura d'arrivarci. La notizia che aveva da sentire non poteva essere cattiva visto che Angiolina ne veniva resa più affettuosa. Si fermò più volte per baciarla sulla veletta.

La fece sedere sul muricciolo, si appoggiò lievemente con un braccio sulle sue ginocchia e, per difenderla dalla pioggerella penetrante che continuava a cadere da parecchie ore, la coperse col proprio ombrello.

– Sono fidanzata – disse essa, nella voce un tentativo di nota sentimentale, rotta subito da una grande voglia di ridere.

– Fidanzata! – mormorò Emilio per un istante incredulo tanto che subito si rivolse a indagare la ragione per cui ella gli diceva quella bugia. La guardò in faccia e, ad onta dell'oscurità, vide nell'atteggiamento la sentimentalità che dalla voce era scomparsa. Doveva essere vero. A quale scopo gli avrebbe raccontato una bugia? Avevano dunque trovato il terzo di cui abbisognavano! – Sarai contento ora? – domandò ella carezzevole.

Ella era ben lontana dal sospettare quello che avveniva nell'anima sua ed egli, per pudore, non disse le parole che gli bruciavano le labbra. Ma come avrebbe potuto simulare la gioia cui ella s'attendeva! Era stato tanto violento il suo dolore che gli era occorso di sentirsi ricordare da lei che altre volte egli aveva amato di udirla parlare di quel progetto. Ma quel progetto in bocca d'Angiolina gli era sembrato una carezza. Di più egli si era baloccato con quel piano, ne aveva sognata l'attualizzazione e la conseguente felicità. Ma quanti piani non erano passati per il suo cervello senza lasciar traccia? Aveva sognato in sua vita persino il furto, l'omicidio e lo stupro. Del delinquente aveva sentito il coraggio e la forza e la perversità, e dei delitti aveva sognati i risultati, l'impunità prima di tutto. Ma poi, soddisfatto del sogno, egli aveva ritrovati immutati gli oggetti che aveva voluto distruggere, e s'era chetato, la coscienza tranquilla. Aveva commesso il delitto ma non v'era danno. Ora invece il sogno s'era fatto realtà ed egli, che pur l'aveva voluto, se ne sorprendeva, non ravvisava il suo sogno perché prima aveva avuto tutt'altro aspetto.

– E non mi domandi chi sia lo sposo?

Con improvvisa risoluzione egli si rizzò:

– Lo ami tu?

– Come puoi farmi una simile domanda! – esclamò ella veramente stupefatta. Per unica risposta baciò la mano con la quale egli teneva alto l'ombrello.

– Allora non sposarlo! – impose lui. Spiegò le proprie parole a se stesso. Egli la possedeva già; non la desiderava più. Perché per possederla altrimenti avrebbe dovuto concederla ad altri? Vedendola sempre più sorpresa, cercò di convincerla: – Con un uomo che non ami, non potresti essere felice.

Ma ella non conosceva le sue esitazioni. Per la prima volta si lagnò della propria famiglia. I fratelli non lavoravano, il padre era malato; come si faceva ad andare avanti? E non era lieta casa sua, ch'egli aveva vista alla luce del sole quando non c'erano gli uomini. Non appena venuti si bisticciavano fra di loro e con la madre e le sorelle. Certo, il sarto Volpini, quarantenne, non era il marito che s'era augurato, ma era a modo, buono, dolce, ed ella, col tempo, forse gli avrebbe voluto bene. Di meglio non avrebbe potuto trovare: – Tu, certo, mi vuoi bene, nevvero? Eppure non ammetti la possibilità di sposarmi. – Egli si commosse al sentirla parlare senz'alcun risentimento del suo egoismo.

Infatti. Forse ella faceva un buon affare. Con la consueta debolezza, non potendo convincere lei, per andare d'accordo egli procurò di convincere se stesso.

Ella raccontò. Aveva conosciuto il Volpini dalla signora Deluigi. Era un omino. – Mi arriva qui, – e accennò ridendo alla spalla. – Uomo allegro. Dice d'essere piccolo ma pieno di un grande amore. – Forse sospettando – oh, quale torto gli faceva, – ch'Emilio potesse venir morso dalla gelosia, s'affrettò ad aggiungere: – Brutto assai. Ha la faccia piena di peli del colore della paglia secca. La barba gli arriva agli occhi, anzi agli occhiali. – La sartoria del Volpini si trovava a Fiume, ma egli aveva detto che, dopo il matrimonio, le avrebbe permesso di venir a passare ogni settimana un giorno a Trieste e intanto, poiché la maggior parte del tempo egli era assente, essi avrebbero potuto continuare a vedersi tranquillamente.

– Saremo però molto prudenti – pregò lui. – Molto, molto prudenti! – ripeté. Se quella era una fortuna per lei, non sarebbe stato meglio di rinunciare addirittura a vedersi, per non comprometterla? Per tranquillare la propria coscienza inquieta, egli sarebbe stato capace di qualunque sacrificio. Prese una mano d'Angiolina, vi appoggiò la fronte e in quella posa d'adoratore disse tutto il suo pensiero: – Per non farti del male saprei rinunziare a te.

Forse essa comprese: non fece più allusioni al tradimento ch'essi avevano concertato e, per questo solo fatto, fu quella la serata in cui si fossero amati più dolcemente. Per un momento, per una sola volta, apparì portata all'altezza del sentimento d'Emilio. Non ebbe nessuna nota stonata; non gli disse neppure d'amarlo. Egli andava accarezzando il proprio dolore. La donna ch'egli amava non era soltanto dolce e inerme; era perduta. Si vendeva da una parte, si donava dall'altra. Oh, egli non poteva dimenticare la voglia di ridere ch'ella aveva manifestata al principio del loro colloquio. Se faceva a quel modo il passo più importante della sua vita, come si sarebbe comportata accanto ad un uomo che non amava?

Era perduta! Abbracciatala stretta stretta col braccio sinistro, poggiò il capo nel suo grembo e, pieno di compassione più che di amore, mormorò: – Poveretta! – Restarono così lungamente; poi ella si chinò su lui e, certo con l'intenzione ch'egli non se ne accorgesse, leggermente lo baciò sui capelli. Fu l'atto più gentile ch'ella avesse avuto durante la loro relazione.

Poi tutto divenne brusco, orribile. La pioggerella monotona, triste, che aveva accompagnato il dolore d'Emilio con una nota mite che gli era sembrata ora compianto ed ora indifferenza, si mutò improvvisamente in uno scroscio violento. Un soffio di vento freddo, dal mare, aveva sconvolta l'atmosfera pregna di acqua e venne ora a scuoterli, a toglierli dal sogno che un istante felice aveva loro concesso. Ella fu presa da una grande paura di bagnarsi il vestito, e si mise a correre dopo di aver rifiutato il braccio di Emilio; aveva bisogno di ambe le mani per tener l'ombrello contro il vento. Nella lotta col vento e con la pioggia, ella s'adirò e non volle neppur precisare quando si sarebbero rivisti: – Adesso intanto badiamo d'arrivare a casa.

La vide salire in un carrozzone della tramvia e, dall'oscurità dove rimase, scorse nella luce gialla la bella faccia imbronciata, i dolci occhi intenti a verificare i guasti fatti dall'acqua al suo vestito.

Capitolo IV

Spesso, nella loro relazione, si ripeterono quegli scrosci di pioggia che lo strappavano all'incanto cui egli con tanta voluttà si abbandonava.

Di buon'ora, il giorno appresso, andò da Angiolina. Non sapeva neppur lui se ci andava a vendicarsi con qualche frase pungente del modo con cui ella l'aveva lasciato la sera innanzi, oppure a riavere intero, al colore di quel viso, il sentimento che nella notte era stato minato in lui da una dolorosa riflessione e del quale, – lo apprendeva all'ansietà che lo faceva correre fin lassù, – egli aveva oramai bisogno.

Venne ad aprirgli la porta la madre di Angiolina, la quale l'accolse con le solite parole gentili, la fisionomia immobile di cartapecora, la voce brutalmente sonora. Angiolina stava vestendosi e sarebbe venuta subito.

– Che gliene sembra? – domandò la vecchia tutto ad un tratto. Gli parlò del Volpini. Sorpreso che anche la madre volesse la sua approvazione al matrimonio di Angiolina, egli esitò ed ella, ingannandosi sulla natura del dubbio che gli vedeva scritto in faccia, cercò di convincerlo. – Capirà. È una fortuna per Angiolina. Se anche non gli vorrà tanto bene, avrà una vita tranquilla, lieta, perché egli è molto innamorato. Bisogna vederlo! – Ebbe un risolino breve e rumoroso ma che le contrasse le sole labbra. Si capiva ch'era soddisfatta.

Finì di compiacersi di vedere come Angiolina avesse fatto comprendere alla madre quanto ci tenesse al suo consenso; lo diede con parole generose. Gli doleva che Angiolina ne sposasse un altro, ma visto ch'era per suo bene... L'altra ebbe un altro risolino, ma questo più sulla faccia che nella voce e a lui parve ironico. Che la madre sapesse anche dei suoi patti con la figlia? Neppure questo non gli sarebbe dispiaciuto tanto. Perché avrebbe dovuto dolersi di quelle risatine destinate all'onesto Volpini? Certo era che qui non poteva essere lui il deriso.

Angiolina venne vestita di tutto punto per uscire, aveva fretta perché alle nove doveva trovarsi dalla signora Deluigi. Egli non volle lasciarla subito perciò, per la prima volta, camminarono insieme per la via, alla luce del sole.

– Mi pare che siamo una bella coppia – disse ella sorridendo vedendo che ogni passante aveva un'occhiata per loro. Era impossibile passarle accanto e non guardarla.

Anche Emilio la guardò. Il vestito bianco, che esagerava il figurino d'allora, la vita strettissima, le maniche allargate, quasi palloni rigonfi, domandava l'occhiata, era stato fatto per conquistarla. La testa usciva da tutto quel bianco, non oscurata da esso, ma rilevata nella sua luce gialla e sfacciatamente rosea, alle labbra una sottile striscia di sangue rosso che gridava sui denti, scoperti dal sorriso lieto e dolce gettato all'aria e che i passanti raccoglievano. Il sole le scherzava nei riccioli biondi, li indorava e incipriava.

Emilio arrossì. Gli parve di poter leggere negli occhi di ogni passante un giudizio ingiurioso. La guardò ancora. Evidentemente ella aveva nell'occhio per ogni uomo elegante che passava, una specie di saluto; l'occhio non guardava, ma vi brillava un lampo di luce. Nella pupilla qualche cosa si moveva e modificava continuamente l'intensità e la direzione della luce. Quell'occhio *crepitava*! Emilio si attaccò a questo verbo che gli parve caratterizzasse tanto bene l'attività in quell'occhio. Nei piccoli movimenti rapidi, imprevedibili della luce, pareva di sentire un lieve rumore.

– Perché civetti? – chiese egli costringendosi ad un sorriso.

Senz'arrossire e ridendo, ella rispose: – Io? Ho gli occhi per guardare, io. – Ella era dunque consapevole del movimento del suo occhio; s'ingannava soltanto dicendolo «guardare». Poco dopo passò un impiegatuccio, certo Giustini, bel giovinetto che Emilio conosceva di vista. L'occhio di Angiolina si ravvivò ed Emilio si volse a guardare il fortunato mortale ch'era già passato. L'impiegatuccio s'era fermato a guardarli. – S'è fermato a guardarmi, eh? – chiese essa sorridendo lieta.

– Perché te ne compiaci? – chiese egli con tristezza. Ella non lo comprese neppure. Poi, con astuzia, volle fargli credere ch'ella di proposito cercasse di renderlo geloso, e, infine, per quietarlo, spudoratamente, alla luce del sole fece con le labbra rosse una smorfia che voleva rappresentare un bacio. Oh, ella non sapeva fingere. La donna ch'egli amava, *Ange*, era sua invenzione, se l'era creata lui con uno sforzo voluto; essa non aveva collaborato a questa creazione, non l'aveva neppure lasciato fare perché aveva resistito. Alla luce del giorno il sogno scompariva.

– Troppa luce! – mormorò egli abbacinato. – Andiamo all'ombra

Essa lo guardò con curiosità vedendogli il viso sconvolto: – Il sole a te fa male? Mi dicono infatti che ci sono delle persone che non lo possono sopportare. – Come ella aveva torto d'amare il sole.

Al momento di separarsi, egli le chiese: – E se Volpini risapesse di questa nostra passeggiata traverso la città?

– Chi gliel'avrebbe a dire? – disse essa con grande calma. Gli direi che tu sei un fratello o un cugino della Deluigi. Egli non conosce nessuno a Trieste, ed è quindi facile fargli credere ciò che si vuole.

Quando si separarono, egli volle ancora analizzare le proprie impressioni e camminò solo, senza direzione. Un lampo d'energia rese il suo pensiero rapido e intenso. S'era imposto un problema e subito lo risolse. Avrebbe fatto bene a lasciarla immediatamente e non rivederla più. Non poteva più ingannarsi sulla natura dei propri sentimenti, perché il dolore che poco prima aveva provato era troppo caratteristico con quella vergogna per lei e per se stesso.

S'avvicinò a Stefano Balli col proposito di fargli una promessa per cui la sua risoluzione fosse resa irrevocabile. Invece la vista dell'amico bastò a fargliela abbandonare. Perché non si sarebbe potuto divertire anche lui con le donne come faceva Stefano? Ricordò quale sarebbe stata la sua vita senz'amore. Da una parte la soggezione al Balli, dall'altra la tristezza d'Amalia, e null'altro. E non gli parve d'essere meno energico ora che poco prima; anzi, ora voleva vivere, godere anche a costo di soffrire. Avrebbe dimostrato energia nel modo con cui avrebbe trattato Angiolina, non nel fuggirla vigliaccamente.

Lo scultore lo accolse con una bestemmia brutale: – Sei vivo ancora? Bada che se, come sembrerebbe dalla tua faccia contrita, ti avvicini per chiedermi un favore, sprechi fatica e fiato. Bastardo!

Gli gridava nelle orecchie comicamente minaccioso, ma Emilio fu liberato da ogni dubbio. L'amico, parlandogli d'appoggio, gli aveva dato un buon consiglio; e chi meglio del Balli avrebbe potuto soccorrerlo in quei frangenti? – Te ne prego supplicò, – avrei un consiglio da chiederti.

L'altro si mise a ridere. – Si tratta d'Angiolina, nevvero? Non voglio saperne di cose che la concernono. E capitata fra noi a dividerci e ci stia, ma non mi secchi altrimenti.

Avrebbe potuto essere più brusco ancora che Emilio cionondimeno non avrebbe rinunziato ad averne il consiglio. Da quello doveva risultare la salvezza; Stefano, che tanto bene se ne intendeva, gli avrebbe indicata lui la via da seguirsi per continuare a godere senza più soffrire.

In un solo istante giunse così dall'altezza di quel suo primo virile proposito alla più bassa abiezione: la coscienza della propria debolezza e la perfetta rassegnazione alla stessa. Chiamava aiuto! Avrebbe voluto conservare almeno l'aspetto della persona che domanda un semplice consiglio tanto per udire un parere altrui. Per un effetto meccanico, invece, quei gridi nelle orecchie lo resero supplichevole. Avrebbe avuto grande bisogno di venir accarezzato.

Stefano ne ebbe compassione. Lo prese ruvidamente pel braccio e lo trascinò seco verso la Piazza della Legna ove aveva lo studio. – Sentiamo. Se c'è aiuto possibile, sai bene ch'io te lo darò.

Commosso, Emilio si confessò. Sì. Ora lo sentiva chiaramente. La cosa era divenuta per lui molto seria, e descrisse il proprio amore, l'ansietà di vederla, di parlarle, la gelosia, il dubbio, il cruccio incessante e l'oblio perfetto d'ogni cosa che non avesse avuto attinenza a lei o al proprio sentimento. Poi parlò d'Angiolina come ora la giudicava in seguito al contegno ch'ella teneva sulla via, alle fotografie appese al muro della sua stanza e alla sua dedizione al sarto e ai loro patti. Parlandone sorrise più volte. L'aveva evocata alla mente, la vedeva lieta, ingenuamente perversa e le sorrideva senz'ira. Povera fanciulla! Ella ci teneva tanto a quelle fotografie da tenerle in parata sul muro, amava tanto di venir ammirata per la via da volere ch'egli stesso tenesse il registro delle occhiate lanciatele. Parlandone sentì che in tutto ciò non v'era offesa per chi aveva dichiarato di non cercare in lei che un giocattolo. Vero è che nel racconto non erano entrate tutte le sue osservazioni ed esperienze, ma quelle che ne erano rimaste fuori per il momento non esistettero più. Guardò il Balli con timidezza perché temeva di vederlo scoppiare in una risata, e fu soltanto la logica che lo costrinse a proseguire. Aveva dichiarato di volere un consiglio e doveva chiederlo. Il suono delle proprie parole echeggiava ancora nel suo orecchio ed egli ne trasse una conclusione come da parole altrui. Con grande calma, quasi avesse voluto far dimenticare il calore con cui aveva parlato fino a quel punto, chiese: – Non ti pare che visto che non so comportarmi come dovrei, farei bene a cessare da questa relazione? – Dissimulò di nuovo un sorriso. Sarebbe stato comico che il Balli, in buona fede, gli avesse dato il consiglio di lasciare Angiolina.

Ma Stefano diede subito prova della sua intelligenza superiore e non volle consigliare. – Capisci che io non posso mica consigliarti d'essere fatto altrimenti, – disse affettuosamente – Lo sapevo io che questa specie di avventure non era fatta per te. – Emilio pensò che, poiché Balli ne parlava a quel modo, i sentimenti di cui egli poco prima s'era tanto spaventato dovessero essere una cosa comune, e ne trasse un nuovo argomento di tranquillità.

S'avvicinò Michele, il servo del Balli, un uomo in età, antico soldato. In posizione di attenti disse al padrone qualche parola a mezza voce e s'allontanò dopo d'essersi levato il cappello con un gesto largo ma il corpo sempre immobile.

– Sono atteso nello studio, – disse il Balli con un sorriso. – È una donna ed è peccato che tu non possa assistere al nostro colloquio. Sarebbe molto istruttivo per te. – Poi ebbe una idea: – Vuoi che ci troviamo una sera in quattro? – Credette d'aver trovata la via per dare aiuto all'amico ed Emilio accettò con entusiasmo. Naturalmente! L'unico mezzo per poter imitare il Balli era di vederlo all'opera.

La sera Emilio aveva convegno con Angiolina al Campo Marzio. Nella giornata egli aveva meditati dei rimproveri. Ma ella venne per essere per qualche ora tutta sua; a Sant'Andrea, a quell'ora, non v'erano dei passanti che gliene rubassero l'attenzione. Perché avrebbe dovuto diminuire la felicità con dei litigi? Gli parve d'imitare meglio il Balli amando dolcemente e godendo di quell'amore, cui, la mattina, in un istante di follia, per poco non aveva rinunziato. Del suo risentimento non trapelò che una eccitazione che andò a dar anima alle sue parole, a tutta la serata che fu nel principio dolcissima. Stabilirono di dedicare una delle due ore che potevano passare insieme ad allontanarsi dalla città, l'altra a rientrare. Fu lui che fece la proposta volendo tranquillarsi camminando accanto a lei. Ci misero circa un'ora ad arrivare all'Arsenale, un'ora di felicità perfetta, nella notte chiara, in quell'aria limpida, rinfrescata da un autunno anticipato.

Ella sedette sul muricciuolo che fiancheggiava la via ed egli rimase in piedi dominandola tutta. Vedeva proiettarsi quella testa, illuminata da una parte dalla luce di un fanale, sul fondo oscuro: l'Arsenale che giaceva sulla riva, tutta una città, in quell'ora morta. – La città del lavoro! – disse egli sorpreso d'esser venuto là ad amare.

Il mare, chiuso dalla penisola di faccia, nascosto dalle case, nella notte era sparito dal panorama. Restavano le case sparse alla riva come su una scacchiera, poi, più in là, un vascello in costruzione. La città del lavoro pareva anche maggiore che non fosse. Alla sinistra, dei fanali lontani parevano segnarne la continuazione. Egli rammentò che quei fanali appartenevano ad un altro grande stabilimento situato sulla sponda opposta del vallone di Muggia. Il lavoro continuava anche là; era giusto che alla vista apparisse come la continuazione di questo.

Anch'ella guardava e, per un istante, Emilio si trovò col pensiero ben lungi dal suo amore. In passato egli aveva vagheggiato delle idee socialiste, naturalmente senza mai muover dito per attuarle. Come erano lontane da lui quelle idee! Ne ebbe rimorso come di un tradimento, perché egli sentiva le cessazioni da desideri e da idee, le sole sue azioni, come apostasìe.

Il piccolo malessere presto sparì. Ella chiedeva parecchie cose, specialmente intorno a quel colosso sospeso nell'aria ed egli le descrisse un varo. Nella sua vita di pedante solitario egli non aveva saputo conformare giammai il pensiero e le parole alle orecchie cui erano dirette e, invano, parecchi anni prima, aveva tentato d'uscire dal suo guscio e comunicare con la folla; s'era dovuto ritirare indispettito e sprezzante. Ora, invece, come era dolce evitare la parola o magari il concetto difficile, e farsi intendere. Come parlava era capace di spezzettare il proprio concetto liberandolo dalla parola con cui era nato, pur di veder passare un lampo d'intelligenza in quegli occhi azzurri.

Ma una grave stonatura anche allora venne ad interrompere tutta quella musica. Giorni prima egli aveva sentito raccontare un fatto che l'aveva assai commosso. Un astronomo tedesco, da una diecina di anni, viveva nel suo osservatorio, su una delle punte più alte delle Alpi, fra le nevi eterne. Il più vicino villaggio era situato un migliaio di metri sotto ai suoi piedi, e di là gli veniva portato giornalmente il cibo da una fanciulla dodicenne. Nei dieci anni, a mille metri il giorno di salita e di discesa, la fanciulla era divenuta grande e forte e bella, e lo scienziato ne fece sua moglie. Il matrimonio s'era celebrato poco prima nel villaggio, e, per viaggio di nozze, gli sposi erano saliti insieme alla loro abitazione. Fra le braccia di Angiolina egli vi ripensò; così avrebbe voluto possederla, a mille metri di distanza da qualunque altro uomo; così – dato che gli fosse stato possibile come all'astronomo, di continuare a dedicare la vita ai medesimi scopi – sarebbe stato capace di legarsi definitivamente a lei, senza riserve. – E a te – domandò con impazienza visto ch'ella non capiva ancora perché le venisse raccontata quella storiella, – e a te piacerebbe di venir a stare lassù, con me?

Ella esitò. Evidentemente ella esitò. Una parte della

storiella, la montagna cioè, era stata capita subito da lei. Egli non vi scorgeva che amore, mentre ella, subito, vi sentì la noia e il freddo. Lo guardò, comprese quale risposta egli esigesse, e, proprio per compiacergli, disse senz'alcun entusiasmo: – Oh, sarebbe magnifico.

Ma egli era già profondamente offeso. Aveva sempre creduto che quando si fosse deciso a farla sua, ella avrebbe accettato con entusiasmo qualunque condizione ch'egli le avesse imposta. Invece, no! Tanto in alto ella non si sarebbe trovata bene neppure con lui e, nell'oscurità, egli vide dipinta su quel volto la meraviglia che si potesse proporle di andar a passare la gioventù fra la neve, nella solitudine; la sua bella gioventù, dunque i capelli, i colori della faccia, i denti, tutte le cose ch'ella amava tanto di veder ammirate dalla gente.

Le parti erano invertite. Egli aveva proposto, sebbene per figura retorica, di farla sua ed ella non aveva accettato; ne rimase veramente costernato! – Naturalmente – disse con ironia amara – lassù non ci sarebbe nessuno che potrebbe regalarti delle fotografie, né troveresti sulla via della gente fermata a guardarti.

Ella sentì l'amarezza, ma non si offese dell'ironia perché le sembrava di aver ragione e si mise a discutere. Lassù faceva freddo ed ella non amava il freddo; d'inverno si sentiva infelice persino in città. Poi, a questo mondo, non si vive che una volta sola, e lassù si correva il pericolo di vivere più brevemente dopo d'esser vissuto peggio, perché non le si darebbe ad intendere che possa essere molto divertente di vedersi passare le nubi anche sotto ai piedi.

Ella aveva ragione infatti, ma come era fredda e poco intelligente! Non discusse più perché come avrebbe potuto convincerla? Guardò altrove cercando. Le avrebbe potuto dire un'insolenza che lo vendicasse e quietasse. Ma restò zitto, indeciso a guardare intorno a sé la notte, le luci sparse sulla fosca penisola di faccia, poi la torre che s'ergeva all'ingresso dell'Arsenale, al di sopra degli alberi, di una lividezza turchina, un'ombra immota che pareva una combinazione casuale di colore campata in aria.

– Io non dico di no, – disse Angiolina per rabbonirlo, – sarebbe magnifico, ma... – S'interruppe; pensò che poiché egli tanto desiderava di vederla entusiasmata di quella montagna che essi, certo, non avrebbero mai vista, sarebbe stata una sciocchezza di non compiacerlo: – Sarebbe molto bello – e ripeté la frase con un crescendo d'entusiasmo. Ma egli non distolse gli occhi dalla lividura dell'aria, offeso anche più da quella finzione tanto trasparente da sembrare uno scherzo, finché ella non lo attirò a sé. – Se vuoi una prova, domani, subito, partiamo e vivo sola con te per sempre.

In uno stato d'animo identico a quello della mattina, egli ripensò al Balli: – Lo scultore Balli vuole fare la tua conoscenza.

– Davvero? – chiese essa giocondamente. – Anch'io! – e pareva volesse correre subito in cerca del Balli. – Me ne è stato parlato tanto da una signorina che gli voleva bene, che da lungo tempo ho il desiderio di conoscerlo. Dove mi ha vista da desiderare di conoscermi?

Non era cosa nuova ch'ella, in faccia a lui, dimostrasse dell'interessamento per altri uomini, ma come era doloroso! – Non sapeva nemmeno che tu esistessi! – disse egli bruscamente. – Ne sa quanto io gliene dissi. – Sperava di averle fatto dispiacere mentre invece ella gli fu molto grata d'aver parlato di lei. – Chissà, però – disse con accento comicissimo di diffidenza – che cosa tu gli avrai detto di me.

– Gli dissi che sei una traditrice, – disse egli ridendo. La parola li fece ridere di cuore e furono immediatamente di buon umore e in buona armonia. Si lasciò abbracciare lungamente e, tutt'ad un tratto molto commossa, gli

mormorò nell'orecchio: – *Sce tèm bocù.* – Egli ripeté questa
volta con tristezza: – Traditrice. – Ella rise di nuovo
fragorosamente, ma poi trovò qualche cosa di meglio.
Baciandolo, gli parlò sulla bocca, e, con una grazia ch'egli
non dimenticò più, una voce dolce supplichevole, che
mutava timbro, gli chiese più volte: – Non è vero che non è
vero ch'io sia quella tal cosa? – Perciò anche la chiusa
della serata fu deliziosa. Bastava un gesto indovinato
d'Angiolina per annullare ogni dubbio, ogni dolore.

Al ritorno egli si rammentò che il Balli aveva da portar con
sé una donna e s'affrettò di parlarne. Non parve ch'ella ne
provasse dispiacere; poi però si informò con un aspetto
d'indifferenza che non poteva essere simulato, se quella
donna fosse molto amata dal Balli. – Non credo, – disse
egli sinceramente, lieto di quell'indifferenza. – Il Balli ha
un modo strano d'amare le donne; le ama molto ma tutte
egualmente quando gli piacciono.

– Deve averne avute molte? – chiese essa pensierosa. E qui
egli credette di dover mentire. – Non lo credo.

La sera appresso dovevano trovarsi al Giardino Pubblico in
quattro. I primi sul posto furono Angiolina ed Emilio. Non
era troppo gradevole d'attendere all'aperto, perché, senza
che fosse piovuto, il terreno era umido per lo scirocco.
Angiolina volle celare la sua impazienza sotto un aspetto
di malumore, ma non le riuscì d'ingannare Emilio il quale
fu preso da un intenso desiderio di conquistare quella
donna ch'egli non sentiva più sua. Fu noioso invece, lo
sentì ed ella non mancò di farglielo sentire anche meglio. ˙
Stringendole il braccio, egli le aveva chiesto: – Mi vuoi
bene almeno quanto iersera? – Sì! – disse lei bruscamente
– ma non sono mica cose che si dicano ad ogni istante.

Il Balli capitò dall'Acquedotto al braccio di una donna
grande come lui. – Com'è lunga! – disse Angiolina
emettendo subito su quella donna l'unico giudizio che a
quella distanza se ne poteva fare.

Avvicinatosi, il Balli presentò: – Margherita! *Ange!* – Tentò nell'oscurità di vedere Angiolina e s'avvicinò con la faccia tanto che allungando le labbra avrebbe potuto baciarla. – Veramente *Ange*? – Non ancora soddisfatto, accese un cerino e illuminò con esso la rosea faccia che, seria, seria, si prestò all'operazione. Illuminata, essa aveva nell'oscurità delle trasparenze adorabili; gli occhi chiari, in cui il giallo della fiamma penetrava come nell'acqua più limpida, brillavano dolci, lieti, grandi. Senza scomporsi, il Balli illuminò col cerino la faccia di Margherita, una faccia pallida, pura, due occhioni turchini, grandi e vivaci, che toglievano la possibilità di guardare altrove, un naso aquilino e, sulla piccola testa, una grande quantità di capelli castagni. Strideva su quella faccia la contraddizione fra quegli occhi arditi di monella e la serietà dei tratti di madonna sofferente. Oltre che per farsi vedere, ella approfittò della luce del cerino per guardare con curiosità Emilio; poi, visto che la fiammella non voleva ancora spegnersi, vi soffiò sopra.

– Adesso vi conoscete tutti. Quel coso lì – disse il Balli accennando ad Emilio – lo vedrai al chiaro. – Precedette la compagnia con Margherita che già s'era attaccata al suo braccio. La figura di Margherita così alta e magra, non doveva esser bella; s'accompagnava ad entrambe le espressioni della faccia di vivacità e di sofferenza. Il suo passo era malsicuro, piccolo in proporzione alla figura. Portava una giacchetta di un color rosso fiammante, ma sul suo dosso modesto, povero, un po' curvo, perdeva ogni arditezza; pareva una uniforme vestita da un fanciullo; mentre addosso ad Angiolina il colore più smorto s'avvivava. – Peccato, – mormorò Angiolina con profondo rammarico, – quella bella testa infilzata su quella stanga.

Emilio volle dire qualche cosa. S'avvicinò al Balli e gli disse: – Soddisfattissimo degli occhi della tua signorina, vorrei sapere come ti sieno piaciuti quelli della mia.

– Gli occhi non son brutti – dichiarò il Balli – il naso però non è modellato perfettamente; la linea inferiore è poco fatta. Bisognerebbe darci ancora qualche colpo di pollice.

– Davvero! – esclamò Angiolina interdetta.

– Forse potrei ingannarmi – disse il Balli serio, serio. – È cosa che si vedrà subito, al chiaro.

Quando Angiolina si sentì abbastanza lontana dal suo terribile critico, disse con voce cattiva: – Come se la sua zoppa fosse perfetta.

Al «Mondo Nuovo» entrarono in una stanza oblunga chiusa da una parte da un tramezzo, dall'altra, verso il vasto giardino della birreria, da una vetrata. Al loro arrivo accorse il cameriere, un giovanotto dal vestito e dal fare contadineschi. Montò in piedi su una seggiola e accese due fiammelle del gas, che rischiararono scarsamente la vasta stanza; restò poi lassù a stropicciarsi gli occhi assonnati, finché Stefano non accorse a trarlo giù gridando che non gli permetteva d'addormentarsi tanto in alto. Il contadinotto, appoggiatosi allo scultore, discese dalla sedia e s'allontanò desto del tutto e di buonissimo umore.

A Margherita doleva un piede e s'era subito seduta. Il Balli le si fece d'intorno abbastanza premuroso, e voleva non facesse complimenti, si levasse lo stivale. Ma ella non volle dichiarando: – Già qualche male ci dev'essere sempre. Questa sera lo sento appena, appena.

Come era differente da Angiolina quella donna. Faceva delle dichiarazioni d'amore senza dirle, senza tradirne il proposito, affettuosa e casta, mentre l'altra, quando voleva significare la sua sensibilità, si inarcava tutta, si caricava come una macchina che per mettersi in movimento ha bisogno di una preparazione.

Ma al Balli non bastava. Aveva detto ch'ella doveva levarsi

lo stivale e insistette per essere ubbidito finché ella non dichiarò che sarebbe stata pronta a levarsi anche tutt'e due gli stivali se egli avesse ordinato, ma che non le sarebbe servito a nulla non essendo quella la causa del male. Durante la serata ella fu obbligata parecchie volte a dare dei segni di sommissione perché il Balli voleva esporre il sistema che seguiva con le donne. Margherita si prestava magnificamente a quella parte; rideva molto, ma ubbidiva. Si sentiva nella sua parola una certa attitudine a pensare; ciò rendeva la sua soggezione appropriatissima quale esempio.

In principio ella cercò d'annodare il discorso con Angiolina che si provava di stare sulle punte dei piedi per vedersi in uno specchio lontano e correggersi i ricci. Le aveva raccontato dei mali che l'affliggevano al petto ed alle gambe; non si rammentava di un'epoca in cui non avesse sentito dei dolori. Sempre con gli occhi rivolti allo specchio, Angiolina disse: – Davvero? Poveretta! – Poi subito, con grande semplicità: – Io sto sempre bene. – Emilio che la conosceva, trattenne un sorriso avendo sentito in quelle parole l'indifferenza più piena per le malattie di Margherita e, immediata, intera, la soddisfazione della propria salute. La sventura altrui le faceva sentir meglio la propria fortuna.

Margherita si pose fra Stefano e Emilio; Angiolina sedette l'ultima in faccia a lei e, ancora in piedi, rivolse un'occhiata strana al Balli. Ad Emilio parve di sfida, ma lo scultore l'interpretò meglio: – Cara Angiolina, – le disse senza complimenti, – ella mi guarda così sperando ch'io trovi bello anche il suo naso, ma non serve. Il suo naso dovrebbe essere fatto così. – Segnò sul tavolo, col dito bagnato nella birra, la curva che egli voleva, una linea grossa che sarebbe stato difficile figurarsi su un naso.

Angiolina guardò quella linea come se avesse voluto apprenderla, e si toccò il naso: – Sta meglio così – disse a mezza voce come se non le fosse più importato di convincere nessuno.

– Che cattivo gusto! – esclamò il Balli non potendo però tenersi dal ridere. Si capì che da quel momento Angiolina lo divertì molto. Continuò a dirle delle cose sgradevoli ma pareva lo facesse per provocarla a difendersi. Ella stessa ci si divertiva. Nel suo occhio c'era per lo scultore la medesima benevolenza che brillava in quello di Margherita; una donna copiava l'altra, ed Emilio, dopo aver cercato invano di cacciare qualche parola nella conversazione generale, era ora intento a domandarsi perché avesse organizzata quella adunanza.

Ma il Balli non lo aveva dimenticato. Seguì il suo sistema, che pareva dovesse essere la brutalità, persino col cameriere. Lo sgridò perché non gli offriva di cena altro che vitello in tutte le salse; rassegnatosi a prenderne, gli diede i suoi ordini e quando il cameriere stava già per uscire dalla stanza, gli gridò dietro in un nuovo comico accesso d'ira ingiustificata: – Bastardo, cane! – Il cameriere si divertì a esser sgridato da lui ed eseguì tutti i suoi ordini con una premura straordinaria. Così, avendo domato tutti intorno a sé, al Balli parve d'aver dato ad Emilio una lezione in piena regola.

Ma a costui non riuscì d'applicare quei sistemi neppure nelle cose più piccole. Margherita non voleva mangiare: – Bada, disse il Balli, – è l'ultima sera che passiamo insieme; non posso soffrire le smorfie io! – Ella acconsentì che si facesse da cena anche per lei; tanto presto le venne l'appetito che ad Emilio sembrò di non avere avuto giammai da Angiolina un tale segno di affetto. Intanto anche questa, dopo lunga esitazione, aveva dichiarato di non volerne sapere di vitello.

– Hai inteso, – le disse Emilio, – Stefano non può soffrire le smorfie. – Ella si strinse nelle spalle; non le importava di piacere a nessuno, e ad Emilio parve che il disprezzo fosse diretto piuttosto a lui che al Balli.

– Questa cena di vitelli – disse il Balli con la bocca piena guardando in faccia gli altri tre – non è precisamente una cosa molto armonica. Voi due stonate insieme; tu nero come il carbone, ella bionda come una spiga alla fine di Giugno, sembrate messi insieme da un pittore accademico. Noi due poi si potrebbe metterci sulla tela col titolo: Granatiere con moglie ferita.

Con sentimento molto giusto, Margherita disse: – Non si va mica insieme per farsi vedere dagli altri. – Il Balli, serio e brusco anche in quell'atto affettuoso, le diede in premio un bacio sulla fronte.

Angiolina, con un pudore nuovo, s'era messa a contemplare il soffitto. – Non faccia la schizzinosa, – le disse il Balli corrucciato. – Come se voi due non faceste di peggio.

– Chi lo dice? – chiese Angiolina subito minacciosa verso Emilio.

– Io no – protestò poco felicemente il Brentani.

– E che cosa fate insieme tutte le sere? Io non lo vedo mai dunque è con lei ch'egli passa le sue serate. Ha da capitargli anche l'amore, in quella verde età! Addio bigliardo, addio passeggiate. Io resto lì solo ad aspettarlo o bisogna m'accontenti del primo imbecille che mi viene per i versi. Ci eravamo trovati tanto bene insieme! Io, la persona più intelligente della città e lui la quinta, perché dopo di me vi sono tre posti vuoti e subito al prossimo c'è lui.

Margherita, che in seguito a quel bacio aveva riacquistata tutta la sua serenità, ebbe per Emilio un'occhiata affettuosa – Davvero! Mi parla continuamente di lei. Le vuole molto bene.

Invece ad Angiolina parve che la quinta intelligenza della città fosse poca cosa, e conservò tutta la sua ammirazione per chi ne era la prima. – Emilio mi ha raccontato ch'ella canta tanto bene. Canti un po'. L'udrei tanto volentieri.

– Non mi mancherebbe altro. Dopo di cena io riposo. Ho la digestione difficile come quella di un serpente.

Margherita sola intuì lo stato d'animo di Emilio. I suoi occhi, posandosi su Angiolina, divennero serii; poi si rivolse ad Emilio, si dedicò a lui, ma per parlargli di Stefano: – Talvolta è brusco, certo, ma non sempre, e anche quando lo è non incute spavento. Si fa quello che vuole lui, perché gli si vuol bene. Poi, sempre a voce bassa, modulata dolcemente, ella disse: Un uomo che pensa è tutt'altra cosa di quelli che non pensano. – Si capiva che parlando di *quegli altri*, pensava a gente in cui s'era imbattuta ed egli, distratto per un istante dal suo doloroso imbarazzo, la guardò con compassione. Ella aveva ragione d'amare negli altri le qualità che le giovavano; da sola, così dolce e debole, non si sarebbe potuta difendere.

Ma il Balli si ricordò di nuovo di lui: – Come sei ammutolito! – Poi, rivolto ad Angiolina, chiese: – E sempre così nelle lunghe sere che passate insieme?

Ella che pareva dimentica dei suoi inni d'amore, disse con malumore: – È un uomo serio.

Il Balli ebbe la buona intenzione di risollevarlo: ne tessé la biografia caricandola: – Come bontà è lui il primo ed io il quinto. È il solo maschio col quale io abbia saputo andar d'accordo. È il mio alter ego, il mio altro io, pensa come me, e... è sempre del mio parere quando io subito non so essere del suo. – All'ultima frase aveva dimenticato il proposito col quale aveva cominciato a parlare e, di buon umore, schiacciava Emilio sotto il peso della propria superiorità. Quest'ultimo non seppe far altro che comporre la bocca ad un sorriso.

Poi sentì che sotto quel sorriso doveva essere ben facile d'indovinare uno sforzo e, per simulare meglio disinvoltura, volle parlare. S'era discorso, – egli non sapeva neppure da chi, – di far posare Angiolina per una figura che il Balli ideava. Egli era d'accordo: – Si tratta già di copiare la sola testa – disse ad Angiolina come se non avesse saputo che ella avrebbe accordato anche di più. Ma ella, senza interpellarlo, mentre egli era stato distratto dai discorsi di Margherita, aveva già accettato, e, bruscamente, interruppe le parole di Emilio, che, per nulla spontanee, s'erano disposte in una perorazione fuori di luogo, esclamando: – Ma se ho già accettato.

Il Balli ringraziò e disse che ne avrebbe sicuramente approfittato, ma soltanto di là a qualche mese, perché, per il momento, era troppo occupato con altri lavori. La guardò lungamente sognando la posa in cui l'avrebbe ritratta e Angiolina divenne rossa dal piacere. Almeno Emilio avesse avuto un compagno di sofferenza. Ma no! Margherita non era affatto gelosa, e guardava Angiolina anche lei con l'occhio d'artista. Stefano ne avrebbe fatta una cosa bella, disse, e parlò con entusiasmo delle sorprese che le aveva date l'arte, quando dall'argilla docile usciva una faccia, un'espressione, la vita.

Il Balli presto si rifece brusco. – Lei si chiama Angiolina? Un vezzeggiativo con codesta statura da granatiere? Angiolona la chiamerò io, anzi Giolona. – E da allora la chiamò sempre così con quelle vocali larghe, larghe, il disprezzo stesso fatto suono. Emilio si sorprese che il nome non dispiacesse ad Angiolina; ella non se ne adirò mai e quando il Balli glielo urlava nelle orecchie, rideva come se qualcuno le avesse fatto il solletico.

Al ritorno il Balli cantò. Aveva una voce uguale, di gran volume, ch'egli mitigava modulandola con ottimo gusto, immeritato dalle canzoncine volgari ch'egli prediligeva. Quella sera ne cantò una di cui, per la presenza delle due donne, non poteva pronunziare tutte le parole, ma seppe farle intendere lo stesso con la malizia e la sensualità della voce e dell'occhio. Angiolina ne fu incantata.

Quando si divisero, Emilio ed Angiolina stettero per un istante fermi a guardare l'altra coppia che s'allontanava. – Cieco! – disse ella. – Come fa ad amare una trave affumicata che si regge a stento?

La sera appresso ella non lasciò ad Emilio il tempo di farle i rimproveri ch'egli aveva meditati nella giornata. Aveva di nuovo da raccontargli delle cose sorprendenti. Il sarto Volpini le scriveva – ella aveva dimenticato di portar seco la lettera, – che egli non avrebbe potuto sposarla che di là ad un anno. Un suo socio glielo impediva con la minaccia di disdire la società e di lasciarlo senza capitali. – Pare che il socio voglia dargli in moglie una propria figliuola, una gobbetta che starebbe veramente bene accanto al mio futuro. Però il Volpini assicura che entro un anno egli potrà far senza del socio e del suo denaro e allora sposerà me. Capisci? – Egli non aveva capito. – C'è dell'altro – disse ella dolcemente e confusa. – Il Volpini non vuole vivere con quel desiderio per tutto un anno.

Ora egli capì. Protestò. Come si poteva sperare d'ottenere da lui un simile consenso? E d'altronde che cosa poteva obiettare? – Quali garanzie avrai della sua onestà?

– Quelle che vorrò. Egli è pronto a fare un contratto da un notaio.

Dopo una breve pausa egli chiese: – Quando?

Ella rise: – La prossima domenica non può venire. Vuole disporre tutto per il contratto che si farà di qui a quindici giorni e poi... – S'interruppe ridendo e lo abbracciò.

Sarebbe stata sua! Non era così ch'egli aveva sognato il possesso, ma l'abbracciò anche lui con effusione e volle convincersi d'essere perfettamente felice. Senza dubbio, doveva esserle grato! Ella gli voleva bene, o meglio voleva bene anche a lui. Di che si sarebbe potuto lagnare?

D'altronde era forse quella la guarigione ch'egli sperava.
Insozzata dal sarto, posseduta da lui, *Ange* sarebbe morta,
e si sarebbe divertito anche lui con Giolona, lieto com'ella
voleva tutti gli uomini, indifferente e sprezzante come il
Balli.

Capitolo V

Come l'aveva detto il Balli, in causa d'Angiolina, fino a quella cena, i rapporti fra i due amici erano stati molto freddi. Di rado Emilio aveva cercato l'amico e non s'era accorto neppure di trascurarlo; l'altro poi se ne era offeso e aveva cessato di corrergli dietro, per quanto quell'amicizia gli fosse stata ancora sempre cara come tutte le altre sue abitudini. La cena tolse l'ostinazione a Stefano e gli diede invece il dubbio di aver offeso lui l'amico. Non gli erano sfuggite le sofferenze di Emilio, e quando si dileguò in lui il piacere di sentirsi amato da tutte e due le donne, piacere intenso, ma che durava una frazione d'ora, la coscienza lo rimorse. Per farla tacere, a mezzodì del giorno appresso corse da Emilio per tenergli un predicozzo. Un buon ragionamento avrebbe potuto curare Emilio meglio dell'esempio e se anche non fosse servito affatto, sarebbe valso almeno a fargli riacquistare la veste di amico e consigliere e togliergli l'aspetto di rivale da lui assunto per una debolezza ch'egli diceva una distrazione.

Venne ad aprirgli la signorina Amalia. Quella ragazza ispirava al Balli un sentimento poco gradevole di compassione. Egli credeva fosse permesso di vivere soltanto per godere della fama, della bellezza o della forza o almeno della ricchezza, ma altrimenti no, perché si diveniva un ingombro odioso alla vita altrui. Perché dunque viveva quella povera fanciulla? Era un errore evidente di madre natura. Talvolta, quando veniva in quella casa e non ci trovava l'amico, adduceva qualche pretesto per andarsene subito subito perché quella faccia pallida e quella voce fioca lo rattristavano profondamente. Ella, invece, che aveva voluto vivere la vita di Emilio, s'era considerata amica del Balli.

– È in casa Emilio? – chiese il Balli impensierito.

– S'accomodi, signor Stefano – disse Amalia lieta. – Emilio!
– gridò. – C'è il signor Stefano. – Poi fece al Balli un
rimprovero: – Da tanto tempo non si aveva il piacere di
vederla! Anche lei ci dimentica?

Stefano si mise a ridere: – Non sono mica io che
abbandono Emilio; è lui che non vuole più saperne di me.

Accompagnandolo verso la porta del tinello, ella mormorò
sorridendo: – Eh, già, intendo. – Così avevano già parlato
di Angiolina.

Il quartierino si componeva di tre sole stanze alle quali, dal
corridoio, si accedeva per quell'unica porta. Perciò, quando
capitava qualche visita nella stanza di Emilio, la sorella si
trovava prigioniera nella propria ch'era l'ultima. Non era
facile ch'ella si presentasse spontaneamente; era più
selvaggia con gli uomini che non Emilio con le donne. Ma
il Balli, dal primo giorno in cui era venuto in casa, aveva
fatta eccezione alla regola. Dopo averlo sentito spesso
descrivere come un uomo rude, ella lo vide per la prima
volta alla morte del padre; subito si familiarizzò con lui,
meravigliato della sua mitezza. Egli era un confortatore
squisito. Aveva saputo tacere e parlare a tempo. Con
discrezione, qua e là aveva saputo discutere e regolare
l'enorme dolore della fanciulla; talvolta l'aveva aiutata,
suggerendole l'espressione più precisa, più soddisfacente.
Ella s'era abituata a piangere in sua compagnia, ed egli
era venuto di frequente, compiacendosi di quella parte di
confortatore da lui tanto bene intuita. Cessato quello
stimolo, egli s'era ritirato. La vita di famiglia non gli si
confaceva e poi, a lui che amava soltanto le cose belle e
disoneste, l'affetto fraterno offertogli da quella brutta
fanciulla doveva dar noia. Era del resto la prima volta
ch'ella gli avesse mosso un rimprovero perché trovava
naturale che egli si divertisse meglio altrove.

Il piccolo tinello, oltre al tavolo bellissimo di legno bruno intarsiato, l'unico mobile della casa dimostrante che in passato la famiglia era stata ricca, conteneva un sofà alquanto frusto, quattro sedie di forma simile ma non identica, una seggiola grande a braccioli ed un vecchio armadio. L'impressione di povertà che faceva la stanza era aumentata dall'accuratezza con cui quelle povere cose erano tenute.

Entrando in quel quartiere, il Balli ripensò all'ufficio di consolatore nel quale s'era trovato tanto bene; gli pareva di passare per un luogo ove avesse sofferto lui stesso, ma sofferto dolcemente assai. Gustava il ricordo della propria bontà, e pensò di aver avuto torto d'evitare per tanto tempo quel luogo ove si sentiva più che mai uomo superiore.

Emilio lo accolse con accurata gentilezza precisamente per celare il rancore che gli covava in fondo all'anima; non voleva che il Balli potesse avvedersi del male che gli aveva fatto, lo avrebbe sì, rimproverato e aspramente, ma studiando il modo di celare la propria ferita. Lo trattava proprio come un nemico. – Qual buon vento ti conduce?

– Son passato di qua e ho voluto salutare la signorina che non vedevo da tanto tempo. La trovo d'aspetto migliorato di molto – disse il Balli guardando Amalia che aveva le guance rosse, i buoni occhi grigi animatissimi.

Emilio la guardò e non vide nulla. Il suo rancore divenne subito violento accorgendosi che Stefano non ricordava affatto gli avvenimenti della sera prima e poteva perciò contenersi con lui con tale disinvoltura: – Ti sei divertito molto, tu, iersera, e un po' anche alle mie spalle.

L'altro fu stupito del risentimento manifestatosi evidente a lui più che per altro perché quelle parole erano fuori di proposito, in presenza di Amalia. Se ne sorprese. Egli non aveva fatto nulla che avesse potuto offendere Emilio; le sue intenzioni, anzi, erano state tali che avrebbe creduto di meritare un inno di ringraziamento. Per reagire meglio all'attacco perdette subito la coscienza del proprio torto e si sentì puro di ogni macchia. Ne parleremo poi – disse per riguardo ad Amalia. Costei se ne andò ad onta che il Balli, il quale non aveva alcuna premura di spiegarsi con Emilio, volesse trattenerla.

– Non capisco che cosa tu mi possa rimproverare.

– Oh, nulla – disse Emilio che, preso di fronte, non trovò niente di meglio di quest'ironia.

Il Balli, in seguito alla convinzione della propria innocenza, fu più esplicito. Disse ch'egli era stato quale s'era proposto di essere allorché s'era offerto di dargli degli insegnamenti. Se si fosse messo anche lui a belare d'amore, allora sì che la cura sarebbe riuscita bene. Giolona doveva essere trattata come aveva fatto lui, ed egli sperava che col tempo Emilio avrebbe saputo imitarlo. Non credeva, non poteva credere che una simile donna fosse presa sul serio, e la descrisse circa con le parole stesse con cui giorni prima gliel'aveva descritta Emilio. L'aveva trovata tanto simile al ritratto che gliene era stato fatto, che gli era stato facile d'indovinarla subito, tutta.

Ma l'altro che sentiva ripetere le proprie parole non ne rimase affatto convinto. Rispose ch'egli faceva all'amore a quel modo e che non avrebbe saputo contenersi altrimenti perché gli pareva che la dolcezza fosse la condizione essenziale per poter godere. Ciò non significava mica ch'egli volesse prendere quella donna troppo sul serio. Le aveva forse promesso di sposarla?

Stefano rise di cuore. Emilio aveva mutato straordinariamente nelle ultime ore. Pochi giorni prima – non se ne ricordava più? – appariva talmente impensierito del proprio stato da chiedere aiuto ai passanti. – Non ho nulla in contrario che tu ti diverta, ma non mi pare che tu abbia la cera di divertirti assai. Emilio aveva infatti la cera stanca. La sua vita era stata sempre poco lieta, ma, dalla morte del padre in poi, molto tranquilla, e il suo organismo soffriva del nuovo regime.

Discreta come un'ombra, Amalia volle passare per la stanza. Emilio la fermò per far tacere Stefano, ma poi i due uomini non seppero subito abbandonare il discorso incominciato. Scherzosamente il Balli disse che la scieglieva per arbitra in una questione ch'ella non doveva conoscere. Fra loro due, vecchi amici, sorgeva una disputa. Il meglio che si potesse fare era di risolverla alla cieca, fidandosi in un giudizio di Dio che per quei casi doveva essere stato inventato.

Ma il giudizio di Dio non poteva più essere cieco perché Amalia aveva già capito di che si trattasse. Ebbe un'occhiata di riconoscenza per il Balli, un'espressione intensa che non si sarebbe creduta possibile in quei piccoli occhi grigi. Ella trovava finalmente un alleato, e l'amarezza che da tanto tempo le pesava sul cuore, si risolse in una grande speranza. Fu sincera: – Ho già capito di che cosa si tratti. Ella ha tanto ragione – il suono della voce invece che dare ragione chiedeva soccorso – basta vederlo sempre distratto e triste, stampata in faccia la fretta di abbandonare questa casa in cui mi lascia tanto sola.

Emilio l'ascoltava inquieto temendo che quelle lagnanze non degenerassero, come sempre, in pianti e singhiozzi. Invece, parlando al Balli del proprio grande dolore, ella restò calma e sorridente.

Il Balli, che nel dolore di Amalia non scorgeva altro che un alleato nel suo litigio con Emilio, ne accompagnava le parole con gesti di rimprovero rivolti all'amico. Ma le parole d'Amalia non s'accompagnarono più a quei gesti. Ridendo lieta, ella raccontò: giorni prima era stata al passeggio con Emilio e aveva potuto osservare ch'egli si faceva inquieto quando vedeva in lontananza delle figure femminili di una certa statura e di un certo colore, alte alte, bionde bionde. – Ho visto bene? – e rise, lieta che il Balli assentisse. – Tanto lunga, tanto bionda? – Non v'era niente di offensivo per Emilio in questa derisione. Ella era andata ad appoggiarsi a lui e gli teneva la bianca mano sulla testa, fraternamente.

Il Balli confermò: – Lunga come un soldato del re di Prussia, bionda tanto che può dirsi incolore.

Emilio rise, ma era ancora sempre col pensiero alla sua gelosia: – Basterebbe esser sicuro che non piaccia a te.

– È geloso di me, capisce, del suo miglior amico! – urlò il Balli indignato.

– Si può capire – disse Amalia mitemente e quasi pregando il Balli di usar indulgenza con l'amico.

– Non si capisce! – disse Stefano protestando. – Come può dire che si capisca una simile infamia?

Ella non rispose, ma restò della propria opinione con l'aspetto sicuro della persona che sa quello che si dice. Credeva di aver pensato intensamente, e perciò di aver intuito lo stato d'animo del disgraziato fratello; lo aveva percepito invece nel proprio sentimento. Ella era rossa, rossa. Certi accenti di quel colloquio echeggiarono nell'anima sua come il suono delle campane nel deserto; lunghi, lunghi, percorsero spazi vuoti enormi, li misurarono, riempiendoli improvvisamente tutti, rendendoli sensibili, distribuendovi abbondantemente gioia e dolore. Lungamente ella tacque. Dimenticò che s'era parlato del fratello e pensò a se stessa. Oh, cosa strana, meravigliosa! Ella aveva parlato altre volte d'amore, ma altrimenti, senz'indulgenza, perché non si doveva. Come aveva preso sul serio quell'imperativo che le era stato gridato nelle orecchie sin dall'infanzia. Aveva odiato, disprezzato coloro che non avevano obbedito e in se stessa aveva soffocato qualunque tentativo di ribellione. Era stata truffata! Il Balli era la virtù e la forza, il Balli che dell'amore parlava tanto serenamente, dell'amore che per lui non era stato mai un peccato. Quanto doveva aver amato! Con la voce dolce e con quegli occhi azzurri, sorridenti, egli amava sempre tutto e tutti, anche lei.

Stefano restò a pranzo. Un po' turbata, Amalia aveva annunziato che ci sarebbe stato poco da mangiare, ma il Balli ebbe anzi la sorpresa di trovare che in quella casa si mangiava molto bene. Da anni Amalia passava una buona parte della sua giornata al focolare e s'era fatta una buona cuciniera quale occorreva al palato delicato d'Emilio.

Stefano era rimasto volentieri. Gli pareva d'essere stato soccombente nella discussione con Emilio e gli restava accanto in attesa della rivincita, soddisfatto che Amalia gli desse ragione, lo scusasse e appoggiasse, tutta sua.

Per lui e per Amalia quel pranzo fu lietissimo. Egli fu ciarliero. Raccontò della sua prima gioventù ricca di avventure sorprendenti. Quando la penuria che lo costringeva ad aiutarsi con espedienti più o meno delicati, ma sempre allegri, minacciava di farsi miseria, era capitato sempre il soccorso. Raccontò in tutt'i dettagli un'avventura che lo aveva salvato dalla fame facendogli guadagnare una mancia per un cane trovato.

E sempre così: terminati gli studi, girovagava per Milano in procinto d'accettare il posto d'ispettore offertogli in un'azienda commerciale. Come scultore era difficile d'incominciare la carriera; subito, agli esordii, sarebbe morto di fame. Passando un giorno dinanzi ad un palazzo nel quale erano esposte le opere di un artista morto da poco, egli vi andò per dare l'ultimo addio alla scultura. Vi trovò un amico e in due si misero a demolire senza pietà le opere esposte. Con l'amarezza che gli derivava dalla sua posizione disperata, il Balli trovava tutto mediocre, insignificante. Parlava ad alta voce, con grande calore;

quella critica doveva essere l'ultima sua opera di artista. Nell'ultima stanza, dinanzi al lavoro che il defunto maestro non aveva potuto finire per la malattia da cui era stato colto, il Balli si fermò meravigliato di non poter finire la sua critica sul tono su cui l'aveva tenuta sino allora. Quel gesso rappresentava una testa di donna dal profilo energico, dalle linee decise rudemente sbozzate, eppure significanti fortemente dolore e pensiero. Il Balli si commosse rumorosamente. Scopriva che nel defunto scultore l'artista era esistito fino all'abbozzo e che l'accademico era sempre intervenuto a distruggere l'artista, dimenticando le prime impressioni, il primo sentimento per non ricordare che dei dogmi impersonali: i pregiudizi dell'arte. – Sì, è vero! – disse un vecchietto occhialuto che gli stava accanto, e poggiò quasi la punta del naso sul bozzetto. Il Balli sempre più s'accanì nella sua ammirazione ed ebbe delle parole commoventi per quell'artista ch'era morto vecchio portando il proprio segreto nella tomba, meno una volta sola in cui precisamente la morte non gli aveva concesso di celarlo.

Il vecchio lasciò guardare il gesso e si volse a considerare il critico. Fu un caso che Stefano si presentò quale scultore e non quale ispettore commerciale. Il vecchio, un originale ricco come un personaggio di fiaba, gli commise il proprio busto da prima, poi un monumento funebre e infine lo ricordò nel testamento. Il Balli ebbe perciò del lavoro per due anni e del denaro per dieci.

Amalia disse: – Come dev'essere bello di conoscere delle persone tanto intelligenti e tanto buone.

Il Balli protestò. Descrisse il vecchio con sentita antipatia. Quel mecenate pretensioso gli era stato eternamente accanto imponendogli di fornire ogni giorno quella data quantità di lavoro. Vero borghese privo di un gusto proprio, non aveva amato dell'arte che quanto gli veniva spiegato, dimostrato. Ogni sera il Balli era stanco di lavorare e di parlare, e gli era parso talvolta d'essere capitato in quel posto d'ispettore commerciale cui era sfuggito solo per un caso. Aveva preso il lutto quando il vecchio era morto, ma, per piangerlo più allegramente, non aveva toccato argilla per molti mesi.

Come era bello il destino del Balli: non era neppure obbligato a riconoscenza per i benefici che gli piovevano dal cielo. La ricchezza e la felicità erano i portati del suo destino; perché avrebbe dovuto sorprendersene o esserne grato a chi era inviato dalla provvidenza a portargli i suoi doni? Amalia, incantata, stava a sentire quel racconto che le confermava la vita essere ben differente di quella che aveva conosciuta. Era naturale che a lei e al fratello fosse stata tanto dura e naturalissimo che al Balli fosse toccata tanto lieta. Ella ammirò la felicità del Balli e amò in lui la forza e la serenità che erano le sue prime grandi fortune.

Invece il Brentani stava ad udire con amarezza e invidia. Pareva che il Balli si vantasse della fortuna come di propria virtù. A Emilio non era toccato mai niente di lieto anzi neppure niente d'inaspettato. Anche la sventura gli si era annunziata da lontano, si era delineata avvicinandosi; egli aveva avuto il tempo di guardarla lungamente in faccia, e quando ne era stato colpito – la morte dei suoi più cari o la povertà – egli vi era già preparato. Perciò aveva sofferto più a lungo ma con meno intensità e le tante sventure non lo avevano mai scosso dalla sua triste inerzia ch'egli attribuiva a quel destino disperatamente incolore e uniforme. Ed egli non aveva mai ispirato niente di forte, né amore, né odio; il vecchio tanto ingiustamente odiato dal Balli non era intervenuto nella sua vita. La gelosia, nel suo animo, crebbe in modo ch'egli ne provò persino per l'ammirazione che al Balli dedicava Amalia. Il pranzo divenne molto animato perché anche lui vi collaborò. Lottò per conquistarsi l'attenzione di Amalia.

Ma non vi riuscì. Che cosa avrebbe potuto dire che stesse

degnamente accanto alla bizzarra autobiografia del Balli? Nient'altro che la sua passione presente, e non potendo parlare di quella, immediatamente egli fu confinato alla seconda parte ch'era sua per destino. Lo sforzo fatto da Emilio non produsse altro che qualche idea che andò ad ornare il racconto dell'amico. Il quale poi, senz'esserne consapevole, sentì la lotta e divenne sempre più vario, colorito, animato. Mai Amalia era stata l'oggetto di tante attenzioni. Ella stava ad ascoltare le confidenze che le faceva lo scultore, e non s'ingannava: le erano fatte proprio per conquistarla ed ella infatti si sentiva tutta sua. Per la mente della grigia fanciulla non passarono speranze per l'avvenire. Era proprio del presente che ella gioiva, di quell'ora in cui ella si sentiva desiderata, importante.

Uscirono insieme. Emilio avrebbe voluto andarsene col Balli, ma ella gli ricordò la promessa fattale il giorno innanzi di condurla con sé. Quella festa non doveva ancora terminare. Stefano la spalleggiò. A lui pareva che l'attaccamento per Amalia avrebbe potuto combattere nel Brentani l'influenza di Angiolina, e non ricordava più che pochi minuti prima aveva lottato per porsi tra fratello e sorella.

Ella fu pronta in un batter d'occhio, e aveva trovato anche il tempo di rassettare sulla fronte i ricci dei capelli fini ma piuttosto variamente macchiati che coloriti. Quando, infilando i guanti, invitò il Balli ad uscire, ebbe per lui un sorriso col quale pregava di piacergli.

Sulla via ella era più insignificante che mai, vestita tutta di nero, una piccola piuma bianca nel cappellino. Il Balli scherzò sulla piuma. Disse però che gli piaceva e seppe celare il malumore che lo colse all'idea di dover attraversare la città accanto a quella donnetta di un gusto tanto perverso da porre un segnale bianco a sì piccola distanza da terra.

L'aria era tepida ma, coperto di una fitta bianca nebbia,

tutta una cappa dello stesso colore, il cielo era veramente invernale e Sant'Andrea con quegli alberi dai lunghi rami nudi, secchi, non ancora tagliati, e il suolo bianco per la luce impedita e diffusa, sembrava un paesaggio di neve. Riproducendolo e non potendo ridare la mitezza dell'aria, un pittore avrebbe stampata quell'erronea illusione.

– Fra noi tre conosciamo tutta la città – mormorò il Balli. Sul passeggio avevano dovuto rallentare il passo. Così festiva e romorosa e ufficiale, nel grande triste paesaggio e accanto al vasto mare bianco, quella folla era poco seria; aveva del formicaio.

– È lei che conosce tutti, non noi, – disse Amalia che ricordava d'essere venuta spesso a quel passeggio senz'aver avuto per ciò da stancarsi troppo nei saluti. Tutte le persone che passavano avevano il saluto amichevole o rispettoso per il Balli, e i saluti gli venivano anche dagli equipaggi. Ella si sentiva bene accanto a lui e gioiva di quella passeggiata trionfale come se una parte della riverenza che veniva dimostrata allo scultore fosse stata destinata a lei.

– Guai se non fossi venuto! – disse il Balli rispondendo con un bel saluto misurato ad una vecchia signora che s'era sporta dalla carrozza per vederlo. – La gente sarebbe ritornata a casa delusa. – Si era sicuri di trovarlo al passeggio della domenica ch'egli festeggiava come un operaio col Brentani il quale gli altri giorni era chiuso in ufficio.

– *Ange!* – mormorò Amalia ridendo con discrezione. L'aveva riconosciuta alla descrizione che gliene era stata fatta e al turbamento di Emilio.

– Non ridere! – pregò Emilio con calore e confermando la scoperta di Amalia. Anche lui vedeva qualche cosa di nuovo: il sarto Volpini, un esile omino più insignificante ancora per colpa della splendida figura femminile accanto alla quale marciava con un suo passo allungato con isforzo e vanto. I due uomini salutarono ed il Volpini rispose con esagerata gentilezza. – Ha il colore di Angiolina, – rise il Balli. Emilio protestò: come si poteva confrontare la paglia del Volpini con l'oro di Angiolina? Si volse e vide che l'Angiolina china, parlava al suo compagno il quale guardava in alto, finalmente non gobbo. Parlavano certo di loro.

Soltanto più tardi, quando si trovarono di nuovo in città e in procinto di dividersi, Amalia che improvvisamente era ammutolita sentendosi di nuovo vicina alla sua abituale solitudine, per dire qualche cosa e rompere il silenzio che già incombeva su lei, domandò chi fosse l'uomo che accompagnava Angiolina. – Suo zio – disse il Brentani, serio serio, dopo una lieve esitazione, mentre Stefano lo guardava con occhio ironico vedendolo arrossire. L'occhio innocente della sorella lo faceva vergognare. Come Amalia sarebbe stata sorpresa che il grande amore del fratello, quell'amore pel quale ella già tanto aveva sofferto, fosse fatto a quel modo.

– Grazie! – disse Amalia congedandosi da Stefano. Oh, quale ricordo dolce di quelle ore le sarebbe rimasto se, per disgrazia, non si fosse accorta che in quel momento il Balli non poteva parlare perché in lotta con uno sbadiglio che gli paralizzava la bocca. – Ella s'è annoiato. Tanto più la ringrazio. Umile e buona tanto, commosse Stefano il quale si sentì subito di volerle bene. Spiegò che lo sbadiglio in lui era affare di nervi. Le avrebbe provato ch'egli non s'annoiava in loro compagnia, se lo sarebbero trovato molto spesso fra' piedi.

Infatti mantenne la parola. Sarebbe stato difficile dire perché egli ogni giorno facesse quelle scale per andare a prendere il caffè dai Brentani. Era gelosia, probabilmente; egli lottava per conservarsi l'amicizia d'Emilio. Ma Amalia non poteva indovinare tutto ciò. Ella riteneva ch'egli venisse più spesso da loro per il più semplice affetto per il fratello, affetto di cui ella stessa godeva perché una parte riverberava su di lei.

Tra fratello e sorella non vi furono più diverbi. Emilio – e cieco com'era non ne ebbe alcuna sorpresa, – sentì che la sorella lo sopportava, lo comprendeva meglio; anzi sentì che la novella benevolenza si estendeva persino al suo amore. Quando egli le parlava di questo, il volto di Amalia si rischiarava, luceva. Ella cercava di farlo parlare d'amore, e non gli diceva mai ch'egli si guardasse o che dovesse lasciare Angiolina. Perché avrebbe dovuto lasciare Angiolina visto ch'ella era la felicità? Un giorno domandò di conoscerla, e più volte ne espresse poi il desiderio; ma Emilio si guardò bene dal compiacerla. Ella non sapeva di quella donna se non ch'era un essere molto differente da lei, più forte, più vitale, e ad Emilio piacque di aver creata nella sua mente un'Angiolina ben diversa dalla reale. Quando si trovava con la sorella, amava quell'immagine, l'abbelliva, vi aggiungeva tutte le qualità che gli sarebbe piaciuto di trovare in Angiolina, e quando capì che anche Amalia collaborava a quella costruzione artificiale, ne gioì vivamente.

Sentendo parlare di una donna che, per appartenere ad un uomo che amava, aveva vinti tutti gli ostacoli, pregiudizi di casta e d'interessi, ella disse in un orecchio ad Emilio: – Somiglia ad Angiolina.

«Oh, le somigliasse!», pensò Emilio mentre atteggiava la faccia a consenso. Poi si convinse che le somigliava di fatto o almeno, che, cresciuta in altro ambiente, le sarebbe somigliata, e finì col sorridere. Perché avrebbe dovuto supporre che Angiolina si sarebbe lasciata fermare da pregiudizi? Attraverso al pensiero nobilitante di Amalia, il suo amore per Angiolina s'adornò in qualche momento di tutte le illusioni.

Invece quella donna che abbatteva tutti gli ostacoli

somigliava ad Amalia stessa. Nelle sue mani lunghe e bianche essa sentiva una forza enorme, tale da spezzare le più forti catene. Nella sua vita non c'erano però catene; ella era del tutto libera, e nessuno le chiedeva né risoluzione, né forza, né amore. Come avrebbe finito coll'espandersi quella grande forza chiusa in quel debole organismo?

Intanto il Balli centellinava il caffè, sdraiato nel vecchio seggiolone, in un grande benessere, ricordando che in quell'ora egli aveva avuta la mala abitudine di discutere con gli artisti al caffè. Come si stava meglio là, fra quelle persone miti che lo ammiravano e amavano!

Altrettanto disgraziato fu l'intervento del Balli fra i due amanti. Nella sua breve relazione con Angiolina, egli s'era conquistato il diritto di dirle un mondo d'insolenze ch'ella subiva sorridente, nient'affatto offesa. Dapprima s'era accontentato di dirgliele in toscano, aspirando e addolcendo, e a lei erano sembrate carezze; ma anche quando le capitarono addosso in buon triestino, dure e sboccate, ella non se ne adontò. Ella sentiva – anche Emilio lo sentiva – ch'erano dette senza fiele di sorta, un modo qualunque d'atteggiare la bocca, un'abitudine innocua di muoverla. E quest'era il peggio. Una sera, Emilio, non potendone più, pregò il Balli finalmente di non accompagnarsi a loro. – Soffro troppo di vederla vilipendere a quel modo.

– Davvero? – chiese il Balli facendo tanto d'occhi. Egli, come sempre dimentico, di nuovo aveva creduto di dover comportarsi così per curare Emilio. Si lasciò convincere e per qualche tempo non andò a turbare i loro amori. – Io non so comportarmi altrimenti con una donna simile. – Ma allora Emilio si vergognò e piuttosto che confessarsi tanto debole, si rassegnò a sopportare il contegno dell'amico.

– Vieni talvolta con Margherita.

La cosiddetta *cena dei vitelli* si ripeté di frequente, negli episodi molto simile alla prima, Emilio condannato al silenzio, Margherita e Angiolina in ginocchio dinanzi al Balli.

Una sera però il Balli non gridò, non comandò, non si fece adorare e fu per la prima volta il compagno ch'Emilio avrebbe potuto sopportare. – Come devi sentirti amato da Margherita! – gli disse quest'ultimo al ritorno per dirgli qualche cosa di gradito. Le due donne camminavano a pochi passi da loro.

– Disgraziatamente – disse il Balli con pacatezza, – credo ch'ella ami anche molti altri come ama me. È un animo gentilissimo. – Emilio cadeva dalle nuvole. – Sta zitto adesso! – disse il Balli vedendo che le due donne s'erano fermate per attenderli.

Il giorno appresso, in un istante in cui Amalia aveva dovuto andare in cucina, il Balli raccontò che per un caso, l'errore di un fattorino, egli aveva scoperto che Margherita dava degli appuntamenti ad un altro – precisamente un artista – disse egli con rabbia. – Ciò mi rattristò profondamente. È un'infamia d'esser trattato così. Mi posi a fare delle indagini e quando credetti di aver scoperto il mio rivale, trovai che nel frattempo erano divenuti due. La cosa diventava molto più innocente. Allora per la prima volta mi degnai di fare delle indagini sulla famiglia di Margherita e trovai ch'era composta della madre e di una caterva di sorelle giovanissime. Capisci? Ella deve provvedere all'educazione di tutte quelle ragazze. – Poi il Balli, con voce profonda dalla commozione, concluse: – Figurati che da me ella non ha voluto accettare un centesimo. Voglio che confessi, mi racconti tutto. La bacerò un'ultima volta, le dirò di non serbarle alcun rancore, e la lascerò conservando di essa il più dolce ricordo. – Poi, subito, fumando egli si rasserenò e quando Amalia rientrò, egli canterellava a mezza voce:

La stessa sera Emilio raccontò la storia di Margherita ad Angiolina. Ella ebbe un impeto di gioia che le fu impossibile di celare. Poi capì essa stessa che doveva farsi perdonare da Emilio un tale movimento. Ma fu difficile. Come era doloroso per lui di veder lo scultore conquistarsi giuocando e ridendo quello ch'egli non poteva ottenere a prezzo di tanti dolori!

Del resto egli passava allora un periodo di strana illusione con Angiolina. Un sogno, di quelli cui egli era tanto esposto in piena veglia, gli faceva credere d'essere stato lui il corruttore della fanciulla. Infatti, subito, le prime sere in cui l'aveva avvicinata, egli le aveva tenuti quei magnifici discorsi sulle donne oneste e sull'interesse. Egli non poteva sapere come ella fosse stata prima di venire alla sua scuola. Come non aveva capito che Angiolina onesta significava Angiolina sua? Ricominciò il sermone che aveva interrotto, ma su tutt'altro tono. Ben presto s'accorse che le teorie fredde e complesse non facevano per Angiolina. Lungamente pensò il metodo da seguire per rieducarla. Nel sogno egli l'accarezzava come se già l'avesse resa degna di lui. Tentò di fare altrettanto nella realtà. Infatti il miglior metodo doveva consistere nel farle sentire che dolcezza sia il rispetto per darle il desiderio di conquistarselo. Perciò egli si trovava allora eternamente in ginocchio dinanzi a lei proprio nella posizione in cui sarebbe stato più facilmente abbattuto il giorno in cui Angiolina avesse creduto opportuno di dargli un calcio.

Capitolo VI

Una sera, al principio di Gennaio, il Balli, con un infinito malumore, camminava soletto l'Acquedotto. Gli mancava la compagnia d'Emilio il quale aveva accompagnata la sorella ad una visita, e Margherita ancora non era stata rimpiazzata.

Il cielo era chiaro ad onta dello scirocco che incombeva già dalla mattina sulla città. Pareva impossibile che a quella temperatura fredda e umida resistesse il tisico carnevale iniziatosi quella sera con un primo ballo mascherato. – Oh, avere qui un cane per far addentare quei polpacci! – pensò il Balli vedendo passare due *pierrettes* con le gambe nude. Quel carnevale, perché meschino, gli dava un'ira da moralista; più tardi, molto più tardi, anche lui vi avrebbe partecipato, dimentico del tutto di quell'ira, innamorato del lusso e dei colori. Ma intanto ricordava d'assistere al preludio di una triste commedia. Incominciava a formarsi il vortice che per un istante avrebbe sottratto l'operaio, la sartina, il povero borghese alla noia della vita volgare per condurli poi al dolore. Ammaccati, sperduti, alcuni sarebbero ritornati all'antica vita divenuta però più greve; gli altri non avrebbero trovato mai più la quaresima.

Sbadigliò di nuovo; anche il proprio pensiero l'annoiava. – Sa di scirocco – pensò e guardò di nuovo la luna luminosa che poggiava sul monte come su un piedestallo.

Ma il suo occhio si fermò su tre figure che scendevano l'Acquedotto. Lo colpirono perché subito s'accorse che tutt'e tre si tenevano per mano. Un uomo tozzo e piccolo in mezzo, due donne, due figure slanciate, ai lati; pareva un'ironia ch'egli si propose di scolpire. Avrebbe vestite le due donne alla greca, l'uomo in una giubba moderna; avrebbe dato alle donne il riso forte delle baccanti, all'uomo avrebbe stampato in faccia la fatica e la noia.

Ma avvicinatesi le figure, egli dimenticò del tutto quella visione. Una delle donne era Angiolina, l'altra certa Giulia, una ragazza non bella che Angiolina aveva fatta conoscere al Balli e ad Emilio. Non conosceva l'uomo che passò a pochi passi da lui, la testa alta e sorridente, veneranda per una grande barba bruna. Non era il Volpini ch'era fulvo.

Giolona rideva di cuore col suo riso sonoro e dolce; certo l'uomo era là per lei, e a Giulia veniva premuta la mano soltanto in grazia sua. Il Balli lo credette fermamente senza però saperne dire il perché, la propria forza d'osservazione lo divertì tanto che dimenticò la noia di tutta la serata. – Ecco un'occupazione originale; farò la spia! – Li seguì tenendosi nell'ombra sotto gli alberi. Giolona rideva assai, quasi ininterrottamente, mentre Giulia, per prendere parte alla conversazione, si protendeva perché i due alla sua destra troppo spesso si dimenticavano di lei.

Presto non ci fu più bisogno di grande forza d'osservazione. A pochi passi dal caffè all'Acquedotto s'erano fermati. L'uomo lasciò la mano di Giulia, che discretamente si trasse in disparte e prese nelle sue gambe le mani di Angiolina. Cercava di ottenere qualche cosa da lei, e ad ogni tratto portava la sua ispida barba accanto alla faccia di Angiolina; da lungi parevano baci. Poscia i tre si riunirono ed entrarono nel caffè.

S'erano seduti nella prima stanza accanto alla porta d'ingresso, ma in modo che il Balli non vedeva che la testa dell'uomo. Quella però in piena luce. Una faccia nera nera incorniciata dalla barba abbondante che gli arrivava fin sotto agli occhi, ma la testa calva e lucente e gialla. – L'ombrellaio di via Barriera! – rise il Balli. Un ombrellaio rivale di Emilio Brentani. Ma tanto meglio perché quel mestiere avrebbe guarito Emilio. Il Balli penso che gli avrebbe saputo rendere l'avventura tanto ridicola che

Emilio ne avrebbe riso e non sofferto. Il Balli non dubitava affatto del proprio spirito.

L'ombrellaio guardava solo da una parte e, con la sua coscienza di spia onesta, il Balli volle accertarsi che da quella parte si trovasse Angiolina; perciò entrò. Era proprio dessa che sedeva addossata alla parete; Giulia, seduta in faccia, perfettamente isolata, centellinava da un bicchierino un liquor trasparente e denso. Ma, tuttavia, ad onta della grande attenzione che ci metteva, ella era meno distratta degli altri due. Fu lei ad accorgersi del Balli e a dar l'allarme. Troppo tardi. Egli s'era potuto accorgere che le due mani s'erano unite di nuovo sotto il tavolo ed era stato colpito dall'espressione affettuosa con cui Angiolina guardava l'ombrellaio. Emilio aveva ragione; quegli occhi crepitavano come se nella loro fiamma qualche cosa bruciasse. Il Balli invidiò l'ombrellaio. Come egli si sarebbe trovato meglio a quel posto che non al proprio!

Giulia lo salutò: – Buona sera! – Egli fu indignato all'accorgersi ch'ella si aspettava di essere avvicinata da lui. Per poter stare con Emilio e con Angiolina egli l'aveva sopportata per una sera. Lentamente uscì, salutando Angiolina con un breve cenno del capo. Ella s'era quasi rannicchiata al suo posto per sembrare lontana dal suo compagno e guardava il Balli con grandi occhi espressivi, pronta a sorridergli solo ch'egli gliene avesse dato l'esempio. Ma egli non sorrise e, guardando altrove, senza rispondere ad un saluto dell'ombrellaio, passò oltre. «Come siamo stati espressivi!», pensò. «Ella m'ha pregato di non parlare ad Emilio di quest'incontro ed io le ho risposto che gliene avrei parlato non appena lo avessi veduto.»

Guardò di nuovo l'ombrellaio, in mezzo a quella calvizie e a quel pelo una faccia di cuor contento. – Oh, se Emilio l'avesse vista!

– Buona sera signor Balli – sentì dietro di sé un saluto riverente. Si volse. Era Michele. Capitava in buon punto.

Con sùbita decisione, il Balli lo pregò di andare da Emilio Brentani; se era in casa di condurlo subito con sé, e se non c'era di attenderlo finché non fosse venuto. Michele si prese appena il tempo di ascoltare l'ordine e si mise a correre.

Impaziente, il Balli s'appoggiò ad un albero di faccia al caffè. Avrebbe saputo impedire lui che Emilio se la prendesse con l'ombrellaio o con Angiolina. Sperava di saper renderlo calmo e libero per sempre da quel legame.

Giulia era venuta alla porta e guardò attentamente a sé d'intorno; ma, trovandosi in piena luce e il Balli nell'ombra, non lo scorse. Il Balli stette immobile non importandogli di celarsi. Giulia rientrò e uscì poi accompagnata da Angiolina e dall'ombrellaio che ora non osava più tenere per mano la sua amata. Si diressero con passo più celere verso il caffè Chiozza. Fuggivano! Fino al Chiozza il compito del Balli restò facile perché Emilio doveva venire per quella via; ma quando piegarono a destra, verso la stazione, allora il Balli si trovò in grande imbarazzo. L'impazienza lo rese iroso. – Se Emilio non viene in tempo, congedo Michele.

Fino a un certo punto fu aiutato dalla sua ottima vista. – Ah, canaglie! – mormorò irritato accorgendosi che l'ombrellaio si sentiva di nuovo sicuro tanto da riafferrare la mano d'Angiolina. Poco dopo li perdette di vista nell'ombra proiettata dalle alte case, e quando capitò finalmente Emilio, sapendo di non poter più raggiungerli, lo accolse con le parole: – Peccato! Hai perduto uno spettacolo che sarebbe stato salutifero per te. Poi si mise a canticchiare. – *Sì, vendetta, tremenda vendetta...* e, forse sperando ch'essi si sarebbero fermati ad aspettarli, trascinò seco Emilio verso la stazione.

Emilio aveva capito che si trattava di Angiolina. Acconsentì a camminare accanto al Balli facendo delle domande come se non avesse avuto il più lontano sospetto della verità. Poi comprese: il nodo che gli serrava la gola era prodotto dal duro ridicolo che lo colpiva. Oh, prima di tutto liberarsi da quello! Si fermò ostinato. Voleva sapere di che cosa si trattasse altrimenti non si sarebbe mosso di là. Gli dicesse tutto con franchezza. Si trattava di Angiolina nevvero? – Tutto quanto me ne puoi dire tu non arriva certo a quanto ne so io – e rise. – Cessa dunque da questa commedia.

Fu soddisfatto di se stesso specialmente quando si accorse d'aver subito ottenuto dal Balli quello che voleva. Divenuto serio, costui gli raccontò del caso per cui s'era imbattuto in Angiolina e l'aveva colta in flagrante. In un'alcova la cosa non sarebbe potuta essere più chiara. – Quell'uomo era là per Angiolina e non per Giulia, anzi Angiolina era là per lui. Come gli accarezzava le mani e come la guardava! Non era mica il Volpini, sai. – S'interruppe per guardare Emilio ed esaminare se forse la calma che gli scorgeva non fosse derivata dalla presunzione che l'uomo col quale lo si tradiva fosse il Volpini.

Emilio continuava a prestar orecchio fingendo di essere sorpreso da tale notizia. – Ne sei poi sicuro? – chiese coscienziosamente. Sapeva che il Volpini non si trovava a Trieste, e perciò non aveva neppure pensato a lui.

– Oh, bella! Conosco il Volpini e poi conosco anche quest'altro. L'ombrellaio di Barriera Vecchia. Quello delle ombrelle ordinarie, colorite. – Qui venne una descrizione particolareggiata dell'ombrellaio alla doppia luce gialla del gas e degli occhi di Angiolina. Calvo e pur tanto nero! – È un mostro in natura perché resta nero in qualunque luce lo si vegga. – Il Balli terminò il suo racconto: – Giacché non v'è ragione di aver compassione di te, ne provo unicamente per quella povera Giulia. L'ombrellaio non ha un amico come me cui addossare le brutte appendici delle sue belle avventure. Fu lei la maltrattata! Dovette contentarsi di un bicchierino di rosolio, mentre Angiolina con grande apparato si fece dare un cioccolatte e una grande quantità di focacce.

Ed Emilio sembrava prendere interesse a tutte le spiritose osservazioni dell'amico. Non aveva più neppur bisogno di sforzo per simulare indifferenza; si era quasi cristallizzato nel primo sforzo e avrebbe potuto dormire conservando stereotipato quel sorriso e quella calma. Era tale quella simulazione da penetrare molto più in là dell'epidermide. Invano egli cercava in se qualche cosa d'altro fuori di essa, e non trovava che una grande stanchezza. Nient'altro! Forse la noia di sé, del Balli e d'Angiolina. E pensò: «Quando sarò solo starò certo meglio di così».

Il Balli disse: – Adesso andiamo a dormire. Tu sai già dove potrai trovare Angiolina domani. Le dirai poche parole d'addio e poi la sia finita come tra me e Margherita.

Il suggerimento era buono; tuttavia forse non ci sarebbe stato bisogno di darlo. – Sì, farò così – disse Emilio. Con sincerità aggiunse: – Forse non domani però. – Avrebbe voluto dormire lungamente indomani.

– Va là che sei degno mio amico – disse il Balli con profonda ammirazione. – In una sola sera hai riconquistata tutta la stima che avevi perduta con le sciocchezze commesse nel corso di più mesi. Mi accompagni verso casa mia?

– Un piccolo tratto – disse Emilio sbadigliando. – È tardi ed io ero là là per coricarmi allorché fui chiamato da Michele. Evidentemente deplorava quella chiamata intempestiva.

Non si ritrovò neppure quando fu solo. Che cosa gli restava da fare per quella sera? Si diresse verso casa per andare a coricarsi.

Ma, giunto al Chiozza, si fermò a guardare verso la stazione, la parte della città ove Angiolina faceva all'amore con l'ombrellaio. – Eppure – pensò e pensò l'idea e le parole – sarebbe bello ch'ella passasse per di qua ed io potessi subito dirle che fra di noi tutto è finito. Allora sì che tutto sarebbe finito ed io potrei andare a dormire veramente calmo. Per di qua deve passare!

S'appoggiò ad un paracarro e quanto più attendeva, tanto più forte si faceva la sua speranza di vederla quella stessa notte.

Per essere pronto pensò anche le parole che le avrebbe dirette. Dolci. Perché no? – Addio Angiolina. Io volevo salvarti e tu mi hai deriso. – Deriso da lei, deriso dal Balli! Una rabbia impotente gli gonfiò il petto. Finalmente egli si destava e tutta la rabbia e la commozione non lo addoloravano tanto come l'indifferenza di poco prima, una prigionia del proprio essere impostagli dal Balli. Dolci parole ad Angiolina? Ma no! Poche e durissime e fredde. – Io sapevo già ch'eri fatta così. Non mi sorprese affatto. Domandalo al Balli. Addio.

Camminò per calmarsi perché al pensare quelle fredde parole s'era sentito bruciare. Non offendevano abbastanza! Con quelle parole non offendeva che se stesso; si sentiva venire le vertigini. – Così si uccide – pensò – non si parla. – Una grande paura di se stesso lo calmò. Sarebbe stato ugualmente ridicolo anche uccidendola, si disse, come se egli avesse avuto un'idea da assassino. Non la aveva avuta; ma, rassicuratosi, si divertì a figurarsi vendicato con la morte di Angiolina. Quella sarebbe stata la vendetta che avrebbe fatto obliare tutto il male di cui ella era stata l'origine. Dopo, egli avrebbe potuto rimpiangerla, e lo pervase una commozione che gli cacciò le lagrime agli occhi.

Pensò che con Angiolina egli avrebbe dovuto seguire lo stesso sistema adottato col Balli. Quei due suoi nemici dovevano essere trattati nello stesso modo. A lei egli avrebbe detto che non l'abbandonava causa il tradimento ch'egli s'era atteso, ma per il sozzo individuo ch'ella aveva scelto a suo rivale. Egli non voleva più baciare dove aveva baciato l'ombrellaio. Finché s'era trattato del Balli, del Leardi e magari del Sorniani, aveva chiuso un occhio, ma l'ombrellaio! Nell'oscurità studiò la smorfia di schifo con cui avrebbe detta questa parola.

Qualunque parola egli immaginasse di dirigerle, sempre veniva colto da un convulso riso. Avrebbe continuato a parlarle così tutta la notte? Era dunque necessario di parlarle subito. Ricordò ch'era probabile che Angiolina rincasasse dalla parte di via Romagna. Col suo passo rapido egli avrebbe ancora potuto raggiungerla. Non aveva finito di pensare tutto questo e, già, lieto di poter prendere una decisione che tagliasse il dubbio che gli annebbiava la mente, si mise a correre. Il movimento dapprima gli diede un po' di sollievo. Poi rallentò il passo reso esitante da una nuova idea. Se essi rincasavano da quella parte, non sarebbe stato più sicuro, per ritrovarli, di salire alla via Fabio Severo dalla parte del Giardino Pubblico e discenderne andando loro incontro per via di Romagna? La corsa non gli faceva paura e avrebbe impreso quel giro enorme; ma in quella gli parve di veder passare dinanzi al caffè Fabris Angiolina accompagnata da Giulia e da un uomo che doveva essere l'ombrellaio. A tanta distanza riconobbe la fanciulla saltellante graziosamente come quando voleva piacere a lui. Cessò di correre perché aveva tutto il tempo per raggiungerli. Poté anche pensare senza esasperarsi le parole che le avrebbe dirette subito. Perché circondare quell'avventura di tanti particolari e pensieri strani? Era un'avventura solita, e di là a pochi minuti sarebbe stata liquidata nel modo più semplice.

Giunto sotto all'erta di via Romagna, non vide più le persone che dovevano averla già passata. Camminò più presto colto da un dubbio che l'affannò quanto la salita. E se non fosse stata Angiolina? Come avrebbe potuto lottare contro la propria agitazione, sempre rinascente, per tutta una notte?

Quantunque ora si trovassero a pochi passi da lui, nell'oscurità egli continuò a credere che quelle tre persone fossero quelle che egli cercava. Perciò ebbe un momento di calma. Era tanto facile di calmarsi quando poteva procedere subito ad un'azione!

Quel gruppo ricordava quell'altro di cui il Balli gli aveva fatta la descrizione. In mezzo a due donne camminava un uomo grosso e tarchiato che dava il braccio a quella ch'egli aveva creduta Angiolina, e che ora però non aveva niente di caratteristico nel suo modo di muoversi. La guardò in faccia con lo sguardo calmo e ironico preparato con tanta fatica. Ebbe una grande sorpresa vedendo una faccia ignota, di vecchia, asciutta asciutta.

Una delusione dolorosa. Nel desiderio di non lasciare così quel gruppo cui l'aveva attaccato tanta speranza, ebbe l'idea di chiedere a quella gente se forse non avessero visto Angiolina, e pensava già il modo con cui l'avrebbe descritta. Si vergognò! Una sola parola che avesse detta, e tutti avrebbero indovinato tutto. Continuò a camminare con passo celere che presto degenerò in corsa. Vedeva dinanzi a sé un lungo tratto di strada bianca e ricordò che, quando avrebbe girato, ne avrebbe visto un altro altrettanto lungo e poi un altro. Interminabile! Ma bisognava uscire dal dubbio e per il momento il dubbio era se Angiolina si trovasse su quella strada o altrove.

Un'altra volta pensò le frasi ch'egli le avrebbe dirette quella notte stessa o la mattina appresso. Dignitosamente (quanto più aumentava la sua agitazione, tanto più calmo egli si sognava) dignitosamente le avrebbe detto che per liberarsi di lui le sarebbe bastato di dirgli una parola, una sola parola. Non sarebbe occorso deriderlo. – Io mi sarei ritirato subito. Non mi occorreva di esser cacciato dal mio posto da un ombrellaio. Ripeté più volte questa frase, modificandone qualche parola e cercando di perfezionare anche il suono della voce che diveniva sempre più ironico e tagliente. Cessò quando s'accorse che, per lo sforzo di trovare l'espressione, urlava.

Per evitare la densa fanghiglia nel centro della via, si trasse da parte, sulla ghiaia, ma sul suolo poco livellato fece un passo falso, e per salvarsi dalla caduta si contuse le mani sulla grezza muraglia. Il dolore fisico lo agitò, aumentò il suo desiderio di vendetta. Si sentiva più deriso che mai, come se quella sua caduta fosse stata una nuova colpa di Angiolina. In lontananza, di nuovo, gli parve di vederla muoversi. Un riflesso, un'ombra, un movimento, tutto assumeva la forma, l'espressione del fantasma che lo fuggiva. Egli si mise a correre per raggiungerla, non calmo e preparato all'ironia come sull'erta di via Romagna, ma con la ferma intenzione di trattarla brutalmente. Per fortuna non era dessa e allo sciagurato parve che tutta la violenza cui era stato in procinto di abbandonarsi, fosse ora diretta contro se stesso, gli chiudesse il respiro e gli togliesse ogni possibilità di pensare e di frenarsi. Si morse una mano come un forsennato.

Si trovò alla mèta della lunga corsa. La casa di Angiolina grande e solitaria, una caserma, la facciata bianca illuminata dalla luna, era tutta chiusa, avvolta nel silenzio; sembrava abbandonata.

Egli sedette su un muricciuolo e cercò di proposito degli argomenti per calmarsi. A vederlo in quello stato si sarebbe potuto credere che quella sera egli fosse stato avvisato del tradimento di una donna fedele. Guardò le proprie mani ferite: – Queste ferite non c'erano prima – pensò. In quel modo ella non l'aveva ancora trattato. Forse tutto quell'affanno e quel dolore preludiavano alla guarigione. Ma pensò con dolore: – Se l'avessi posseduta non soffrirei tanto. – Se egli avesse voluto, voluto energicamente, sarebbe stata sua. Invece era stato solo intento a mettere in quella relazione un'idealità che aveva finito col renderlo ridicolo anche ai propri occhi.

S'alzò da quel muricciuolo più quieto ma più affranto di quando vi si era seduto. Tutta la colpa era sua. Era lui l'individuo strano, l'ammalato, non Angiolina. E questa conclusione avvilente lo accompagnò fino a casa.

Dopo di aver atteso ancora una volta per esaminare una donna che aveva la figura di Angiolina, ebbe l'energia di chiudere dietro di sé la porta di casa. Era finita per quella sera. Il caso, in cui egli fino ad allora aveva sperato, non poteva più avverarsi colà.

Accese la candela, lento nei movimenti per ritardare quanto più poteva il momento in cui si sarebbe trovato sdraiato in quel letto senz'aver più nulla a fare e senza poter dormire.

Gli parve che nella stanza di Amalia si parlasse. Da prima credette fosse un'allucinazione. Non erano grida eccitate; parevano delle calme parole di conversazione. Socchiuse con prudenza la porta della stanza e non ebbe più dubbi. Amalia parlava con qualcuno: – Sì, sì, è proprio quello ch'io voglio aveva detto con voce chiarissima e calma.

Egli corse a prendere la candela e ritornò. Amalia era sola. Sognava. Giaceva supina, uno dei bracci esili denudato piegato sotto il capo, l'altro steso sulla coperta grigia lungo il corpo. La mano cerea era incantevole sulla coperta grigia. Non appena la sua faccia fu tocca dalla luce, ella tacque, il suo respiro divenne più affannoso; fece più volte il tentativo di lasciare quella posizione divenutale incresciosa.

Egli riportò il lume nella propria stanza e s'accinse a coricarsi. I suoi pensieri avevano presa finalmente una nuova direzione. Povera Amalia! Neppure per lei la vita doveva essere troppo lieta. Il sogno che, a quanto potevasi arguire dalla voce, doveva essere lieto, non era altro che la naturale reazione alla triste realtà.

Poco dopo, quelle stesse parole, calme, quasi sillabate,

echeggiarono di nuovo nella stanza vicina. Seminudo tornò alla porta. Un certo nesso non v'era fra le singole parole, ma (come dubitarne?) ella parlava con persona che amava molto. Nel suono e nel senso v'era una grande dolcezza, una grande condiscendenza. Per la seconda volta ella disse che l'altra persona – quella cui ella immaginava di parlare – aveva indovinati i suoi desideri: – E proprio così che faremo? Non lo speravo! – Poi un intervallo, interrotto però da suoni indistinti, per cui si capiva che il sogno continuava sempre, e di nuovo altre parole ch'esprimevano sempre lo stesso concetto. Lungamente egli stette là ad origliare. Quando stava per ritirarsi una frase completa lo fermò: – In viaggio di nozze tutto è permesso.

Disgraziata! Ella sognava nozze. Egli si vergognò di sorprendere a quel modo i segreti della sorella e chiuse la porta Avrebbe dimenticato di aver udite quelle parole. Mai la sorella avrebbe dovuto sospettare ch'egli sapesse qualche cosa di quei suoi sogni.

Coricatosi non tornò col pensiero ad Angiolina. Lungamente stette a sentire le parole che gli pervenivano attutite, calme e dolci dall'altra stanza. Stanco, la mente chiusa a qualunque emozione, egli si sentì quasi felice. Rotta la relazione con Angiolina egli si sarebbe potuto dedicare interamente alla sorella. Sarebbe vissuto al dovere.

Capitolo VII

Si svegliò dopo poche ore, in pieno giorno, ed ebbe immediata coscienza degli avvenimenti della sera prima. Ma non di tutto il dolore, ed egli si lusingò gli avesse dato tanto affanno l'impossibilità di poter vendicarsi subito, non il tradimento stesso di quella donna. Presto, presto ella avrebbe conosciuta la sua ira e poi il suo abbandono. Sfogato il suo rancore sarebbe scomparso quello ch'era ormai il maggior legame.

Uscì senza salutare la sorella. Fra poco egli sarebbe ritornato a lei per guarirla dei sogni che aveva spiati.

Soffiava un po' di vento e, accanto al Giardino Pubblico, egli faticò contro il vento e nella salita; ma quella fatica non aveva nulla a vedere con quella affannosa e dolorosa della notte. Nella chiara, fresca mattina, egli pareva lieto di fare dell'esercizio muscolare all'aria aperta.

Non pensava alle parole che avrebbe dirette ad Angiolina. Era troppo sicuro del fatto suo per aver bisogno di preparazione, troppo sicuro di saperla ferire e abbandonare.

Venne ad aprirgli la madre di Angiolina. Lo condusse nella stanza della figlia che stava vestendosi in quella accanto, e poi, come al solito, si offerse di fargli compagnia.

Questa nuova dilazione, sia pure di pochi minuti, lo fece soffrire. – Angiolina è venuta tardi a casa questa notte? – chiese con un vago proposito di fare delle indagini.

– È stata col Volpini in caffè fino alla mezzanotte – rispose la vecchia d'un fiato e la frase parve conglutinata in quella voce nasale.

– Ma Volpini non è partito ieri? – chiese Emilio sorpreso

dell'accordo fra madre e figlia.

– Aveva da partire, ma perdette il treno e dovrebb'essere partito adesso adesso.

Egli non volle far capire alla vecchia di non crederle, e stette zitto. La cosa era divenuta molto chiara e non c'era la possibilità d'ingannarlo o di renderlo dubbioso. La menzogna che avevano inventata era stata prevista dal Balli.

Dinanzi alla madre gli fu anche facile di accogliere Angiolina con la faccia dell'amante soddisfatto. Provava una vera soddisfazione. L'aveva finalmente afferrata, ed ora non voleva cedere al suo impeto solito di chiarire e semplificar subito le cose. Era lei che doveva parlare. L'avrebbe lasciata sciorinare le sue bugie per poterla cogliere proprio in flagrante.

Rimasti soli, ella si mise dinanzi allo specchio a comporsi i ricci e, senza guardarlo, gli raccontò della serata passata in caffè e dello spionaggio del Balli. Ne rideva allegramente ed era così rosea e fresca ch'Emilio se ne indignò più che per le bugie.

Gli raccontò che l'improvviso ritorno del Volpini le aveva fatto un grande dispetto. La frase con cui l'aveva salutato rivedendolo, sarebbe stata formulata così: – Non sei dunque ancora stanco di seccarmi?

Ella parlava così per fargli molto piacere. Invece egli sentiva che fra lui e il Volpini era lui il più deriso. Per ingannare lui doveva esserci stato maggior sforzo: furberie e inganni ch'egli probabilmente solo in parte aveva scoperti. L'altro s'era lasciato ingannare bonariamente, e c'era voluto poco a truffarlo. Se i fasti di Angiolina, come pareva, servivano a divertire anche la madre, era molto probabile che lui fosse l'oggetto di risa, mentre il Volpini tuttavia doveva essere temuto.

Lo prese una di quelle violenti crisi che lo facevano sbiancare e tremare. Ma ella parlava, parlava, quasi avesse voluto stordirlo, e gli diede il tempo di rimettersi.

Perché disperarsi, perché indignarsi di leggi di natura? Angiolina era stata perduta già nel ventre della madre. L'accordo con la madre era in lei la cosa più odiosa. Perciò essa non meritava rimbrotti, vittima essa stessa di una legge universale. Rinasceva finalmente in lui l'antico naturalista convinto. Non seppe però rinunziare alla vendetta.

Angiolina s'era dovuta finalmente accorgere del suo strano contegno. Si volse a lui: – Non m'hai dato neppure un bacio disse con aria di rimprovero.

– Io non ti bacerò mai più! – rispose egli calmo, guardando quelle labbra rosse, cui rinunziava. Non trovava altro e si alzò. Non aveva neppur lontanamente l'idea di andarsene perché quella breve frase non poteva esser tutto, non era ancora un giusto compenso a tante sofferenze. Voleva però far credere che con quella frase egli volesse abbandonarla. Infatti sarebbe stato un atto dignitosissimo che avrebbe chiusa quella bassa relazione.

Ella indovinò tutto e, credendo ch'egli non volesse darle tempo alla difesa, soggiunse seccamente: – Infatti ho fatto male a dirti che quell'uomo fosse Volpini. Non era lui! Fu Giulia che mi pregò si dicesse così. Quell'uomo era in nostra compagnia per lei. Ella fece compagnia a noi, ed era perciò giusto che per una volta non le rifiutassi di accompagnarla io. Non si crederebbe. Egli è tanto innamorato! Più ancora che non tu di me.

S'interruppe. Aveva capito dall'espressione della sua faccia quanto egli fosse lontano dal crederle e tacque mortificata di aver detto due patenti bugie. Poggiò le mani sullo schienale di una sedia vicina e vi esercitò uno sforzo violento. Aveva sulla faccia una mancanza assoluta di espressione, e guardava con ostinazione una macchia grigia sulla parete. Doveva essere quello il suo aspetto quando soffriva.

Allora egli provò una strana compiacenza a provarle che sapeva proprio tutto e che ai suoi occhi ella era definitivamente perduta. Poco prima si sarebbe quasi accontentato di poche parole: il triste imbarazzo di Angiolina lo rese ciarliero. Ebbe la piena coscienza di un grande godimento. Dal lato sentimentale era la prima volta che Angiolina lo soddisfacesse perfettamente. Così, senza parole, ella era proprio una donna amante convinta di tradimento.

Poco dopo ci fu però un istante in cui la conversazione minacciò di divenire allegra, allegra. Per ferirla, egli ricordò le cose ch'ella aveva prese al caffè a spese dell'ombrellaio. – Giulia un bicchierino di un liquore trasparente, tu una tazza di cioccolata con una batteria di focacce.

Allora – oh, dolore! – ella si difese energicamente, e il suo volto si colorò per qualche cosa che doveva somigliare la virtù calunniata. Finalmente le era attribuita una colpa che non aveva, ed Emilio capì che il Balli doveva essersi ingannato su quel punto.

– Cioccolata! Io che non la posso soffrire! Cioccolata io! Presi un bicchierino di non so che cosa e neanche lo bevetti. Ella metteva in questa dichiarazione tale energia che non avrebbe potuto impiegarne di più per asserire la propria perfetta innocenza. Era però visibile un certo suo tono di rammarico, quasi avesse deplorato di non aver mangiato di più giacché quella rinunzia non era bastata a salvarla agli occhi di Emilio. Era proprio a lui ch'ella aveva fatto quel sacrificio.

Egli fece un violento sforzo per annullare quella nota falsa che gli guastava gli ultimi addii. – Basta! Basta! – disse con disprezzo. – Io non le dirò altro che questo: – le dava del lei per aggiungere solennità a quel momento – io le ho voluto bene e per questo solo fatto avevo il diritto di essere trattato altrimenti. Quando una ragazza permette ad un giovine di dirle d'amarla, ella è già sua e non più libera. – Questa frase era alquanto debole ma molto esatta, in un rimprovero amoroso anche troppo. Infatti egli non aveva altro diritto al quale appellarsi che il fatto di averle detto d'amarla.

Sentendo che la parola, causa il proprio spirito analitico, in quella situazione lo tradiva, ricorse immediatamente a quello ch'egli sapeva essere la sua forza principale: l'abbandono. Fino a poco prima, godendo della tristezza di Angiolina, aveva pensato di non lasciarla che molto più tardi. Aveva sperato in una scena ben diversa. Ora sentiva una minaccia. Egli stesso aveva alluso alla propria mancanza di diritti, ed era possibilissimo ch'ella, essendo a corto d'argomenti, accettasse il suggerimento e gli chiedesse: – E tu che cosa hai fatto per me per esigere ch'io mi conformi al tuo volere? – Fuggì questo pericolo: – Io la saluto – disse gravemente. – Quando avrò riacquistata la mia calma potremo anche rivederci. Ma per lungo tempo è meglio che restiamo divisi.

Uscì, ma non senza averla ammirata per un'ultima volta pallida com'era, gli occhi sbarrati quasi per spavento, e forse indecisa se dirgli ancora qualche bugia per tentare di fermarlo. Lo slancio con cui uscì da quella casa lo portò lontano. Ma, sempre camminando con lo stesso aspetto di risolutezza, egli rimpiangeva amaramente di non poter vederla più a lungo nel dolore. Nelle orecchie gli si ripercoteva il suono d'angoscia ch'ella aveva emesso al vederlo allontanarsi, ed egli l'ascoltava per imprimerselo sempre meglio nella memoria. Bisognava conservarlo. Era stato il maggior dono ch'ella gli avesse fatto.

Il ridicolo non poteva più colpirlo. Non di fronte ad Angiolina stessa, almeno. Ella poteva essere quale si voleva, ma per lunghi anni si sarebbe ricordata di un uomo che l'aveva amata non col solo scopo di baciarla, bensì con tutta l'anima, tanto che una prima offesa fatta al suo amore l'aveva ferito in modo da rinunziare a lei. Chissà? Sarebbe bastato forse un ricordo simile per nobilitarla. L'angoscia nella voce d'Angiolina gli aveva fatto dimenticare di bel nuovo qualunque conclusione scientifica.

Oh, gli era difficile di andare a chiudere in ufficio l'agitazione che si sentiva addosso. Ritornò a casa con intenzione di coricarsi. Nel riposo del letto e nel silenzio della sua stanza, avrebbe potuto continuare a godere della scena avuta con Angiolina come se fosse continuata. Forse nell'eccitazione di quel giorno si sarebbe confidato con la sorella; ma ricordò quanto aveva scoperto quella notte e sentendola lontana da lui, tutta occupata dai propri desideri, non le disse nulla. Certo sarebbe venuto il tempo in cui egli avrebbe di nuovo circondato di cure la sorella, però ancora qualche giorno di vita voleva riservare a sé, alla propria passione. Chiudersi in casa, esporsi alle domande di Amalia gli parve intollerabile. Mutò proposito.

Era indisposto, disse alla sorella, ma sarebbe andato a cercar giovamento all'aria aperta.

Ella non credette ai mali ch'egli si attribuì. Fino allora aveva sempre indovinate le fasi per le quali passavano gli amori d'Emilio; quel giorno, per la prima volta, errò e credette si fosse liberato dall'ufficio per passare tutta intera la giornata con Angiolina. Perché egli aveva sulla faccia seria un'aria di soddisfazione ch'ella non vi aveva vista da lungo tempo. Non chiese nulla. Spesse volte aveva tentato d'ottenere da lui delle confidenze e oramai gli serbava rancore unicamente perché egli le aveva rifiutate.

Quando Emilio si trovò di nuovo sulla via, solo, nell'orecchio ancora sempre il gemito d'angoscia di Angiolina, egli fu in procinto di andare immediatamente da lei. Che cosa avrebbe fatto tutto il giorno, ozioso, con quell'agitazione che per quanto non fosse dolorosa, non era altro che un desiderio acuto, un'aspettativa impaziente come se ogni istante avesse dovuto apportare delle novità, una speranza nuova quale Angiolina non li aveva mai data prima?

Gli sarebbe stato impossibile di andare dal Balli e desiderava di non imbattersi in lui. Lo temeva, anzi l'unica sensazione dolorosa in lui era quel timore. Si disse che tale timore derivava dal sapere ch'egli non avrebbe saputo imitare la calma del Balli allorché costui aveva dovuto lasciare Margherita.

Si avviò verso il Corso. Era possibile che Angiolina passasse di là per andare al lavoro dai Deluigi. Egli non aveva avuto il tempo di chiederle ove si recasse; ma, certo, non era restata a casa. Sulla via le avrebbe fatto un saluto misurato ma gentile. Non le aveva detto che, calmatosi, sarebbe voluto divenire il suo buon amico? Oh, venisse presto presto questa calma e il tempo in cui egli avrebbe potuto avvicinarla di nuovo! Guardava intorno a sé per vederla in tempo se si fosse imbattuto in lei.

– Addio Brentani! Come va? Sei ancora vivo e non ti si vede mai! – Era il Sorniani, arzillo come sempre, ma sempre giallo, la faccia da malato meno gli occhi pieni di vita, non si sapeva bene se per vivacità o per irrequietezza.

Quando il Brentani si volse a lui, il Sorniani lo guardò lungamente alquanto sorpreso. – Sei indisposto? Hai una cera curiosa – Non era la prima volta che il Sorniani gli avesse detto di trovargli l'aspetto di malato; certo vedeva riverberarsi sulle facce altrui un po' del proprio giallo.

Emilio fu lieto di apparire malato; poteva lagnarsi di qua che cosa che non fosse la sua sventura giacché di questa non poteva parlare. – Pare ch'io sia malato di stomaco – disse accorato. – Non di questo mi lagno, ma della tristezza che me ne deriva. – Ricordava d'aver udito dire che il male di stomaco produceva tristezza. Poi si compiacque di descrivere tale tristezza perché ad alta voce l'analizzava meglio. – Strano! Non potevo mai immaginare che un'indisposizione fisica si tramutasse, senza che io ne potessi avere la coscienza, in una sensazione morale. L'indifferenza che provo per tutto mi rattrista. Credo che se anche tutte queste case sul Corso si mettessero a ballare, io non le guarderei neppure. E se minacciassero di cadermi addosso, lascerei fare. – S'interruppe, vedendo avvicinarsi una donna che somigliava un po' ad Angiolina. – Oggi fa bel tempo, nevvero? Il cielo dovrebb'essere azzurro, aria dolce, il sole splendido. Io lo capisco ma non lo sento. Vedo grigio e sento grigio.

– Io non sono mai stato tanto ammalato, – disse il Sorniani con una soddisfazione che non riuscì a celare – credo anzi d'essere guarito definitivamente, ora. – Parlò poi di vari medicinali da cui eran da ripromettersi mirabilia.

Emilio ebbe improvvisamente un grande desiderio di liberarsi da quell'importuno che non sapeva neppure star ad ascoltare. Gli tese la mano senza dirgli nulla e facendo già il primo passo per allontanarsi. Anche l'altro lo salutava, ma, tendendogli la mano, gli chiese: – Come vanno i tuoi amori?

Emilio finse di non capire: – Quali amori?

– Quella tizia. La bionda. Angiolina.

– Ah, sì – fece Emilio con aspetto d'indifferente. – Non l'ho più vista.

– Hai fatto benissimo, – esclamò il Sorniani con grande calore e subito ravvicinandosi. – Non è donna quella per giovani come te e che, per di più, non abbiano una salute più solida. Ha fatto impazzire il Merighi e poi, certo, s'è fatta sbaciucchiare da mezza città.

Il verbo sbaciucchiare ferì il Brentani. Se con esso l'omino giallo non avesse colto nel segno, qualificando l'espansività amorosa di Angiolina, egli non avrebbe badato alle sue chiacchiere, ma così, tutto ebbe subito l'aspetto di grande verità. Protestò, disse che per quanto poco la conoscesse la riteneva molto seria, e riuscì nello scopo d'attizzare il Sorniani il quale, fattosi più pallido – lo stomaco doveva pur averci la sua parte, ne fece sentire di belle all'imprudente che l'aveva provocato. Angiolina seria? Anche prima dell'entrata in scena del Merighi, ella doveva aver cominciato a far le sue esperienze sui maschi. Già da giovinetta la si vedeva trottare per le vie di città vecchia in compagnia di ragazzi – le piacevano gl'imberbi – ad ore non permesse. Il Merighi capitò in tempo per portarla in città nuova che, dopo, restò il campo della sua attività. Ella si fece vedere a braccetto di tutti i giovani più ricchi, sempre col medesimo dolce abbandono di sposa novella. E giù l'elenco dei nomi che il Brentani già conosceva, dal Giustini al Leardi, tutti i fotografati che facevano bella mostra sulla parete della stanza da letto di Angiolina.

Non un nome nuovo. Era impossibile che il Sorniani inventasse con tanta esattezza. Un dubbio angoscioso gli spinse il sangue alle gote; continuando a parlare con tanto calore, il Sorniani avrebbe forse nominato anche se stesso? Continuò ad ascoltarlo con grande ansietà mentre la sua destra si stringeva a pugno pronta a picchiare.

Ma l'altro s'interruppe per chiedergli: – Ti senti poco bene?

– No – disse Emilio – io sto benissimo. – Si fermò e pensò se gli convenisse di farlo ciarlare ancora.

– Ma è evidente che devi sentirti poco bene. Hai cambiato di cera due o tre volte.

Emilio riaperse il pugno. Non era il caso di picchiare. – Sì, infatti non sto bene. – Picchiare il Sorniani! Bella vendetta! Avrebbe dovuto picchiare se stesso. Oh, come l'amava! Se lo confessò con un'angoscia che non aveva mai provata. Vigliaccamente, egli si disse che sarebbe ritornato da lei. Al più presto. Quella mattina egli s'era mosso risoluto ed energico alla vendetta. L'aveva rimproverata e poi lasciata. Oh, quale azione intelligente! Aveva punito se stesso. Tutti l'avevano posseduta meno lui. Perciò il deriso fra tutti quegli uomini non era che lui. Ricordò che fra giorni il Volpini sarebbe venuto a prendersi l'anticipazione pattuita; proprio a tempo egli s'era pensato d'adirarsi di cose che aveva sempre sospettate. Che cosa avrebbe fatto Angiolina dopo di essersi data al sarto? Era troppo naturale ch'essendosi data a costui per tradirlo più facilmente, ella l'avrebbe tradito con altri visto ch'Emilio giusto allora l'aveva abbandonata. Per lui era perduta. Vedeva tutto il futuro dinanzi agli occhi come se stesse succedendo a pochi passi da lui, sul Corso. La vedeva uscire dalle braccia del Volpini nauseata di costui e cercare immediatamente un posto di rifarsi altrove di tanta infamia. Ella lo avrebbe tradito e questa volta con ragione.

E non era il solo mancato possesso che formava la sua disperazione. Fino allora egli s'era beato al ricordo di quel suono d'angoscia ch'egli aveva tratto da lei. Ma che cosa poteva significare quello, nella vita di una donna che fra le braccia d'altri avrebbe ben altrimenti goduto e sofferto? Non c'era la possibilità di ritornare sui propri passi. Gli bastava, per respingere questa tentazione, di ricordare quello che ne avrebbe detto il Balli.

Pensò che se non avesse avuto accanto quel giudice severo, egli non si sarebbe curato della dignità ora che comprendeva che con quel tentativo di risollevarla, aveva legato più abiettamente che mai ogni suo pensiero, ogni desiderio ad Angiolina. Era già scorso parecchio tempo dacché egli aveva parlato col Sorniani, e il tumulto che le parole di costui avevano suscitato nel suo petto non s'era ancora quietato.

Forse ella avrebbe fatto qualche tentativo per riavvicinarsi a lui. La dignità non gli avrebbe impedito allora d'accoglierla a braccia aperte. Ma non come una volta. Sarebbe corso immediatamente alla verità, cioè al possesso. Giù la finzione! – Io so che tu fosti l'amante di tutti costoro, – le avrebbe gridato – e ti amo lo stesso. Sii mia e dimmi la verità acciocché io non abbia altri dubbi. – La verità? Anche sognando la più rude franchezza egli idealizzava Angiolina. La verità? Poteva essa dirla, sapeva dirla? Se il Sorniani aveva detto anche soltanto una parte del vero, la menzogna doveva essere tanto connaturata in quella donna, ch'ella non se ne sarebbe liberata mai. Egli dimenticava quanto in altri momenti aveva percepito tanto chiaramente, cioè il fatto ch'egli aveva stranamente collaborato a vedere in Angiolina ciò ch'ella non era, ch'era stato lui a creare la menzogna.

– Come non ho riconosciuto – andava dicendosi – che l'unica ragione di ridicolo era la menzogna! Sapendo tutto, dicendoglielo in faccia, spariva il ridicolo. Ognuno può amare chi gli pare e piace. – Gli pareva di dire tutto questo al Balli.

Il vento era cessato del tutto, e la giornata aveva assunto un vero aspetto primaverile. In altro stato d'animo una giornata simile di libertà sarebbe stata una gioia per lui; ma era libertà quella per cui non gli era concesso di andare da Angiolina?

Eppure ci sarebbero stati dei pretesti per andarci subito. Se non altro, egli poteva avvicinarla per farle dei nuovissimi rimproveri. Infatti egli non aveva mai sospettata l'esistenza di quegli imberbi che avevano preceduto il Merighi e di cui gli aveva parlato quel giorno il Sorniani. – No! – disse ad alta voce – Una debolezza simile mi getterebbe in sua balìa. Pazienza; Dieci o quindici giorni. Ella s'avvicinerà per la prima. – Ma in tanto che cosa avrebbe fatto quella prima mattina?

Leardi! Il bel giovane, biondo e robusto, dal colorito di giovinetta su un organismo virile, passava il Corso, serio come sempre, vestito di un soprabito chiaro che faceva proprio per quella tepida giornata d'inverno. Il Brentani ed il Leardi appena appena si salutavano, tutt'e due molto superbi quantunque per ragioni molto differenti. Emilio di fronte a quel giovanotto elegante ricordava d'essere il letterato di una certa riputazione; l'altro invece credeva di poter trattarlo dall'alto al basso perché lo vedeva vestito meno accuratamente e non l'aveva mai trovato in nessuna delle grandi case della città ove egli invece era accolto a braccia aperte. Avrebbe però amato che tale sua superiorità fosse riconosciuta anche dal Brentani, e rispose cortesemente al saluto che gli fu fatto. Lo accolse poi con maggior gentilezza che sorpresa quando lo vide avvicinarglisi con la mano stesa.

Il Brentani aveva ceduto ad un istinto imperioso. Visto che non gli era permesso di cercare Angiolina, il meglio che gli restava da fare era d'attaccarsi a chi nel suo pensiero era perennemente legato a lei. – Anche ella approfitta del bel tempo per fare una passeggiata?

– Faccio due passi prima di colazione – disse il Leardi accettando così la compagnia del Brentani.

Emilio parlò poi del bel tempo, di una propria indisposizione, e della malattia del Sorniani. Disse poi ch'egli non amava quest'ultimo perché gli pareva si vantasse troppo di aver delle buone fortune con le donne. Parlava con abbondanza di parole. Egli aveva lo strano presentimento d'essere accanto a persona che molto importasse nella sua vita, ed ogni sua parola avrebbe desiderato andasse a conquistargliene l'amicizia. Lo guardò con ansietà allorché si trovò d'aver parlato delle buone fortune del Sorniani. Il Leardi non mosse ciglio mentre Emilio s'era atteso ad un sorriso di superiorità. Per lui un simile sorriso a quel proposito sarebbe equivalso alla confessione di un legame con Angiolina.

Ma anche il Leardi fu discorsivo. Certo voleva dimostrare al Brentani la propria coltura. Si lagnò che sul Corso si vedessero sempre le stesse facce e a questo proposito trovò anche deplorevole che la vita di Trieste fosse poco vivace e poco artistica. Non gli si confaceva quella città.

Il Brentani intanto fu preso da un violento desiderio di farlo ciarlare di Angiolina. Di quanto l'altro gli diceva, egli non sentiva che le singole parole, quasi meccanicamente per cercarvi un suono che ricordasse il nome d'Angiolina, e gli desse l'opportunità di attaccarvisi per parlare di lei. Per sua fortuna non lo trovò, ma tutt'ad un tratto, indignato di dover star a sentire tante sciocchezze che l'altro snocciolava lentamente per farle gustare meglio, ruvidamente l'interruppe: – Guarda, guarda, disse con aria di sorpresa seguendo con l'occhio un'elegante figura di donna che non somigliava affatto ad Angiolina – la signorina Angiolina Zarri.

– Ma che! – protestò il Leardi seccato di essere stato interrotto – l'ho vista in faccia, non è lei.

Ricominciava già a parlare di teatri poco frequentati e di donne di società poco spiritose, ma il Brentani aveva già deciso di non subire più quegl'insegnamenti: – Conosce la signorina Zarri?

– Anche lei la conosce? – chiese l'altro con una sorpresa sincera.

Per il Brentani fu un momento di dubbio angoscioso. Non era certo con l'astuzia ch'egli poteva sperare di far parlare un uomo come il Leardi. Visto che gl'importava tanto di dissipare ogni menzogna che gl'impedisse di scorgere Angiolina quale era, non si sarebbe potuto rivolgere con tutta sincerità al Leardi e supplicarlo di dirgli tutta la verità? Fu indotto alla riserva unicamente dall'antipatia che provava per il Leardi. – Sì, un amico me l'ha presentata giorni or sono.

– Io ero amico del Merighi. Anni addietro la conoscevo molto bene.

Subito calmo e padrone dell'espressione della propria faccia, il Brentani ammiccò – Molto bene, eh?

– Oh, no – fece il Leardi con grande serietà. – Come può credere una cosa simile? – Fece molto bene la sua parte, contentandosi di quest'espressione di sorpresa.

Il Brentani capì quale fosse il partito preso dal Leardi, e non insistette. Si comportò come se avesse dimenticata la domanda indiscreta fatta poco prima e, serio serio, disse: – Mi racconti un po' quella storia del Merighi. Perché l'abbandonò?

– In seguito ad imbarazzi finanziari. Mi scrisse di aver dovuto ridonare la parola ad Angiolina. Del resto pochi giorni or sono ho udito dire ch'ella sia fidanzata di nuovo, ad un sarto mi pare.

Gli pareva? Oh, non si poteva fare la commedia meglio di così. Ma per farla così, per costringersi ad una finzione tanto accuratamente calcolata e che doveva costargli fatica e dispiacere (perché avrebbe parlato di Angiolina solo quando v'era obbligato?) egli doveva avere ancora dei buoni motivi, dei recentissimi legami con quella donna.

Il Leardi parlava già d'altro argomento, e poco dopo Emilio lo lasciò. Per allontanarsi addusse di nuovo a pretesto un'improvvisa indisposizione, e il Leardi lo vide tanto sconvolto che gli credette ed anzi gli dimostrò una partecipazione amichevole che costrinse il Brentani a dirgli una parola di riconoscenza. Invece come sentiva d'odiarlo! Avrebbe voluto poter spiarlo almeno per quella giornata; certo sarebbe finito con lo scoprirlo accanto ad Angiolina. Un'ira insensata gli fece digrignare i denti e subito dopo si rimproverò quell'ira con amarezza e ironia. Chissà con chi Angiolina lo avrebbe tradito quel giorno, forse con delle persone ch'egli non conosceva neppure. Come era superiore a lui il Leardi, quell'imbecille privo di idee! Quella calma era la vera scienza della vita. – Sì, – pensò il Brentani, e gli parve di dire una parola che avrebbe dovuto far vergognare insieme a lui l'umanità più eletta – l'abbondanza d'immagini nel mio cervello forma la mia inferiorità. – Infatti se il Leardi avesse pensato che Angiolina lo tradiva, non se la sarebbe saputa rappresentare in un'immagine così piena di rilievo, di colore e di movimento come faceva lui figurandosela accanto al Leardi. Allora appena si scopriva la nudità ch'egli aveva soltanto intravvista e il più comune facchino vi trovava immediata la soddisfazione e la pace. Un atto breve, brutale, la derisione di tutti i sogni, di tutti i desideri. Quando al sognatore l'ira ottenebrò la vista, la visione scomparve lasciandogli nell'orecchio l'eco lunga di una sonora risata.

A pranzo Amalia dovette accorgersi che la novità che agitava Emilio non era lieta. Egli la sgridò con violenza perché il pranzo non era pronto: aveva fame e fretta. Ebbe poscia la tortura di dover mangiare essendosi compromesso con tale dichiarazione. Ma, dopo mangiato, restò fermo, indeciso dinanzi al piatto vuoto. Aveva deciso; quel giorno non sarebbe andato da Angiolina, anzi non le si sarebbe avvicinato mai più. Il più forte dolore che allora provasse era di aver offesa la sorella. La vedeva triste e pallida. Avrebbe voluto chiederle scusa. Ma non osò. Sentiva che, se avesse pronunziate delle parole dolci, avrebbe pianto come un bambino. Finì col dirle ruvidamente ma con l'evidente intento di rabbonirla: – Dovresti uscire, fa un tempo bellissimo. – Ella non rispose e lasciò la stanza. Allora egli si adirò: – Non sono abbastanza disgraziato? Ella deve aver già compreso in quale stato d'animo io mi trovi. Quel mio invito amorevole sarebbe dovuto bastarle per ridivenire gentile e non turbarmi col suo rancore.

Si sentiva stanco. Si coricò vestito e subito cadde in un torpore che non gli toglieva di ricordare la propria sventura. Una volta alzò la testa per asciugarsi gli occhi pieni di lagrime, e pensò con amarezza che quelle lagrime gli venivano spremute da Amalia. Poi dimenticò tutto.

Quando si svegliò, trovò che calava la notte, uno di quei tristi tramonti di bella giornata invernale. Restò di nuovo indeciso, seduto sul letto. Altre volte, in quelle ore, egli aveva studiato. I suoi libri dallo scaffale gli si offrivano invano. Tutti quei titoli annunziavano della roba morta, non bastevole a far dimenticare neppure per un istante la vita, il dolore ch'egli sentiva muoversi nel seno.

Guardò nel tinello vicino, – e vide Amalia seduta accanto alla finestra, china al telaio. Si finse allegro e le disse affettuosamente: – Mi hai perdonato le mie escandescenze di oggi?

Ella alzò per un solo istante gli occhi: – Non se ne parli più disse con dolcezza, e continuò a lavorare.

Egli era preparato a subire dei rimproveri, e fu disilluso al vederla tanto calma. Tutto dunque intorno a lui era calmo meno lui stesso? Sedette accanto a lei e ammirò lungamente come la seta si adagiasse esattamente sul disegno. Cercava invano altre parole.

Ma ella nulla chiedeva. Ella non soffriva più affatto di quell'amore che le aveva sconvolta l'esistenza e di cui da principio s'era tanto lagnata. Emilio ancora una volta si domandò: – Perché veramente ho abbandonata Angiolina?

Capitolo VIII

Il Balli s'era proposto di curare definitivamente l'amico. La sera stessa venne ad assistere alla cena di Emilio. Incominciò col non mostrare alcuna fretta di conoscere l'avvenuto e soltanto una volta che Amalia s'allontanò, chiese, continuando a fumare e guardando il soffitto: – Le hai fatto capire con chi aveva a fare?

Emilio disse di sì con qualche vanteria, ma poi sarebbe stato imbarazzato di dire anche una sola altra parola su quel tono.

Amalia ritornò molto presto. Raccontò della disputa che aveva avuta col fratello a mezzodì. Disse ch'era un grave torto di dar colpa ad una donna che il pranzo non fosse pronto. Dipendeva dalla forza del fuoco, e nelle cucine il termometro non era stato ancora introdotto. – Del resto – aggiunse sorridendo affettuosamente al fratello – non c'è da fargliene carico. Era venuto a casa di tale umore che se non avesse trovato uno sfogo gli avrebbe fatto male.

Non parve che il Balli volesse mettere in relazione il malumore di cui gli si parlava, con gli avvenimenti della sera prima. – Anch'io oggi ero di pessimo umore – disse per tenere la conversazione su un tono leggero.

Emilio protestò d'essere stato d'umore ottimo. – Non ricordi l'allegria che avevo questa mane?

Amalia aveva raccontata la storia della loro disputa con molta grazia; si capiva che parlandone aveva voluto soltanto divertire il Balli. Aveva dimenticato ogni risentimento, e non ricordava neppure ch'egli le avesse domandato scusa. Egli se ne sentiva profondamente offeso.

Quando i due uomini si trovarono soli sulla via, il Balli

disse – Guarda come siamo liberi ora tutt'e due, non è meglio così – e s'appoggiò affettuosamente al braccio dell'amico.

Ma l'altro non l'intendeva così. Comprese ch'era suo dovere di mostrarsi altrettanto affettuoso e disse: – Certo. È meglio così, ma io saprò apprezzare questo novello stato soltanto di qui a molto tempo. Per il momento mi sento molto solo anche accanto a te. – Senz'esserne stato richiesto, raccontò della visita fatta la mattina in via Fabio Severo. Non disse d'esserci stato anche la notte. Parlò del suono d'angoscia percepito nella voce d'Angiolina. – E stato solo quello che m'ha commosso. Era duro di lasciarla proprio nel momento in cui me ne sentivo amato.

– Conserva quel ricordo – gli disse il Balli insolitamente serio – e non vederla mai più. Accanto a quel suono d'angoscia ricorda sempre anche lo stato in cui venivi posto dalla tua gelosia e ti passerà ogni desiderio di avvicinarla più.

– Eppure– confessò Emilio sinceramente commosso dall'affetto del Balli – non ho mai sofferto tanto di gelosia quanto ora. – Fermandosi in faccia a Stefano, gli disse con voce profonda: – Promettimi che tu mi racconterai sempre quanto sul conto suo apprenderai; ma tu non l'avvicinerai mai, mai e se la vedessi sulla via me lo racconteresti subito. Promettimelo formalmente.

Il Balli esitò solo perché gli pareva strano di dover dare una promessa di quella specie.

– Io sono ammalato di gelosia, solo di gelosia. Sono geloso anche di altri, ma prima di tutto di te. All'ombrellaio mi sono abituato, a te non mi abituerei mai. – Nella sua voce non c'era nessun tono scherzoso; cercava di destar compassione per ottenere più facilmente quella promessa. Se il Balli gliel'avesse rifiutata, egli era già deciso a correre immediatamente da Angiolina. Non voleva che l'amico potesse approfittare di quello stato di cose che era in gran parte opera sua. Guardò Stefano con un lampo di minaccia negli occhi.

Il Balli indovinò facilmente quanto passava per la mente di Emilio, e ne provò una forte compassione. Gli fece perciò solennemente la promessa domandata. Poi raccontò – al solo scopo di distrarre il Brentani – che gli dispiaceva di non poter più avvicinare Angiolina. – Credendo di farti piacere, avevo lungamente sognato di ricavare da lei un bozzetto. – Ebbe per un istante l'occhio da sognatore come se gli si delineasse in mente la figura pensata.

Emilio s'impaurì. Puerilmente ricordò al Balli la promessa fatta pochi minuti prima: – La promessa l'hai già fatta. Procura ora d'ispirarti altrove.

Il Balli rise di cuore. Ma poi, commosso – aveva avuto un'altra prova della violenza della passione in Emilio – disse: – Chi avrebbe potuto prevedere che un'avventura simile potesse acquistare tale importanza nella tua vita! Se non fosse tanto doloroso, sarebbe ridicolo.

Allora Emilio si lagnò del proprio triste destino con un'ironia di se stesso che toglieva ogni ridicolo da lui. Disse che tutti coloro che lo conoscevano dovevano sapere che cosa pensasse della vita. In teoria la vedeva priva di qualsiasi contenuto serio, ed infatti egli non aveva creduto in nessuna delle felicità che gli erano state offerte; non ci aveva creduto e veramente non aveva mai cercato la felicità. Ma come era più difficile di sottrarsi al dolore! Nella vita priva di qualsiasi contenuto serio, diveniva seria e importante anche Angiolina.

In quella prima sera l'amicizia del Balli fu utilissima ad Emilio. La compassione che il Brentani sentiva nell'amico lo tranquillava molto. Prima di tutto egli poteva essere sicuro che, per il momento, Stefano ed anche Angiolina non si sarebbero trovati; poi egli aveva una natura mansueta che abbisognava di carezze. Dalla sera prima aveva cercato invano dove puntellarsi. Era stata forse la mancanza di appoggio la causa per cui l'agitazione lo aveva tanto spesso padroneggiato dispoticamente. Avrebbe potuto resistere se gli fosse stata data l'opportunità di spiegare e ragionare, e se fosse stato obbligato ad ascoltare.

Ritornò a casa molto più tranquillo di quando ne era uscito. Era sorta in lui l'ostinazione di cui egli era disposto di vantarsi come di una forza. Non avrebbe avvicinata Angiolina che nel caso in cui ella ne lo avesse pregato. Egli poteva attendere, e quella relazione non poteva e non doveva essere ripresa da lui con un atto di sommissione.

Ma il sonno non voleva venire. Nei vani tentativi di conquistarlo, la sua agitazione crebbe come nella corsa della sera innanzi. La sua fantasia agitata architettò intero il sogno di un tradimento del Balli. Sì, il Balli lo tradiva. Stefano aveva poco prima confessato di aver sognato di far posare Angiolina per un bozzetto. Ora, sorpreso nel suo studio da Emilio, con essa, mentre la copiava seminuda, si scusava, ricordando quella confessione. Ed Emilio, per punirlo, trovava delle frasi roventi d'odio e di disprezzo. Erano ben diverse da quelle ch'egli aveva dirette ad Angiolina perché qui egli aveva tutti i diritti: la lunga amicizia prima di tutto, e poi la formale promessa. E come erano complesse quelle frasi! Erano finalmente dirette a persona che le poteva comprendere come chi le diceva.

Fu strappato a questi sogni dalla voce di Amalia ch'echeggiava tranquilla e sonora nella stanza vicina. Egli provò un sollievo ad esser stato tratto dal suo incubo e saltò dal letto. Si appostò ad origliare. Udì per lungo tempo delle parole in cui non scopriva altro nesso che una grande dolcezza; nient'altro! La sognatrice voleva di nuovo qualche cosa che altri voleva; ad Emilio parve di scoprire ch'ella volesse anche di più di quanto le si chiedesse:

voleva che altri esigesse. Era proprio un sogno di sommissione. Forse il medesimo della notte prima? Quella disgraziata s'era costruita una seconda vita; la notte le concedeva quel po' di felicità che il giorno le rifiutava.

Stefano! Ella aveva pronunziato il nome di battesimo del Balli. – Anche costei! – pensò Emilio con amarezza. Come non se ne era accorto prima? Amalia non si animava che quando veniva il Balli. Anzi ora s'accorgeva ch'ella aveva sempre per lo scultore quella stessa sommissione che ora gli tributava in sogno. Nel suo occhio grigio brillava una nuova luce quando lo posava sullo scultore. Non v'era alcun dubbio. Anche Amalia amava il Balli.

Fu una sventura ch'Emilio, ricoricatosi, non pigliasse sonno. Ricordava con amarezza come il Balli si vantasse degli amori ch'egli destava e come, con un sorriso di persona soddisfatta, dicesse che l'unico successo che gli mancasse nella vita era il successo artistico. Poi, nel lungo dormiveglia in cui piombò, fece dei sogni assurdi. Il Balli abusava della sommissione d'Amalia, e rifiutava ridendo qualsiasi riparazione. Il sognatore, ritornato in sé, non derise se stesso per quei sogni. Fra un uomo tanto corrotto come il Balli e una donna tanto ingenua come Amalia, tutto era possibile. Risolse d'imprendere la guarigione d'Amalia. Avrebbe incominciato coll'allontanare di casa lo scultore, il quale, da qualche tempo, benché senza sua colpa, era divenuto apportatore di sventura. Se non ci fosse stato lui, la relazione con Angiolina sarebbe stata più dolce, non complicata da tanta amara gelosia. Anche la separazione sarebbe stata ora più facile.

La vita di Emilio in ufficio era dolorosissima. Gli costava un grande sforzo dedicare la propria attenzione al lavoro. Ogni pretesto gli era buono per lasciare il suo tavolo, e dedicare ancora qualche istante ad accarezzare, cullare il proprio dolore. La sua mente sembrava destinata a questo e quando poteva cessare dallo sforzo di attendere ad altre cose, essa ritornava da sé alle idee predilette, se ne riempiva come un vaso vuoto, ed egli provava proprio il sentimento di chi s'è potuto togliere dalle spalle un peso insopportabile. I muscoli si riànno, si stendono, ritornano alla loro posizione naturale. Quando finalmente batteva l'ora in cui egli poteva lasciare l'ufficio, si sentiva addirittura felice, sebbene per pochissimo tempo. Dapprima s'ingolfava con voluttà nei suoi rimpianti e desideri che divenivano sempre più evidenti e ragionati; ne godeva finché non s'imbatteva in qualche pensiero di gelosia che lo faceva fremere dolorosamente.

Il Balli lo attendeva sulla via. – Ebbene, come va?

– Così così – rispose Emilio stringendosi nelle spalle. – Ho passato una mattina atrocemente noiosa.

Stefano lo vide pallido e abbattuto e credette di capire che sorta di noia avesse provato Emilio. Aveva preso il partito di essere molto dolce con l'amico. Gli si propose a compagno per il pranzo; nel pomeriggio sarebbero andati insieme a passeggio.

Con un'esitazione che al Balli sfuggì, Emilio accettò. Per un istante aveva pesata la possibilità di respingere la proposta del Balli, e di dirgli subito quello ch'egli oramai sentiva di dover dirgli. Sarebbe stata infatti una vigliaccheria non salvare la sorella per la paura di perdere l'amico; nell'azione ch'egli meditava non vedeva più che un esperimento di coraggio. Non lo fece, solo per il dubbio di poter ancora essersi ingannato sui sentimenti di Amalia. – Sì, sì, vieni! – ripeté al Balli e mentre Stefano attribuiva la ripetizione dell'invito a gratitudine, Emilio era conscio di averla fatta per il piacere che gli fosse data immediatamente l'occasione di dissipare ogni dubbio.

Durante il pranzo, infatti, poté acquistare tutta la certezza di cui abbisognava. Come gli somigliava Amalia! A lui parve di veder se stesso a cena con Angiolina. Il desiderio di piacere la metteva in un imbarazzo che le toglieva ogni naturalezza. La vide persino aprire la bocca per parlare e poi pentirsi e tacere. Come pendeva dalle labbra del Balli! Forse neppure udiva quello ch'egli diceva. Rideva e stava seria per un'involontaria soggezione.

Emilio cercò di distrarla; ma non fu ascoltato. Non lo udì neppure il Balli il quale, per quanto non si fosse accorto del sentimento ispirato alla fanciulla, ne subiva una specie di fascino che si tradiva nell'eccitamento cerebrale in cui cadeva sempre quando si sentiva assoluto padrone di qualcuno. Con una grande freddezza Emilio studiava e misurava l'amico. Il Balli aveva dimenticato perfettamente lo scopo per cui era venuto. Raccontava delle storie ch'Emilio già conosceva; si capiva che parlava per la sola Amalia. Erano storie di un genere che già aveva provato sulla disgraziata. Raccontava di quella triste e lieta *bohème* della quale Amalia amava tanto la gioia disordinata e la spensieratezza.

Quando Stefano ed Emilio uscirono insieme, nell'animo di quest'ultimo era cresciuto enorme l'amaro rancore per l'amico, che in seno gli dormiva da tanto tempo; una frase incauta del Balli, lo fece traboccare: – Vedi che abbiamo passata un'ora gradevolissima.

Emilio avrebbe voluto potergli dire delle insolenze. Un'ora gradevole? Per lui certo no. Egli avrebbe ricordata quell'ora col medesimo ribrezzo che provava per quelle passate col Balli e con Angiolina. Aveva provata infatti a quel pranzo la stessa nota, dolorosa gelosia. Rimproverava all'amico prima di tutto di non essersi accorto del suo mutismo, d'averlo ignorato tanto da credere ch'egli si fosse divertito. Ma poi: come non s'accorgeva che Amalia in sua presenza era colta addirittura da una morbosa confusione e da un'agitazione che, a volte, la facevano balbettare? Egli era però tanto in chiaro in quel momento sui propri sentimenti, che temette che anche il Balli non s'accorgesse che gli si parlava di Amalia per vendicarsi del contegno da lui avuto con Angiolina. Bisognava prima di tutto evitare di tradire un risentimento; egli doveva apparire un buon padre di famiglia ch'è mosso ad agire dal solo scopo di proteggere i suoi cari.

Incominciò col raccontare una bugia, e con l'aria di dire una cosa indifferente. Disse che, quella mattina, una vecchia parente lo aveva fermato per chiedergli se fosse vero che il Balli era promesso sposo di Amalia. Non era tutto, ma Emilio provò un sollievo per aver detto un tanto. Era avviato diritto diritto, a spiegare al Balli che non era né la persona superiore né l'ottimo fra gli amici ch'egli si credeva.

– Ah, davvero? – esclamò il Balli molto sorpreso e ridendo con tutt'ingenuità.

– Infatti – disse Emilio facendo una smorfia che voleva essere un sorriso – la gente è tanto maligna che fa persino da ridere. – Aveva detto così che l'ilarità del Balli era offensiva. – Capirai però che bisognerà avere un po' di riguardo, perché a noi non può garbare che si dica questo della povera Amalia. Quel plurale *noi*, rappresentava un tentativo di diminuire la propria responsabilità per le parole ch'egli diceva. Contemporaneamente però aveva alzato la voce con grande calore: non poteva permettere che il Balli prendesse tanto alla leggera quell'argomento che a lui bruciava le labbra.

Stefano non seppe più quale contegno tenere. Non doveva essergli accaduto molto spesso nella sua vita di venir accusato a torto. Si sentiva innocente come un neonato. Il rispetto ch'egli portava e aveva sempre dimostrato alla famiglia Brentani, e la bruttezza di Amalia, avrebbero dovuto salvarlo da ogni sospetto. Conosceva molto bene Emilio e non lo credeva capace d'indispettirsi per qualche parola dettagli da una vecchia parente; ma aveva sentito nella voce di Emilio una violenza e forse di più, dell'odio, un tono che lo aveva fatto trasalire. Corse subito col pensiero alla verità. Ricordò come da tanto tempo tutti i pensieri, anzi tutta la vita di Emilio si fosse concentrata intorno ad Angiolina. Che quella violenza e quell'odio nella voce di Emilio fossero da attribuirsi alla sua gelosia per Angiolina per quanto egli non parlasse che di Amalia? – Non credevo che alla nostra età, la mia cioè e quella della signorina, si potesse essere creduti capaci di commettere delle sciocchezze. – Parlava con imbarazzo. L'argomento scottava anche a lui.

– Che vuoi? È il mondo...

Ma il Balli, che a quel mondo non credeva, gridò irosamente: – Lascia stare; ho già capito di che si tratti. Parliamo d'altro.

Tacquero per un pezzo. Emilio esitava a parlare, proprio per paura di compromettersi. Che cosa aveva già capito il Balli? Il segreto suo, cioè il suo risentimento, oppure il segreto d'Amalia? Guardò l'amico e lo vide ancora più eccitato di quanto le sue parole avessero potuto far supporre. Era molto rosso, e i suoi occhi azzurri guardavano torbidi nel vuoto. Pareva che improvvisamente si fosse accaldato, perche aveva provato il bisogno di denudare l'alta fronte spingendo il cappello verso la nuca. Evidentemente l'aveva con lui; le arti impiegate per celare il proprio rancore dietro supreme ragioni di famiglia non erano bastate.

Allora egli fu preso da una puerile paura di perdere l'amico. Separatosi da Angiolina e dal Balli, egli non avrebbe più potuto sorvegliarli, ed essi, certo, si sarebbero prima o poi ritrovati. Risoluto, si attaccò affettuosamente al braccio del Balli: – Senti, Stefano. Capirai che, se io ti ho parlato a questo modo, debbo esservi stato spinto da ragioni fortissime. Per me è un grande sacrificio di rinunciare a vederti più spesso in casa mia. – Si commosse al timore di non riuscire a commuovere l'amico.

Il Balli si mitigò subito: – Ti credo – gli disse – ma ti prego di non nominarmi mai più quella tua vecchia parente. Strano che avendo a parlarmi di cose tanto serie, tu abbia provato il bisogno di dirmi delle bugie. Parla adesso con franchezza. – Riacquistata la sua calma, ritrovò intero l'interesse amichevole che aveva portato sempre agli affari di Emilio. Che cosa succedeva di nuovo a quel disgraziato?

Come sentiva l'amicizia il Balli! Emilio ne arrossì. Era stato ingiusto a dubitare. Volle cancellare qualunque ombra avessero potuto gettare le sue parole nell'animo dell'amico, e per il segreto di Amalia non ci fu più salvezza. – Sono molto disgraziato – dichiarò compiangendosi per aumentare la compassione che aveva già percepita nelle parole del Balli. Non raccontò di avere scoperta la sorella mentre sognava ad alta voce di Stefano, ma parlò soltanto dei mutamenti che avvenivano in Amalia quando il Balli varcava la soglia della loro casa. Quando egli non c'era, ella appariva ammalata, stanca, distratta. Bisognava prendere una risoluzione che la guarisse.

Al Balli bastò di udire dalla bocca di Emilio una confessione simile per crederci assolutamente. Egli sospettò persino che Amalia si fosse confidata col fratello. Non l'aveva mai vista tanto brutta come in quell'istante. Spariva l'incanto ch'era messo sulla grigia faccia di Amalia dalla supposta sua mitezza. Ora la vedeva aggressiva, dimentica del suo aspetto e della sua età. Come doveva stonare l'amore su quella faccia! Era una seconda Angiolina che lo veniva a turbare nelle sue abitudini, ma un'Angiolina che gli faceva ribrezzo. L'affettuosa compassione che egli provava per Emilio aumentò come quest'ultimo aveva voluto. Disgraziato! Aveva anche da sorvegliare una sorella isterica.

Fu lui a chiedere scusa del movimento d'ira che aveva avuto. Fu sincero come sempre: – Se non ci fosse stata una novità tale, quale io non potevo supporre, questa sarebbe stata l'ultima volta che ci saremmo visti. Figurati: credevo che nella tua pazzia per Angiolina, tu non mi sapessi perdonare la simpatia ch'io le avevo ispirata, e cercassi un pretesto per aver lite con me.

Emilio fu colto da un profondo malessere. Il Balli gli aveva spiegati gl'intimi moventi della sua mala azione. Protestò energicamente, tanto che il Balli dovette chiedergli scusa di quel sospetto, ma verso se stesso quell'energia mancò d'efficacia. Per un istante fu tutto col pensiero ad Amalia: – Strano! Angiolina aveva parte nel destino della sorella. – Si quietò dicendosi che col tempo avrebbe saputo riparare, facendo prima di tutto capire al Balli quale essere stimabile fosse Amalia, e dedicando poi a quest'ultima tutto il proprio affetto.

Ma come darle una prova di tale affetto nello stato in cui egli si trovava? Anche quella sera stette parecchio tempo fermo dinanzi al tavolo su cui aveva sperato di trovare una lettera di Angiolina. Guardava quel tavolo come se avesse voluto farne scaturire una carta. Il desiderio di Angiolina era aumentato in lui. Perché veramente? Ancora più che il giorno prima sentiva quanto fosse vano e triste il gioco di tenersi lontano da lei. Oh, gioconda Angiolina! Ella non dava a nessuno dei rimorsi.

Poi, quando nella stanza vicina percepì chiara e sonora la voce di quell'altra sognatrice, il suo rimorso fu cocentissimo. Che male ci sarebbe stato a lasciar continuare quei sogni innocenti nei quali si concentrava tutta la vita d'Amalia? Vero è che quel rimorso finì col mutarsi in una grande compassione di se stesso che lo fece piangere e trovare un grande sollievo in quello sfogo. Quella notte dunque il rimorso gli fece trovare il sonno.

Capitolo IX

Quanto era superiore a lui Amalia! Ella rivelò sorpresa il giorno appresso di non veder comparire il Balli, ma con tale indifferenza che sarebbe stato difficile di scoprirvi il minimo dispiacere. – È forse indisposto? – chiese ad Emilio, e costui ricordò che ella aveva avuto sempre una grande disinvoltura parlando con lui di Stefano.

Egli però non ebbe alcun dubbio di essersi ingannato. – No rispose e non ebbe il coraggio di dire altro. Un'intensa compassione lo prese al pensare che a quella debole personcina sovrastava, tanto imminente e senza ch'ella ne dubitasse, un dolore simile a quello che pativa lui. Era lui stesso che stava per picchiarla. Il colpo era già partito dalla sua mano, ma stava ancora sospeso in aria e fra poco si sarebbe abbattuto su quella testina grigia a piegarla, e la faccia mite avrebbe perduta quella serenità dimostrata chissà con quale eroico sforzo. Egli avrebbe voluto prendere la sorella fra le braccia e incominciare a consolarla prima che fosse arrivato a lei il dolore. Ma non poteva. Senza arrossire non poteva dire in presenza sua neppure il nome dell'amico. Tra fratello e sorella c'era oramai una barriera: la colpa di Emilio. Egli non se ne accorgeva, e si riprometteva di poter arrivare alla sorella quando, certo, ella avrebbe cercato intorno a sé qualche appoggio. Allora egli non avrebbe avuto da far altro che aprire le proprie braccia. Ne era sicuro. Amalia era fatta come lui che quando soffriva s'appoggiava su tutte le persone che gli stavano accanto. Perciò egli lasciava ch'ella aspettasse il Balli.

Doveva essere un'aspettativa che Emilio non avrebbe sopportata; ci volle certo un grande eroismo per non chiedere nulla, all'infuori della solita domanda: – Il Balli non verrà? – C'era un bicchiere di più sulla tavola, preparato pel Balli; veniva riposto lentamente in un cantuccio dell'armadio che ad Amalia serviva di dispensa. Quel bicchiere veniva poi seguito dalla tazzina destinata al Balli pel caffè e, riposta anche questa, Amalia chiudeva l'armadio a chiave. Era calma, calma, ma molto lenta. Quando ella gli volgeva le spalle, egli osava guardarla fisso, e allora la sua fantasia gli faceva vedere dei segni di sofferenza in ogni singolo segno di debolezza fisica. Quelle spalle cadenti erano state sempre così? Quel collo magro non s'era dimagrito vieppiù negli ultimi giorni?

Ella ritornava a tavola a sedersi accanto a lui, ed egli pensava: – Ecco! Con quell'aspetto calmo, ella ha deciso di aspettare altre ventiquattr'ore. – Ammirava! Egli non aveva saputo aspettare neppure una notte.

– Perché non viene più il signor Balli? – chiese essa il giorno appresso riponendo il bicchiere. – Io credo che con noi non si diverta abbastanza, – disse Emilio dopo una breve esitazione, deciso di dire qualche cosa che facesse capire ad Amalia lo stato d'animo del Balli. Non parve ch'ella desse molta importanza a tale osservazione, e pose il bicchiere con grande attenzione nel solito cantuccio.

Egli intanto aveva risolto di non lasciarla più in quei dubbi. Quando vide sul vassoio tre tazze in luogo di due, le disse: – Potresti risparmiarti la fatica di preparare il caffè per Stefano. È probabile che per lungo tempo egli non venga più.

– Perché? – chiese essa con la tazza in mano, pallidissima.

A lui mancò il coraggio di dire le parole già preparate: – Perché non vuole. – Non era meglio aiutarla nella sua finzione, e permetterle di domare lentamente il suo dolore senza trascinarla a tradirsi, con una rivelazione cui ella non era ancora preparata? Le disse che non credeva che il Balli potesse venire più a quell'ora perché s'era messo a lavorare accanitamente.

– Accanitamente? – ripeté essa volgendosi all'armadio. La tazza le scivolò di mano, ma non si ruppe. Ella la rialzò, la pulì accuratamente e la pose al suo posto. Sedette poi accanto ad Emilio. «Altre ventiquattr'ore» pensò egli.

Il giorno appresso Emilio non seppe impedire al Balli di accompagnarlo fino alla porta di casa. Stefano guardò un momento per distrazione le finestre del primo piano, ma riabbassò prontamente gli occhi. Certo su una delle finestre doveva aver scorta Amalia e non l'aveva salutata! Poco dopo Emilio osò guardare anche lui, ma, se c'era stata, ella doveva essersi già ritirata. Avrebbe voluto fare un rimprovero a Stefano di non aver salutato, ma non gli era più possibile di verificare il fatto.

Molto oppresso, salì da Amalia. Ella doveva aver compreso.

Non la trovò nel tinello. Poco dopo ella venne, con passo rapido; si fermò dandosi da fare intorno alla porta che non voleva chiudersi. Doveva aver pianto. Aveva gli zigomi rossi e i capelli bagnati; certo, s'era bagnata la faccia per cancellare ogni traccia di lagrime. Ella non chiese nulla quantunque durante il pranzo egli si sentisse continuamente minacciato da una domanda. Evidentemente agitata, non trovava il coraggio di parlare. Volle spiegare la propria agitazione, e raccontò di aver dormito poco. Il bicchiere e la tazza del Balli non comparvero in tavola. Amalia non aspettava più.

Ma Emilio aspettava. Sarebbe stato un grande sollievo per lui vederla piangere, udirne qualche suono di dolore. Ma per molto tempo non ebbe tale soddisfazione. Rincasava ogni giorno preparato al dolore di vederla piangere, confessare la sua disperazione, e invece la trovava tranquilla, abbattuta, sempre gli stessi movimenti lenti di persona stanca. Ella attendeva con la solita apparente cura ai lavori di casa, e ne parlava di nuovo ad Emilio come altre volte quando i due giovani, trovatisi soli, avevano cercato di abbellire la piccola loro dimora.

Era un incubo di sentirsi accanto tanta tristezza senza parole. E come doveva essere forte quel dolore certo rincrudito dai dubbi più diversi. Ad Emilio sembrava persino ch'ella potesse dubitare della verità, e si sentiva in pericolo di dover spiegare l'azione da lui commessa, la quale a lui stesso pareva già incredibile. Talvolta ella posava su lui gli occhi grigi, sospettosi, indagatori. Oh, quegli occhi là non crepitavano. Guardavano le cose, gravi e fisi, a cercarvi la causa di tanti dolori. Egli non ne poteva più.

Una sera in cui il Balli era impegnato – con qualche donna probabilmente – egli risolse di restare con la sorella. Ma poi gli fu penoso di starle accanto nel silenzio che regnava fra loro tanto di frequente, condannati com'erano a tacere di quello ch'era il loro pensiero dominante. Prese il cappello per uscire.

– Dove vai? – chiese ella che si divertiva a picchiare sul piatto con la forchetta, la testa abbandonata su un braccio. Bastò perché egli perdesse il coraggio di andarsene. Veniva chiamato. Se in due quelle ore erano tanto dolorose, che cosa sarebbero state per Amalia sola?

Gettò via il cappello, e disse: – Volevo portare a spasso la mia disperazione. – L'incubo sparì. Era stata una trovata. Se non poteva parlare dei suoi dolori poteva almeno distrarla col racconto dei proprii. Ella aveva cessato immediatamente di picchiare e s'era tutta rivolta a lui per guardarlo bene in faccia, e vedere quale aspetto avesse in altri il proprio dolore.

– Poveretto – mormorò scoprendolo pallido, sofferente, inquieto anche per le ragioni ch'ella non poteva sapere. Poi volle delle confidenze: – Da quel giorno non l'hai più riveduta?

Con un'espansione quasi gioconda egli raccontò. Mai non l'aveva vista. Quand'era all'aperto, senza voler sembrare, cioè senza fermarsi nei luoghi ove sapeva ch'ella a date ore doveva passare, non faceva altro che aspettarla. Ma non l'aveva vista mai. Sembrava proprio che, dacché era stata lasciata da lui, ella evitasse di farsi vedere per le vie.

– Potrebbe anche essere così – disse Amalia ch'era tutta, devotamente, intenta a studiare la sciagura del fratello.

Emilio rise di cuore. Disse che Amalia non poteva figurarsi di quale pasta fosse fatta Angiolina. Erano trascorsi otto giorni dacché l'aveva lasciata, ed egli doveva assolutamente ritenere d'essere stato già del tutto dimenticato. – Ti prego, non deridermi – pregò quantunque s'accorgesse ch'ella fosse ben lontana dal ridere di lui. – Ella è fatta proprio così. – E qui capitò una biografia di Angiolina. Parlò della sua leggerezza, della sua vanità, di tutto ciò che costituiva la propria sventura, ed Amalia stette a sentirlo silenziosa e senza tradire la minima meraviglia. Emilio pensò ch'ella studiasse il suo amore per scoprirvi delle analogie col proprio.

Avevano passato in tal modo un quarto d'ora delizioso. Pareva che tutto quanto li aveva divisi fosse sparito o anzi venisse ad unirli, tant'è vero ch'egli aveva parlato d'Angiolina non per il bisogno di sollevarsi dal peso d'amore e di desiderio che fino a quell'ora lo aveva fatto ciarlare tanto, ma unicamente per far piacere alla sorella. Per Amalia provava una grande tenerezza; gli pareva che, ascoltandolo, ella gli avesse dato formalmente il suo perdono.

Fu questa tenerezza che lo condusse a dire delle parole che fecero terminare in tutt'altro modo quella serata. Aveva finito di raccontare e, senza alcuna esitazione, chiese: – E tu? – Non aveva esitato e non aveva neppure riflettuto. Dopo aver resistito per tanti giorni al desiderio di chiedere alla sorella delle confidenze, in quell'ora d'abbandono vi cedette. Avendo provato un tale sollievo di fare lui delle confidenze, gli pareva troppo naturale d'indurre anche Amalia a confidarsi nello stesso modo.

Ma Amalia non l'intendeva così. Lo guardò con gli occhi sbarrati da un grande terrore: – Io? Non ti capisco! – Se anche veramente non avesse capito, avrebbe potuto indovinare tutto dall'imbarazzo in cui egli fu gettato al vederla tanto sconvolta. – Tu sei pazzo, mi pare. – Aveva capito, ma evidentemente non sapeva ancora spiegarsi come Emilio fosse riuscito a indovinare il segreto tanto gelosamente custodito.

– Chiedevo se tu... – balbettò Emilio egualmente sconvolto. Cercava una bugia, ma intanto Amalia s'era trovata la spiegazione più ovvia e la disse a tanto di lettere: – Il signor Balli ti ha parlato di me. – Ella gridava. Il suo dolore aveva trovata la parola. La sua faccia era colorita dal sangue sferzato da un violento disdegno, e le sue labbra si arcuarono. Ella ridiveniva forte per un istante. In questo ella somigliava perfettamente ad Emilio. Si capiva ch'ella riviveva potendo convertire il suo dolore in un'ira. Non era più abbandonata senza parole; era vilipesa. Ma la forza non era fatta per lei, e durò poco. Emilio giurò: il Balli non gli aveva mai parlato di Amalia in modo da far capire che credesse d'esserne amato. Ella non gli credette, ma il debolissimo dubbio ch'egli le aveva messo nell'animo le tolse la forza, e si mise a piangere: – Perché non viene più in casa nostra?

– È un caso, – disse Emilio. – Fra giorni certo verrà.

– Non verrà! – gridò Amalia e riacquistò la violenza nella discussione. – Non mi saluta neppure. – I singhiozzi le impedivano di pronunziare delle frasi più lunghe. Emilio corse ad abbracciarla ma la compassione le fece male. Ella si alzò violentemente, si svincolò e corse nella sua stanza a calmarsi. I singhiozzi erano divenuti gridi. Poco dopo cessarono del tutto, ed ella ritornò e poté parlare interrotta solo da qualche sussulto represso. S'era fermata alla porta: – Non so neppure io stessa perché pianga così. Un'inezia qualunque mi getta in tale orgasmo. È certo che sono malata. Io non ho fatto nulla che potesse dare a quel signore il diritto di contenersi così. Tu ne sei convinto, nevvero? Ebbene, mi basta! E del resto che cosa potevo dire o fare? – Andò a sedere e si rimise a piangere più dolcemente.

Era evidente che Emilio doveva prima di tutto scolpare l'amico e lo fece, ma non era possibile di riuscirvi. L'opposizione non fece altro che agitare di più Amalia.

– Ch'egli venga! – ella gridò. – Se lo desidera non mi vedrà neppure, non mi lascerò vedere da lui.

Ad Emilio parve d'aver trovata una buona idea:

– Sai la ragione del mutamento nel contegno del Balli? Dinanzi a me gli fu chiesto se stesse per fidanzarsi con te. Ella lo guardava indagando se potesse fidarsi di lui; non comprendeva neppur bene, e per analizzare più facilmente quelle parole, le ripeté: – Altri gli ha detto ch'egli stia per fidanzarsi con me? – Rise forte, ma con la sola voce. Egli aveva dunque paura di essere compromesso e di doverla sposare? Ma chi gli aveva messa un'idea simile in quella testa che pure di solito non appariva una delle più stolide? E lei, era forse una ragazzina da innamorarsi perdutamente per due parole ed una occhiata? – Certo – la sua ammirabile forza di volontà le permise perfino di trovare un tono di vera indifferenza – certo, la compagnia del Balli non le era stata discara, ma non l'aveva saputa tanto pericolosa. – Volle di nuovo ridere, ma questa volta la sua voce si ruppe nel pianto.

– Non vedo dunque che ci sia una ragione di piangere – disse Emilio timidamente. Avrebbe ora voluto far cessare quelle confidenze che con tanta leggerezza aveva provocate. La parola non guariva Amalia; ne inaspriva il dolore. In questo ella non gli somigliava.

– Non ho ragione di piangere quando vengo trattata in questo modo? Egli fugge come se io gli fossi corsa dietro. – Di nuovo aveva gridato, ma, dallo sforzo, fu subito spossata. Le parole di Emilio erano capitate proprio inaspettate perché, dopo tanto tempo, ella ancora non aveva trovato un contegno. Un'altra volta ella cercò di attenuare l'impressione che tutta la scena doveva aver prodotta su Emilio. – La mia debolezza è la causa prima della mia agitazione – disse poggiando la testa sulle due mani. – Non m'hai già vista piangere per cose molto meno importanti?

Senza dirselo, ambedue corsero col pensiero a quella sera in cui ella era scoppiata in pianto solo perché quell'Angiolina le portava via il fratello. Si guardarono molto serii. Allora, ella pensò, aveva davvero pianto per nulla, e proprio perché ancora non aveva conosciuto lo scoramento senza rimedio in cui ora si trovava. Egli, invece, ricordò quanto quella scena fosse somigliata a questa, e sentì un nuovo peso piombare sulla propria coscienza. Questa scena era evidentemente la continuazione dell'altra.

Ma Amalia aveva deciso. – Credo che tocca a te difendermi, nevvero? Ora non mi pare che tu possa continuare ad essere l'amico di chi m'offende senza alcun motivo.

– Egli non t'offende – protestò Emilio.

– Pensa come vuoi! Ma egli deve ritornare in questa casa o tu saresti obbligato a voltargli le spalle. Da parte mia poi, ti prometto ch'egli non troverà niente di mutato nel mio contegno; farò uno sforzo e lo tratterò diversamente da quello che si merita.

Emilio dovette riconoscere ch'ella aveva ragione e disse che, pur non annettendo alla cosa tanta importanza da indurlo a rompere i rapporti col Balli, gli avrebbe fatto capire che intendeva vederlo frequentare di nuovo casa sua.

Neppure questa promessa bastò alla mite Amalia. – A te dunque pare un'inezia l'insulto fatto a tua sorella? Comportati allora come ti pare e piace, ma anch'io farò a modo mio. – Minacciava fredda e sdegnosa. – Domani mi raccomanderò all'agenzia qui di faccia per un posto da governante o da serva. C'era tanta freddezza nelle sue parole da far credere nella serietà della sua intenzione.

– Ho forse detto di non voler fare quello che tu desideri? disse Emilio spaventato. – Domani parlerò col Balli, e se domani stesso non viene da noi, io saprò allentare i miei rapporti con lui.

Quell'*allentare* suonò male ad Amalia. – Allentare? Farai quello che vorrai. – S'alzò e, senza salutarlo, andò nella sua stanza ove ancora ardeva la candela ch'ella ci aveva portata la prima volta che vi si era rifugiata.

Emilio pensò ch'ella continuava a dimostrarsi risentita perché le era più facile di padroneggiarsi: il momento stesso in cui si fosse mitigata fino a dire una parola di ringraziamento od anche soltanto di consenso, sarebbe stata vinta di nuovo dalla commozione. Volle seguirla, ma capì ch'ella stava svestendosi e, dal di fuori, le augurò la buona notte. Ella rispose a mezza voce e con una dura indifferenza.

Del resto Amalia aveva ragione. Il Balli doveva almeno qualche volta venire in casa sua. Quella cessazione improvvisa delle visite era offensiva e si capiva che per poter guarire Amalia fosse necessario prima di tutto di toglier l'offesa. Uscì nella speranza di trovare il Balli.

Fuori, alla porta stessa di casa, trovò la più potente delle distrazioni. Per un caso strano s'imbatté faccia a faccia con Angiolina. Come dimenticò subito la sorella, il Balli e i propri rimorsi! Fu una sorpresa per lui. In quei pochi giorni egli aveva dimenticato il colore di quei capelli che rendevano tanto bionda tutta la figura, gli occhi azzurri che ora veramente guardavano per indagare. Egli le fece un saluto breve che per voler essere freddo fu violento. Nello stesso tempo le aveva sgranati addosso gli occhi sì che, se ella stessa non fosse stata sorpresa e agitata, ella avrebbe potuto averne paura.

Sì! Ella era agitata. Aveva risposto al suo saluto confusa e arrossendo. Era accompagnata dalla madre e, fatti pochi passi, s'era voltata tanto verso la propria compagna da poter vedere anche dietro di sé. A lui parve di comprendere dagli occhi di lei ch'ella s'attendeva di venir avvicinata, e fu precisamente questo che gli diede la forza di passare oltre accelerando il passo.

Camminò per parecchio tempo senza meta, per tranquillarsi. Forse Amalia aveva veduto bene e il suo abbandono era stato per Angiolina la più energica delle educazioni. Forse ella lo amava ora! Camminando fece un sogno delizioso. Ella lo amava, lo seguiva, s'attaccava a lui, ed egli continuava a fuggirla, a respingerla. Quale soddisfazione sentimentale!

Quando ritornò in sé, il ricordo della sorella gli aggravò di nuovo il cuore. In quei pochi giorni il suo destino era divenuto più doloroso, tant'è vero che il pensiero d'Angiolina, che fino allora era stato tanto doloroso per lui, gli appariva un rifugio, per quanto non tutto piacevole, dal pensiero di aver inasprita la sorte della sorella.

Per quella sera non trovò il Balli. Sul tardi venne fermato dal Sorniani il quale ritornava dal teatro. Dopo il saluto, subito, costui raccontò di aver vista a teatro, in prima galleria, Angiolina colla madre; bellissima davvero con una vita di seta gialla e un cappellino di cui non si vedevano che due o tre grandi rose nell'oro dei capelli. Si dava per la prima volta la *Valchiria* e il Sorniani si meravigliava che Emilio, conosciuto in altra epoca per aver fatto della critica musicale avvenirista – che cosa non aveva fatto in sua vita? – non fosse stato a teatro.

Confusa ed agitata come egli l'aveva vista, ella era andata poi a teatro e in un posto di un prezzo piuttosto elevato. Chissà chi glielo aveva pagato! Egli aveva fatto dunque un altro vanissimo sogno.

Disse al Sorniani che la sera appresso sarebbe andato anche lui al Comunale; ma non ne aveva l'intenzione. Aveva perduta l'unica serata in cui il teatro gli sarebbe potuto piacere. La sera seguente Angiolina non ci sarebbe andata neppure se le fosse stato pagato di nuovo il posto. Wagner e Angiolina! Era già molto che si fossero incontrati una volta sola.

Passò una notte insonne. Era inquieto, e non trovava nel letto una posizione comoda abbastanza per starci fermo. S'alzò per calmarsi e ricordò che forse dalla stanza della sorella poteva venirgli una distrazione. Ma Amalia non sognava più; ella aveva perduti anche i suoi lieti sogni. La sentì voltarsi più volte nel letto che neppure a lei sembrava molle.

Verso la mattina ella lo sentì alla porta e gli chiese che cosa volesse.

Egli era ritornato là nella speranza di udirla parlare, di apprendere ch'ella godesse almeno una volta nelle ventiquattr'ore.

– Niente – rispose lui profondamente accorato di sentirla desta – mi pareva che ti movessi, e volevo vedere se ti occorresse qualche cosa.

– Non mi occorre niente – rispose ella mitemente. – Grazie, Emilio.

Egli sentì d'essere stato perdonato e ne provò una soddisfazione vivissima e dolce tanto che gli si inumidirono gli occhi. – Ma perché non dormi? – L'istante era tanto felice ch'egli voleva gustarlo; lo prolungava e lo rendeva più intenso facendo sentire alla sorella il proprio affetto commosso.

– Mi sono destata or ora; ma tu?

– Io dormo pochissimo da parecchio tempo – rispose lui: credeva sempre che ad Amalia dovesse derivare un sollievo dal sapere quali dolori patisse anche lui. Poi, ricordando le parole scambiate col Sorniani, le annunziò che aveva deciso di andare a distrarsi alla *Valchiria*. – Ci vieni anche tu?

– Ben volentieri – rispose essa. – Basta che non ti costi troppo.

Emilio protestò. – Per una volta tanto. – Batteva i denti dal freddo, ma su quel posto aveva trovato tanta dolce commozione ch'esitava ad abbandonarlo.

– Sei in camicia? – domandò lei e udito che sì, gli ordinò di andarsi a coricare.

Egli andò a letto malvolentieri ma, quando vi fu, trovò subito la posizione che aveva cercata invano tutta la notte, e dormì ininterrotte un paio d'ore.

Col Balli non fu punto difficile d'intendersi. Alla mattina lo trovò mentre marciava dietro al carro del canicida, tutto commosso della sorte di tante povere bestie. Ne era afflitto, ma ricercava quella commozione per sentirsi, diceva lui, più artista nell'affetto agli animali. Alle parole di Emilio diede poco ascolto, avendo le orecchie intronate dai guaiti dei cani, il suono più doloroso ch'esista in natura quando è provocato da un dolore così inatteso come quello dell'improvvisa stretta violenta al collo. – C'è dentro la paura della morte – diceva il Balli – e nello stesso tempo un'enorme, impotente indignazione.

Il Brentani ricordò con amarezza che anche nel lamento di Amalia si era sentita una sorpresa ed un'enorme, impotente indignazione. La presenza del canicida gli facilitò però il suo compito. Il Balli lo ascoltò distrattamente, e dichiarò di non aver niente in contrario a venire da lui quel giorno stesso.

Ebbe qualche leggero dubbio soltanto a mezzodì quando venne a prendere Emilio all'ufficio. S'era già convinto che Amalia, innamorata di lui, si fosse confidata col fratello e che costui avesse creduto opportuno allontanarlo dalla sua casa; ora invece Emilio voleva vi ritornasse perché Amalia non capiva per quale ragione egli non si facesse più vedere. – Lo vorranno per convenienza – pensò il Balli con la sua consueta facilità di spiegare tutto.

Erano già avviati verso casa allorché a Stefano venne un altro dubbio: – Basta che la signorina non mi serbi rancore.

Emilio, forte dell'assicurazione avuta dalla sorella, lo tranquillò. – Sarai accolto come in passato.

Il Balli tacque. Ci avrebbe pensato lui ad apparire diverso da quello di una volta, per non lusingarla e non essere assalito una seconda volta da quell'amore poco desiderabile.

Amalia era preparata a tutto fuorché a questo. Si era proposta di trattarlo gentilmente ma con freddezza, ed ecco ch'era lui a dare tale intonazione ai loro rapporti. A lei non restò altro che d'accettare e seguire passivamente il modo imposto da lui, e non poté neppure tradire un risentimento. Egli la trattava proprio come una signorina di cui avesse fatto da poco la conoscenza, con tutti i riguardi e il più indifferente rispetto. Non erano più le chiacchiere allegre in cui il Balli si abbandonava tutto, svelando quanto più alto si tenesse di tutte le persone che lo contornavano, con un'immodestia tanto spudorata da non potersi mostrare che accanto a persone devotissime, perché un'ironia qualunque in quei momenti gli avrebbe tolta la voce e il fiato. Quel giorno non parlò affatto di sé, ma, invece, e brevemente, di cose che Amalia non stava neppure a udire, stupefatta di tanta indifferenza. Raccontò che s'era annoiato molto alla *Valchiria*, dove una metà del pubblico era occupata a dare ad intendere all'altra di divertirsi; poi parlò anche di un'altra noia, quella del lungo carnevale che aveva ancora un mese d'agonia. Da tanta noia egli fu indotto a sbadigliare lungamente. Oh, così mutato era noioso anche lui. Dove se n'era andata quella bella vivacità che Amalia aveva amata tanto perché le sembrava nata per piacere a lei?

Emilio sentì che la sorella doveva soffrire, e cercò di provocare qualche segno di maggiore interessamento da parte di Stefano. Parlò della cattiva cera di Amalia e minacciò la sorella di chiamare il dottor Carini se ella non si fosse migliorata d'aspetto. Il dottor Carini, amico del Balli, era stato nominato proprio per indurre quest'ultimo a parlare anche lui della salute di Amalia. Ma Stefano, con ostinazione puerile, badò di non prender parte a un simile discorso, e Amalia rispose alle parole affettuose del fratello con una frase ruvida. Voleva essere brusca con qualcuno, né poteva esserlo col Balli. Del resto poco dopo si ritirò nella sua stanza, e li lasciò soli.

Per via Emilio ritornò su quelle sue disgraziate parole e tentò di spiegarle e di togliere da Amalia qualunque aspetto di colpa. Confessò di essere stato leggero. Doveva essersi ingannato sul sentimento di Amalia, la quale (ne fece solenne giuramento) non gli aveva mai detto una parola in proposito. Il Balli finse di credergli. Dichiarò ch'era tuttavia inutile di riparlare di quella faccenda che egli, da lungo tempo, aveva dimenticata. Come sempre, egli era molto contento di se stesso. S'era comportato come doveva per ridare la quiete ad Amalia, ed evitare fastidi all'amico. L'altro tacque comprendendo di gettare il fiato al vento.

La stessa sera fratello e sorella andarono a teatro, ed Emilio sperava che lo svago insolito fosse perciò maggiore per la sorella.

Ma no! Nella serata il divertimento non le animò gli occhi neppure una sola volta. Appena appena vide il pubblico. Il pensiero sempre rivolto all'ingiustizia che le era stata fatta, ella non poteva neppure occuparsi di quelle tante donne più felici ed eleganti di lei che altre volte ella aveva seguite con tanto interessamento da trovar piacere già nel parlare di loro. Quando ne aveva avuto l'opportunità, s'era fatte descrivere quelle fogge, ed ora non le vedeva neppure.

Una certa Birlini, una ricca signora ch'era stata amica della madre dei Brentani, dal suo palchetto vicinissimo, scorse Amalia e la salutò. In passato Amalia era stata superba dell'affetto di alcune ricche signore. Invece ora fu con isforzo che trovò un sorriso per rispondere alla gentilezza usatale, e presto non vide più la bionda e buona signora che evidentemente s'era compiaciuta di trovare anche Amalia in quel teatro.

Ma Amalia veramente non c'era. Ella si lasciava cullare nei suoi pensieri da quella strana musica di cui non percepiva i particolari, ma l'insieme ardito e granitico che le sembrava una minaccia. Emilio la strappò per un istante ai suoi pensieri per domandarle come le piacesse un motivo che continuava a risuonare nell'orchestra. – Non capisco – ella rispose. Infatti ella non lo aveva sentito. Ma, assorbito da quella musica, il suo grande dolore si coloriva, diveniva ancora più importante, pur facendosi semplice, puro, perché mondato d'ogni avvilimento. Piccola e debole, ella era stata abbattuta; chi avrebbe potuto pretendere ch'ella reagisse? Mai non s'era sentita tanto mite, liberata da ogni ira, e disposta a piangere lungamente, senza singhiozzi. Non poteva farlo e questo mancava al sollievo. Ella aveva avuto torto asserendo di non comprendere quella musica. La magnifica onda sonora rappresentava il destino di tutti. La vedeva correre giù per una china guidata dall'ineguale conformazione del suolo. Ora una sola cascata, ora divisa in mille più piccole, colorite tutte dalla più varia luce e dal riflesso delle cose. Un accordo di colori e di suoni in cui giaceva l'epico destino di Sieglinda, ma anche, per quanto misero, il suo, la fine di una parte di vita, l'inaridirsi di un virgulto. E il suo non domandava più lagrime di quello degli altri, ma le stesse, e il ridicolo che l'aveva oppressa non trovava posto in quell'espressione che pure era tanto completa.

L'altro conosceva intimamente la genesi di quei suoni, ma non riusciva ad avvicinarvisi tanto quanto Amalia. Egli credeva che il suo amore e il suo dolore si sarebbero presto trasvestiti nel pensiero del genio. No. Per lui si movevano sulla scena eroi e dei, e lo trascinavano con sé lontano dal mondo ove aveva sofferto. Negl'intervalli egli cercava invano nel ricordo qualche accento che avesse meritato un travestimento simile. L'arte forse lo guariva?

Quando, a spettacolo finito, abbandonò il teatro, era tanto animato da quella speranza che non vide che la sorella era più abbattuta del solito. Respirando a pieni polmoni la fredda aria notturna, disse che quella serata gli aveva fatto molto bene. Ma, mentre, verboso chiacchierone come sempre, andava raccontando di quale strana calma si fosse sentito pervaso, una grande tristezza gli salì al cuore. L'arte non gli aveva dato che un intervallo di pace, e non glielo avrebbe potuto ridare, perché ora certi ricordi mozzi della musica s'attagliavano benissimo a certe proprie sensazioni, se non altro alla compassione di se stesso, d'Angiolina e di Amalia.

Nell'eccitazione in cui si trovava, si sarebbe voluto calmare, provocando da Amalia nuove confidenze. Dovette capire che s'erano spiegati invano. Ella continuò a soffrire muta, non ammettendo neppure d'avergli mai fatto intendere niente. Certamente il loro dolore d'origine tanto simile non li aveva avvicinati.

Un giorno la sorprese sul Corso mentre ella camminava lentamente in pieno meriggio, a passeggio. Portava un vestito che da lungo tempo non doveva aver indossato perché Emilio non l'aveva mai visto. Dei colori azzurri, chiari, su una stoffa grezza che le vestiva goffamente il povero corpo dimagrito.

Essa si confuse vedendolo, e fu subito disposta a seguirlo a casa. Chissà quale tristezza l'aveva spinta a quella passeggiata in cerca di svago! Egli poteva capirlo facilmente ricordando quanto spesso i suoi desideri cacciassero di casa anche lui. Ma quale pazza speranza le aveva fatto indossare quei vestiti? Fermamente egli credette che, vestita così, avesse sperato di piacere al Balli. Oh, una cosa sorprendente in Amalia, un pensiero simile. Del resto, se realmente ella lo aveva avuto, fu per la prima e l'ultima volta, perché ella ritornò al suo vestito abituale, grigio come la sua figura e il suo destino.

Capitolo X

Tanto il suo dolore quanto il suo rimorso divennero miti, miti. Gli elementi di cui si componeva la sua vita erano gli stessi, ma s'erano attenuati quasi visti attraverso una lente fosca che li privasse di luce e di violenza. Una grande calma e una grande noia incombevano su lui. Aveva percepito con piena chiarezza quanto strana fosse stata in lui l'esagerazione sentimentale, e al Balli che lo studiava con qualche ansietà, disse, credendo d'essere sincero: – Sono guarito.

Poteva crederlo perché non si poteva pretendere ch'egli ricordasse esattamente lo stato d'animo in cui s'era trovato prima di aver conosciuta Angiolina. La differenza era tanto piccola! Aveva sbadigliato meno, e non aveva conosciuto l'impaccio doloroso che lo coglieva quando si trovava accanto ad Amalia.

Anche la stagione era molto fosca. Da settimane non s'era visto raggio di sole, e perciò, quando egli pensava ad Angiolina, associava nel suo pensiero la dolce faccia, il caldo color dei capelli biondi, all'azzurro del cielo, alla luce del sole, tutte cose ch'erano scomparse insieme dalla sua vita. Egli era però giunto alla convinzione che l'abbandono di Angiolina fosse stato molto salutare per lui. – È preferibile d'essere liberi – diceva con convinzione.

Tentò anche di approfittare della riconquistata libertà. Sentiva e si doleva d'essere inerte, e ricordava che, anni prima, l'arte gli aveva colorita la vita sottraendolo all'inerzia in cui era caduto dopo la morte del padre. Aveva scritto il suo romanzo, la storia di un giovane artista il quale da una donna veniva rovinato nell'intelligenza e nella salute. Nel giovane aveva rappresentato se stesso, la propria ingenuità e la propria dolcezza. Aveva immaginato la sua eroina secondo la moda di allora: un misto di donna e di tigre. Del felino aveva le movenze, gli occhi, il carattere sanguinario. Non aveva mai conosciuta una donna e l'aveva sognata così, un animale ch'era veramente difficile fosse mai potuto nascere e prosperare. Ma con quale convinzione l'aveva descritta! Aveva sofferto e goduto con essa sentendo a volte vivere anche in sé quell'ibrido miscuglio di tigre e di donna.

Riprese ora la penna e scrisse in una sola sera il primo capitolo di un romanzo. Trovava un nuovo indirizzo d'arte al quale volle conformarsi, e scrisse la verità. Raccontò il suo incontro con Angiolina, descrisse i propri sentimenti, – subito però quelli degli ultimi giorni – violenti e irosi, l'aspetto di Angiolina ch'egli vide al primo incontro guastato dall'animo basso e perverso, e infine il magnifico paesaggio che aveva contornato agli esordii il loro idillio. Stanco e annoiato, abbandonò il lavoro, contento di aver steso in una sola sera tutto un capitolo.

La sera appresso si rimise al lavoro avendo nella mente due o tre idee che dovevano bastare per una sequela di pagine. Prima però rilesse il lavoro fatto: – Incredibile! – mormorò. L'uomo non somigliava affatto a lui, la donna poi conservava qualche cosa della donna-tigre del primo romanzo, ma non ne aveva la vita, il sangue. Pensò che quella verità che aveva voluto raccontare era meno credibile dei sogni che anni prima aveva saputi gabellare per veri. In quell'istante si sentì sconsolatamente inerte, e ne provò un'angoscia dolorosa. Depose la penna, richiuse tutto in un cassetto, e si disse che l'avrebbe ripreso più tardi, forse già il giorno appresso. Questo proposito bastò a tranquillarlo; ma non ritornò più al lavoro. Voleva risparmiarsi ogni dolore e non si sentiva forte abbastanza per studiare la propria inettitudine e vincerla. Non sapeva più pensare con la penna in mano. Quando voleva scrivere, si sentiva arrugginire il cervello, e rimaneva estatico dinanzi alla carta bianca, mentre l'inchiostro s'asciugava sulla penna.

Gli venne il desiderio di rivedere Angiolina. Non prese la decisione di andarla a cercare; s'era detto soltanto che ora veramente non ci sarebbe stato alcun pericolo a rivederla. Anzi, se si fosse voluto attenere esattamente alle parole che aveva dette lasciandola, sarebbe dovuto andare subito da lei. Non era forse calmo abbastanza per stringerle la mano da amico?

Comunicò questo suo proposito al Balli, e in questa forma: – Vorrei soltanto vedere se, riavvicinandola, saprei contenermi da persona più accorta.

Il Balli aveva riso troppo spesso dell'amore di Emilio per non credere ora nella sua perfetta guarigione. Per di più, da qualche giorno, egli stesso aveva il più vivo desiderio di rivedere Angiolina. Aveva immaginato una figura su quei tratti e con quei vestiti. Lo raccontò ad Emilio il quale gli promise che con le prime parole che avrebbe rivolte alla fanciulla, l'avrebbe pregata di posare per il Balli. Non v'era da dubitare della sua guarigione. Ormai egli non era neppur geloso del Balli.

Parve poi che il Balli pensasse ad Angiolina non meno di Emilio stesso. Aveva dovuto distruggere un bozzetto su cui aveva spesi sei mesi di lavoro. Anch'egli era in un periodo d'esaurimento e non ritrovava in sé altra idea che quella nata la prima sera in cui Emilio gli aveva fatto conoscere Angiolina. Una sera, lasciando Emilio, gli chiese: – Tu non ti sei ancora riavvicinato? – Non voleva essere lui a riunirli, ma voleva sapere se Emilio non si fosse rappattumato con Angiolina a sua insaputa. Sarebbe stato un tradimento!

La calma d'Emilio era aumentata ancora. Tutti gli permettevano di fare quello ch'egli voleva ed egli in fondo non voleva niente. Proprio niente. Avrebbe cercato di rivedere Angiolina perché voleva provarsi a parlare e pensare con calore. Doveva venirgli dal di fuori il calore ch'egli non aveva trovato in sé, e sperava di vivere il romanzo che non sapeva scrivere.

La sola inerzia gl'impedì d'andare a cercare la fanciulla. Gli sarebbe piaciuto che altri si fosse incaricato di riunirli, e pensò perfino che avrebbe potuto invitare il Balli a farlo. Tutto infatti sarebbe stato più facile e più semplice se il Balli si fosse procurato da solo la modella, e gliel'avesse poi consegnata quale amante. Ci avrebbe pensato. Esitava soltanto perché non voleva concedere al Balli una parte importante nel proprio destino.

Importante? Oh, Angiolina rimaneva sempre una persona molto importante per lui. In proporzione al resto se non altro. Tutto era tanto insignificante, ch'ella tutto dominava. Ci pensava continuamente come un vecchio alla propria giovinezza Come era stato giovane quella notte in cui avrebbe dovuto uccidere per tranquillarsi! Se avesse scritto invece di arrovellarsi prima sulla via e poi altrettanto affannosamente nel letto solitario, avrebbe certo trovata la via all'arte che più tardi aveva cercata invano. Ma tutto era passato per sempre. Angiolina viveva, ma non poteva più dargli la giovinezza.

Una sera, accanto al Giardino Pubblico, la vide camminare dinanzi a sé. La riconobbe al noto passo. Ella teneva sollevate le gonne per preservarle dalla fanghiglia, e, alla luce di un gramo fanale, egli vide rilucere le scarpe nere di Angiolina. Ne fu subito turbato. Ricordò che al culmine della sua angoscia amorosa, egli aveva pensato che il possesso di quella donna gli avrebbe data la guarigione. Ora invece pensò: – Mi animerebbe!

– Buona sera, signorina – disse con quanta calma poté trovare nell'affanno del desiderio che lo colse dinanzi a quella faccia da bambino roseo, con gli occhi grandi dai contorni precisi, che parevano tagliati allora allora.

Ella si fermò, afferrò la mano che le era stata offerta e rispose lieta e serena al saluto: – Come sta? È tanto che non ci vediamo.

Egli rispose, ma era distratto dal proprio desiderio. Aveva forse fatto male a dimostrare tanta serenità, e, peggio, a non aver pensato al contegno da seguire per arrivare subito dove voleva, alla verità, al possesso. Le camminò accanto tenendola per mano, ma, dopo scambiate quelle prime frasi da persone che sono liete di ritrovarsi, egli tacque esitante. Il tono elegiaco usato altre volte con piena sincerità, sarebbe stato fuori di posto, ma anche un'indifferenza troppo grande non l'avrebbe portato allo scopo.

– Mi ha perdonato, signor Emilio? – disse lei fermandosi e gli porse da stringere anche l'altra mano. L'intenzione era stata ottima e il gesto sorprendentemente originale per Angiolina.

Egli trovò: – Sa che cosa io non le perdonerò mai? Di non aver fatto alcun tentativo per riavvicinarsi a me. Tanto poco le importava di me? – Era sincero e s'accorse ch'egli cercava inutilmente di far la commedia. Forse la sincerità gli sarebbe servita meglio di qualunque finzione.

Ella si confuse un poco e, balbettando, assicurò che se egli non si fosse avvicinato, l'indomani ella gli avrebbe scritto. – Già, in fondo che cosa ho fatto? – e non ricordava d'aver chiesto scusa poco prima.

Emilio credette opportuno mostrarsi dubbioso. – Debbo crederle? – Disse poi un rimprovero: – Con un ombrellaio!

La parola li fece ridere di gusto entrambi. – Geloso! – esclamò lei stringendo la mano che continuava a tenere – geloso di quel sudicio uomo! – Infatti se egli aveva fatto bene a rompere la relazione con Angiolina, certo aveva avuto torto di cogliere a pretesto quella stupida storia con l'ombrellaio. L'ombrellaio non era il più temibile dei suoi rivali. E perciò ebbe lo strano sentimento che doveva imputare a se stesso tutti i mali che lo avevano colpito dacché aveva abbandonata Angiolina.

Ella tacque lungamente. Non poteva essere di proposito, perché per Angiolina sarebbe stata un'arte troppo fine. Ella taceva probabilmente perché non trovava altre parole per scolparsi, e camminarono in silenzio uno accanto all'altra nella notte strana e fosca, il cielo tutto coperto di nubi sbiancate in un solo punto dalla luce lunare.

Arrivarono dinanzi alla casa d'Angiolina ed ella si fermò, forse per prendere congedo. Ma egli la costrinse a procedere: Camminiamo ancora, ancora, così muti! – Allora, naturalmente, ella lo compiacque e continuò a camminare tacendo a lui da canto. Ed egli l'amò di nuovo, da quell'istante, o da quell'istante ne fu consapevole. Gli camminava accanto la donna nobilitata dal suo sogno ininterrotto, da quell'ultimo grido d'angoscia ch'egli le aveva strappato lasciandola, e che per lungo tempo l'aveva personificata tutta; persino dall'arte, perché ormai il desiderio fece sentire ad Emilio d'aver accanto la dea capace di qualunque nobiltà di suono o di parola.

Oltrepassata la casa d'Angiolina, essi si trovarono sulla via deserta e oscura chiusa dalla collina da una parte, dall'altra da un muricciuolo che la separava dai campi. Ella vi sedette ed egli s'appoggiò a lei cercando la posizione che aveva preferita in passato, durante i primi tempi del loro amore. Gli mancava il mare. Nel paesaggio umido e grigio imperò la biondezza d'Angiolina, l'unica nota calda, luminosa.

Era tanto tempo ch'egli non sentiva quelle labbra sulle sue che n'ebbe una commozione violenta. – Oh, cara e dolce! mormorò baciandole gli occhi, il collo e poi la mano e le vesti. Ella lo lasciò fare dolcemente, e tanta dolcezza era talmente inaspettata ch'egli si commosse e pianse prima con sole lagrime, poi con singhiozzi. Gli pareva che non fosse dipeso che da lui di continuare per tutta la vita quella felicità. Tutto si scioglieva, tutto si spiegava. La sua vita non poteva più consistere che di quel solo desiderio.

– Tanto bene mi vuoi? – mormorò essa commossa e meravigliata. Anche lei aveva delle lagrime agli occhi. Gli raccontò che l'aveva visto sulla via, pallido e smunto, sul volto i segni evidenti della sua sofferenza, e le si era stretto il cuore dalla compassione. – Perché non sei venuto prima? – gli chiese rimproverandolo.

S'appoggiò a lui per discendere dal muricciuolo. Egli non capiva perché ella troncasse quella dolce spiegazione ch'egli avrebbe voluto continuare in eterno. – Andiamo a casa mia disse ella, risoluta.

Egli ebbe le vertigini e l'abbracciò e baciò non sapendo come dimostrarle la propria riconoscenza. Ma la casa d'Angiolina era lontana e, camminando, Emilio si ritrovò intero con i suoi dubbi e la sua diffidenza. Se quell'istante l'avesse legato per sempre a quella donna? Fece le scale lentamente e tutt'ad un tratto le domandò: – E Volpini?

Ella esitò e si fermò: – Volpini? – Poi, risoluta, superò i pochi scalini che la dividevano da Emilio. Si appoggiò a lui, nascose la faccia sulla sua spalla con un'affettazione di pudore che gli ricordò l'antica Angiolina e la sua serietà da melodramma, e gli disse: – Nessuno lo sa, neppure mia madre. – Un po' alla volta ricompariva tutto il vecchio bagaglio, anche la dolce madre. Ella s'era data al Volpini; costui l'aveva voluto, l'aveva anzi posto a condizione per continuare i loro rapporti. – Sentiva che non era amato – bisbigliava Angiolina – e volle una prova d'amore. – Essa non aveva ottenuto in compenso altra garanzia all'infuori di una promessa di matrimonio. Fece, con la solita sconsideratezza, il nome di un giovane avvocato il quale le aveva dato il consiglio d'accontentarsi di quella promessa perché la legge puniva la seduzione in quelle forme.

Così allacciati, quelle scale non terminavano più. Ogni scalino rendeva Angiolina più simile alla donna ch'egli aveva fuggita. Perché ora ciarlava, incominciando già ad abbandonarsi. Ora poteva essere finalmente sua perché – questo era detto e ridetto – era per lui ch'ella s'era data al sarto. A quella responsabilità non si sfuggiva più neppure rinunziando a lei.

Ella aperse la porta e, per il corridoio oscuro, lo diresse alla propria stanza. Da un'altra s'udì la voce nasale della madre: – Angiolina! sei tu?

– Sì – rispose Angiolina trattenendo una risata. – Mi corico subito. Addio, mamma.

Accese una candela e si levò il mantello e il cappello. Poi gli si abbandonò o, meglio, lo prese.

Emilio poté esperimentare quanto importante sia il possesso di una donna lungamente desiderata. In quella memorabile sera egli poteva credere d'essersi mutato ben due volte nell'intima sua natura. Era sparita la sconsolata inerzia che l'aveva spinto a ricercare Angiolina, ma erasi anche annullato l'entusiasmo che lo aveva fatto singhiozzare di felicità e di tristezza. Il maschio era oramai soddisfatto ma, all'infuori di quella soddisfazione, egli veramente non ne aveva sentita altra. Aveva posseduto la donna che odiava, non quella ch'egli amava. Oh, ingannatrice! Non era né la prima, né – come voleva dargli ad intendere – la seconda volta ch'ella passava per un letto d'amore. Non valeva la pena di adirarsene perché l'aveva saputo da lungo tempo. Ma il possesso gli aveva data una grande libertà di giudizio sulla donna che gli si era sottomessa. – Non sognerò mai più – pensò uscendo da quella casa. E poco dopo, guardandola, illuminata da pallidi riflessi lunari: – Forse non ci ritornerò mai più. – Non era una decisione. Perché l'avrebbe dovuta prendere? Il tutto mancava d'importanza.

Ella l'aveva accompagnato sino alla porta di casa. Non s'era accorta di alcuna sua freddezza perché egli si sarebbe vergognato di mostrarne. Anzi, premurosamente egli aveva chiesto per la sera appresso un altro appuntamento ch'ella aveva dovuto rifiutargli essendo occupata tutta la giornata fino a tarda notte dalla signora Deluigi, che le aveva commesso un vestito da ballo. S'accordarono di vedersi due giorni dopo: – Ma non in questa casa – disse Angiolina subito arrossata dall'ira. – Come puoi immaginare una cosa simile? Non voglio mica espormi al pericolo di farmi ammazzare da mio padre. – Emilio assicurò che avrebbe provveduto lui alla stanza pel prossimo ritrovo. Gliel'avrebbe indicata domani con un biglietto.

Il possesso, la verità? La bugia continuava spudorata come prima, ed egli non scorgeva alcun modo per liberarsene. Nell'ultimo bacio, dolcemente, ella gli raccomandò discrezione, col Balli specialmente. Ella ci teneva alla propria fama.

Col Balli Emilio fu indiscreto subito, la stessa sera. Parlò di proposito, con l'intenzione di reagire alle menzogne d'Angiolina, senza tener conto delle raccomandazioni di lei, intese certamente a ingannare lui e non a tener all'oscuro gli altri. Ma poi sentì una grande soddisfazione di poter raccontare al Balli d'aver posseduto quella donna. Fu una soddisfazione intensa, importante, che gli levò qualunque nube dalla fronte.

Il Balli lo stette a sentire da medico che vuol fare una diagnosi: – Mi pare proprio di poter essere sicuro che sei guarito.

Allora però Emilio sentì il bisogno di confidarsi, e raccontò dell'indignazione che provocava in lui il contegno di Angiolina, la quale ancora sempre voleva fargli credere di essersi data al Volpini per poter appartenere a lui. Subito la sua parola fu troppo vivace: – Ancora adesso vuole truffarmi. Il dolore che mi fa di vederla sempre uguale a se stessa è tale che mi toglie persino il desiderio di rivederla.

Il Balli lo indovinò tutto e gli disse: – Anche tu resti uguale a te stesso. Non una tua parola denota indifferenza. – Emilio protestò con calore, ma il Balli non si lasciò convincere. – Hai fatto male, male assai di riavvicinarti a lei.

Durante la notte Emilio poté convincersi che il Balli aveva ragione. L'indignazione, un'ira inquieta che avrebbe domandato un pronto sfogo, lo teneva desto. Non poteva più illudersi che quella fosse l'indignazione dell'uomo onesto ferito da un'oscenità. Egli conosceva troppo bene quello stato d'animo. Ci era ricaduto ed era molto simile a quello provato prima dell'incidente dell'ombrellaio e prima del possesso. La gioventù ritornava! Egli non anelava più di uccidere ma si sarebbe voluto annientare dalla vergogna e dal dolore.

All'antico dolore s'era aggiunto un peso sulla coscienza, il rimorso d'essersi legato di più a quella donna, e la paura di vederne compromessa vieppiù la propria vita. Infatti, come avrebbe potuto spiegare la tenacità con cui ella addossava a lui la colpa della relazione col Volpini, se non col proposito d'attaccarglisi, comprometterlo, succhiargli lo scarso sangue che aveva nelle vene? Egli era legato per sempre ad Angiolina da una strana anomalia del proprio cuore, dai sensi – nel letto solitario il desiderio era rinato – e dalla stessa indignazione ch'egli attribuiva all'odio.

Quell'indignazione era la madre dei più dolci sogni. Verso mattina il suo profondo turbamento s'era mitigato nella commozione per il proprio destino. Non s'addormentò, ma cadde in uno stato singolare d'abbattimento che gli tolse la nozione del tempo e del luogo. Gli parve d'essere ammalato, gravemente, senza rimedio, e che Angiolina fosse accorsa a curarlo. Le vedeva la compostezza e la serietà della buona infermiera dolce e disinteressata. La sentiva muoversi nella camera, ed ogni qualvolta ella gli si avvicinava, gli apportava refrigerio, toccandogli con la mano fresca la fronte scottante, oppure baciandolo, con lievi baci che non volevano essere percepiti, sugli occhi o sulla fronte. Angiolina sapeva baciare così? Egli si rivoltò pesantemente nel letto e tornò in sé. L'effettuazione di quel sogno sarebbe stato il vero possesso. E dire che poche ore prima egli aveva pensato di aver perduto la capacità di sognare. Oh, la gioventù era ritornata. Correva le sue vene prepotente come mai prima, e annullava qualunque risoluzione la mente senile avesse fatta.

Di buon'ora s'alzò e uscì. Non poteva attendere; voleva rivedere Angiolina subito. Correva nell'impazienza di riabbracciarla ma si proponeva di non ciarlare troppo. Non voleva abbassarsi con dichiarazioni che avrebbero falsato i loro rapporti. Il possesso non dava la verità, ma esso stesso, non abbellito da sogni e neppure da parole, era la verità propria e pura e bestiale.

Invece, con un'ostinazione ammirabile, Angiolina non ne volle sapere. Era già vestita per uscire e poi l'aveva già avvisato che ella non intendeva disonorare la propria casa.

Egli, nel frattempo, aveva fatta un'osservazione per la quale credette di dover deviare dai suoi proponimenti. S'accorse ch'ella lo esaminava con curiosità per capire se in lui l'amore fosse diminuito o aumentato dal possesso. Ella si tradiva con un'ingenuità commovente; doveva aver conosciuti degli uomini che provavano ripugnanza per la donna avuta. A lui fu molto facile di provarle ch'egli non era di quelli. Rassegnatosi al digiuno ch'ella gli imponeva, si accontentò di quei baci di cui era vissuto per tanto tempo. Ma presto i baci soli non bastarono più, ed egli si ritrovò a mormorarle nelle orecchie tutte le dolci parole apprese nel lungo amore: – *Ange! Ange!* Il Balli gli aveva fornito l'indirizzo di una casa ove davano a fitto delle stanze. Egli gliela indicò. A lungo, per non sbagliare, ella si fece descrivere quella casa e la posizione della stanza, ciò che imbarazzò non poco Emilio il quale non l'aveva vista. Aveva baciato troppo per saper osservare, ma quando fu solo sulla via s'accorse, con sua grande meraviglia, che soltanto allora sapeva esattamente dove bisognava andare a cercare quella stanza. Non v'era dubbio! Era stato diretto da Angiolina.

Vi andò subito. La proprietaria della camera si chiamava Paracci, ed era una vecchierella nauseante dalle vesti sucide sotto alle quali s'indovinavano le forme del petto abbondante, un resto di giovinezza in mezzo ad una vizza vecchiaia, la testa con pochi capelli ricci sotto ai quali luceva la pelle porosa e rossa. Lo accolse con grande gentilezza e, subito d'accordo, gli disse ch'ella non affittava che a chi conosceva molto bene dunque a lui sì.

Egli volle vedere la stanza e vi entrò, seguito dalla vecchia, per la porta sulle scale. Un'altra porta – sempre chiusa – disse la Paracci con l'accento di chi giura, la congiungeva al resto del quartiere. Più che ammobiliata, era ingombrata da un enorme letto dall'apparenza pulita e da due grandi armadi; c'era un tavolo nel mezzo, un sofà e quattro sedie. Non ci sarebbe stato posto neppure per un solo altro mobile.

La vedova Paracci stava a guardarlo, le mani sui grossi fianchi sporgenti, con l'aspetto sorridente – una brutta smorfia che metteva in mostra la bocca sdentata – di chi si attende una parola di soddisfazione. Infatti nella stanza c'era anche qualche tentativo d'abbellimento. In capo al letto stava piantato un ombrello chinese e sulla parete, anche qui, erano appese varie fotografie.

Gli sfuggì un grido di sorpresa vedendo accanto alla fotografia di una donna seminuda, quella di una giovanetta ch'egli aveva conosciuta, un'amica di Amalia, morta qualche anno prima. Chiese alla vecchia donde le fossero venute quelle fotografie, ed ella rispose che le aveva comperate per adornare quella parete. Egli guardò lungamente la faccia buona di quella povera ragazza che aveva posato tutta impettita dinanzi alla macchina del fotografo, forse l'unica volta in sua vita, per servire da ornamento a quella stanzaccia.

Eppure in quella stanzaccia, in presenza della sozza vecchia che stava a guardarlo lieta d'aver conquistato un nuovo cliente, egli sognò d'amore. Precisamente in quelle condizioni era eccitantissimo figurarsi Angiolina che veniva a portargli l'amore desiato. Con un fremito di febbre, egli pensò: domani avrò la donna amata!

La ebbe quantunque mai l'avesse amata meno di quel giorno. L'attesa l'aveva reso infelice; gli pareva d'essere nell'impossibilità di godere. Circa un'ora prima di andare all'appuntamento pensò che se non vi avesse trovata la gioia attesa, avrebbe dichiarato ad Angiolina di non volerla vedere più, e precisamente con le parole: – Sei tanto disonesta che mi ripugni. – Aveva pensate queste parole accanto ad Amalia, invidiandola perché la vedeva disfatta ma tranquilla. E aveva pensato che l'amore, per Amalia, restava il puro grande desiderio divino: era nell'effettuazione che la piccola natura umana si trovava bruttata, avvilita.

Ma quella sera godette. Angiolina lo fece attendere oltre mezz'ora, un secolo. Gli parve di sentire sola ira, un'ira impotente che aumentava l'odio ch'egli diceva di sentire per lei. Pensava di picchiarla quando sarebbe venuta. Non v'erano scuse possibili perché ella stessa aveva detto che quel giorno non andava a lavorare e che perciò poteva essere puntuale. Non era anzi per la certezza di non dover ritardare, ch'ella non aveva voluto accettare l'impegno per la sera prima? Ed ora lo aveva fatto aspettare prima un giorno intero e poi tanto, tanto tempo.

Ma quando ella arrivò, egli, che già aveva disperato di vederla, fu sorpreso della propria fortuna. Le mormorò sulle labbra e nel collo delle parole di rimprovero a cui ella neppure rispose perché avevano il suono di una preghiera, di una adorazione. Nella penombra la stanza della vedova Paracci divenne un tempio. Per lungo tempo nessuna parola turbò il sogno. Angiolina dava certo più di quanto aveva promesso. Ella aveva disciolti gli abbondanti capelli, ed egli si ritrovò con la testa appoggiata su un guanciale d'oro. Come un bambino egli vi appoggiò il volto per fiutarne il colore. Ella era un'amante compiacente e – in quel letto egli non sapeva lagnarsene – indovinava con un'intelligenza affinatissima i suoi desiderî. Là tutto diveniva soddisfazione e godimento.

Appena più tardi il ricordo di quella scena gli fece digrignare i denti dall'ira. La passione l'aveva liberato per un istante dal doloroso abito dell'osservatore, ma non gli aveva impedito d'imprimersi nella memoria ogni singolo particolare di quella scena. Ora appena poteva dire di conoscere Angiolina. La passione gli aveva dati dei ricordi indelebili, e su questi riusciva a ricostruire dei sentimenti che Angiolina non aveva espressi, che aveva anzi accuratamente celati. A mente fredda egli non sarebbe riuscito a tanto. Così, invece, egli sapeva, sapeva con certezza apodittica come se ella glielo avesse dichiarato a chiare note, ch'ella aveva conosciuto dei maschi che l'avevano soddisfatta meglio. Aveva detto più volte: – Ma adesso basterà Non ne posso più. – Aveva cercato un accento di ammirazione che non aveva trovato. Egli avrebbe potuto dividere la serata in due parti. Nella prima ella lo aveva amato; nella seconda s'era fatta forza per non respingerlo. Quando abbandonò il letto, tradì d'essere stanca di starvi. Allora, naturalmente, per indovinarla tutta, non occorse grande forza d'osservazione, perché, vedendolo esitante, ella lo spinse fuori dal letto dicendogli scherzosamente: – Andiamo, bell'uomo. – Bell'uomo! La parola ironica doveva essere stata pensata da una mezz'ora circa. Egli l'aveva letta sulla sua faccia.

Come sempre, egli avrebbe avuto bisogno di restare solo per avere il tempo d'ordinare le proprie osservazioni. Per il momento percepì confusamente ch'ella non gli apparteneva più, la medesima sensazione che aveva avuta quella sera, in cui s'era trovato con Angiolina al Giardino Pubblico per aspettarvi il Balli e Margherita. Era un dolore atroce di amor proprio ferito e d'amarissima gelosia. Volle liberarsene, e non poté lasciarla senza aver tentato di riconquistarla.

L'accompagnò sulla via, poi, quantunque ella dichiarasse di aver fretta, l'indusse a rincasare per la via ch'egli aveva percorsa quella sera in cui ella era stata vista con l'ombrellaio. La via di Romagna era proprio quella della serata memoranda, con i suoi alberi nudi, che si proiettavano sul cielo chiaro, e il suolo ineguale coperto di fanghiglia densa. Una grande differenza era quella d'aver accanto Angiolina. Ma tanto lontana! Per la seconda volta, su quella stessa via, egli la cercò.

Le descrisse la corsa fatta allora. Le raccontò come il desiderio di vederla gliel'avesse fatta scorgere più volte dinanzi a sé, poi come una leggera ferita prodotta da una caduta l'avesse fatto piangere, perché era stata la goccia che aveva fatto traboccare il vaso. Ella lo stette ad ascoltare lusingata di avere ispirato un tale amore e quand'egli si commosse lagnandosi che tanto soffrire non gli avesse conquistato tutto l'amore cui credeva di aver diritto, ella protestò con energia: – Come puoi dire una cosa simile? – Lo baciò per protestare con efficacia. Poi però commise l'errore, come al solito dopo averci ben pensato: – Non mi sono data al Volpini per essere tua? – Ed Emilio piegò la testa convinto.

Quel Volpini, senza saperlo, gli avvelenava le gioie che, secondo Angiolina, gli aveva procurate. Invece di soffrire per l'indifferenza di Angiolina, dopo di aver udito menzionare il Volpini, Emilio temette di lei e dei piani che in lei sospettava. Nel convegno seguente, con le prime parole egli chiese quali garanzie avesse avute dal Volpini per abbandonarglisi. – Oh, Volpini non può più fare a meno di me – disse ella sorridendo. Per il momento anche Emilio si tranquillò e gli parve che quella garanzia fosse sufficiente. Egli stesso, tanto più giovane del Volpini, non poteva fare a meno di Angiolina.

Durante il secondo appuntamento l'osservatore non s'assopì in lui un solo instante. N'ebbe il premio in una scoperta dolorosissima: nel tempo in cui egli con tanto sforzo s'era tenuto lontano da Angiolina, qualcuno doveva aver occupato il suo posto. Un altro, che non doveva somigliare ad alcuno degli uomini che egli conosceva e temeva. Non Leardi, non Giustini, non Datti. Doveva essere stato costui a prestarle degli accenti nuovi, bruschi, non manchevoli di spirito, e dei giuochi di parola grossolani. Doveva essere uno studente, perché ella maneggiava con grande disinvoltura alcune parole latine volte a senso turpe. Rispuntò quel disgraziato Merighi, il quale certamente non poteva sospettare che si continuasse ad abusare di lui; era stato lui ad insegnarle anche quelle parole latine. Come se ella fosse stata capace di sapere di latino senza farne pompa per tanto tempo! Invece chi le aveva insegnato il latino doveva essere il medesimo che le aveva apprese anche delle canzonette veneziane liberissime. Cantandole ella stonava, ma anche per saperle così doveva averle udite parecchie volte, tant'è vero che non avrebbe saputo rifare una sola nota delle canzonette udite più volte dal Balli. Doveva essere un veneziano perché ella si compiaceva spesso d'imitare la pronunzia veneziana che prima, probabilmente, aveva ignorata. Emilio lo sentiva accanto a sé, beffardo gaudente; arrivava a ricostruirlo fino a un certo punto, ma poi gli sfuggiva e non arrivò mai a conoscerne il nome. Nella raccolta di fotografie d'Angiolina non v'era alcuna faccia nuova. Il nuovo rivale non doveva avere il vezzo di regalare la propria fotografia, o forse ad Angiolina sembrava miglior politica di non esporre più le fotografie, alla cui raccolta ella aveva dedicata la propria vita. Tant'è vero che sulla parete mancava anche quella di Emilio.

Egli non ebbe alcun dubbio che se si fosse imbattuto in quell'individuo, l'avrebbe riconosciuto a certi gesti ch'ella doveva aver imitati da lui. Il peggio era che dalla sola ripetuta domanda da chi ella avesse appreso quel gesto o quella parola, ella indovinò la sua gelosia: – Geloso! – disse con un'intuizione sorprendente vedendolo serio e mesto. Sì; egli era geloso. Soffriva quando per un'esitazione ella si cacciava con gesto maschile le mani nei capelli, o per sorpresa gridava; – Oh, la balena! – o, quando scorgendolo triste, gli chiedeva: – Sei *invelenà* oggi? – Soffriva come se si fosse trovato a faccia a faccia col suo inafferrabile rivale. Per di più, con la fantasia eccitata dell'innamorato, egli credette di scoprire nei suoni della voce d'Angiolina delle copie di quelli serii e un po' imperiosi del Leardi. Anche il Sorniani le doveva aver insegnato qualche cosa, e persino il Balli aveva lasciato traccia di sé, essendo stato copiato accuratamente in una certa sua affettazione d'intontita sorpresa o ammirazione. Emilio stesso non si riconosceva in alcuna parola o gesto di lei. Con amara ironia una volta pensò: Forse per me non c'è più posto.

Il più odiato rivale restava per lui quell'ignoto. Era strano com'ella avesse saputo non nominare quell'uomo che doveva essere passato di recente nella sua vita, mentre le piaceva tanto di vantarsi dei suoi trionfi, persino dell'ammirazione spiata negli occhi degli uomini nei quali s'imbattesse una sola volta sulla via. Tutti erano pazzamente innamorati di lei. – Tanto più merito ho avuto– ella asscriva – di csscrc rimasta scmprc a casa durante la tua assenza, e ciò dopo essere stata trattata a quel modo da te. – Sì! Ella voleva fargli credere che durante la sua lontananza ella non avesse fatto altro che pensare a lui. Ogni sera, in famiglia, avevano ventilata la questione se ella dovesse scrivergli o no. Suo padre cui stava molto a cuore la dignità della famiglia non aveva voluto saperne. Visto che all'idea di quel consiglio di famiglia Emilio s'era messo a ridere, ella gridò: – Domandalo a mamma se non è vero.

Era una mentitrice ostinata benché, in verità, non conoscesse l'arte di mentire. Era facile farla cadere in contraddizione. Ma quando tale contraddizione le era stata provata, ella tornava con fronte serena ai suoi primi asserti, perché, in fondo, ella alla logica non ci credeva. E forse bastava tale sua semplicità a salvarla agli occhi d'Emilio.

Non si poteva dire ch'ella fosse molto raffinata nel male, e poi a lui sembrava che ogni qualvolta lo ingannava, avesse cura di avvisarnelo.

Non v'era però la possibilità di rintracciare i motivi per cui egli era tanto indissolubilmente legato ad Angiolina. Qualunque altro piccolo dolore che gli fosse toccato nella sua vita insignificante, divisa fra casa e ufficio, s'annullava facilmente accanto a lei. Di tutti i dolori ch'ella gli dava, il maggiore era quello di non farsi trovare, quando egli aveva bisogno di starle accanto. Spesso, cacciato fuori della propria casa dalla triste faccia della sorella, correva dagli Zarri quantunque sapesse che Angiolina non amava di vederlo tanto spesso in quella casa ch'ella tanto energicamente difendeva dal disonore. Ben di rado ve la trovava, e la madre con grande gentilezza lo invitava ad attenderla perché Angiolina doveva venir subito. Era stata chiamata cinque minuti prima da certe signore che abitavano lì accanto – un gesto vago accennava a levante o a ponente – per provare un vestito.

L'attesa gli era indicibilmente dolorosa, ma rimaneva incantato per delle ore a scrutare la dura faccia della vecchia, perché sapeva che rincasando senza aver vista l'amante, non si sarebbe quietato più. Una sera, spazientito, sebbene la madre, cortese come sempre, volesse trattenerlo, finì coll'andarsene. Sulle scale gli passò accanto una donna, apparentemente una fantesca, la testa coperta da una pezzuola con la quale si celava anche parte della faccia. Egli le diede il passo, ma, quando ella volle sgattaiolare oltre, la riconobbe, insospettito prima dall'intenzione ch'ella manifestava di sfuggirgli, poi dalle movenze e alla statura. Era Angiolina. Al ritrovarla egli si sentì subito meglio e non badò al fatto ch'ella parlando di quelle vicine che l'avevano chiamata, segnasse tutt'altra direzione di quella indicata dalla madre, e neppure a quello, sorprendente, ch'ella non gli tenesse rancore perché una volta di più egli fosse venuto in casa sua a comprometterla. Quella sera fu dolce, buona, come se avesse avuto da farsi perdonare qualche colpa, ma lui, in quella dolcezza di cui si beava, non seppe sospettare una colpa.

La sospettò soltanto allorché ella venne vestita a quel modo anche agli appuntamenti con lui. Ella dichiarò che rincasando sul tardi dopo essere stata con lui, era stata vista da conoscenti e aveva paura d'essere colta proprio nell'istante in cui usciva da quella casa, che non godeva della migliore fama; perciò si mascherava a quel modo. Oh, ingenuità! Ella non s'accorgeva di confessargli con quella chiacchierata che anche quella sera in cui egli l'aveva trovata sulle scale di casa sua, aveva avuti dei buoni motivi per travestirsi.

Una sera ella arrivò al loro ritrovo con più di un'ora di ritardo. Acciocché ella non avesse bisogno di bussare rischiando l'attenzione degli altri inquilini, egli soleva attenderla sulle scale, tortuose e sucide, poggiato alla ringhiera e persino piegato per scorgere il punto più lontano ove ella doveva apparire. Quando vedeva venire qualche estraneo, si rifugiava nella stanza e per tale moto continuo la sua agitazione aumentava enormemente. Del resto gli sarebbe stato impossibile di rimaner fermo. Quella sera, quando doveva tenersi chiuso nella stanza per lasciar passare la gente sulle scale, si gettò più volte sul letto per rialzarsi subito e perdere del tempo nel movimento ch'egli complicava ad arte. Più tardi, ripensando allo stato in cui s'era trovato in quell'attesa, gli parve incredibile. Doveva persino aver gridato dall'ambascia.

Quando ella alfine venne, non bastò la sua vista per calmarlo, e le fece dei violenti rimproveri. Ella non ci abbadò e credette di poterlo calmare con qualche carezza. Gettò via la pezzola e gli pose le braccia al collo; le maniche larghe le lasciavano del tutto nude ed egli le sentì scottanti di febbre. La guardò meglio. Ella aveva gli occhi lucenti e le guance arrossate. Un sospetto orribile gli passò per la mente: –Tu sei stata or ora con un altro – urlò. Ella lo lasciò con una protesta relativamente debole: – Sei matto! – disse, e non molto offesa, si mise a spiegargli le ragioni del suo ritardo. La signora Deluigi non l'aveva lasciata andar via, ella aveva dovuto correre a casa per vestirsi a quel modo, e là le era stato imposto dalla madre di fare un lavoro prima di uscire. Erano ragioni sufficienti a spiegare dieci ore di ritardo.

Ma Emilio non aveva più alcun dubbio: ella usciva dalle braccia di un altro e a lui balenò alla mente – unica via per salvarsi da tanta immondizia – un atto d'energia sovrumana. Non doveva entrare in quel letto; doveva respingerla subito e non rivederla mai più. Ma egli ora sapeva che cosa significasse *mai più*: un dolore, un rimpianto continuo, delle ore interminabili d'agitazione, altre di sogni dolorosi e poi d'inerzia, il vuoto, la morte della fantasia e del desiderio, uno stato più doloroso di qualunque altro. Ne ebbe paura. L'attirò a sé e, per unica vendetta, le disse: – Io non valgo mica molto più di te.

Fu lei allora a ribellarsi e, svincolandosi, disse decisa: – Non ho mai permesso a nessuno di trattarmi così. Io me ne vado. Volle riprendere la pezzuola ma egli glielo impedì. La baciò e l'abbracciò pregandola di restare; non ebbe la vigliaccheria di rinnegare le sue parole con una dichiarazione, ma vedendola tanto decisa, egli, ch'era ancora sconvolto solo per aver pensata quella risoluzione, l'ammirò. Sentendosi perfettamente riabilitata ella cedette. Per gradi però. Restò dichiarando che sarebbe stata l'ultima volta che si sarebbero visti e, soltanto al momento di dividersi, acconsentì a stabilire come al solito il giorno e l'ora del prossimo appuntamento. Sentendosi appieno vittoriosa ella non aveva ricordato più l'origine della disputa e non aveva tentato di farlo ricredere.

Egli sperava ancora sempre che il possesso così pieno avrebbe finito col togliere violenza al suo sentimento. Invece egli andava ai ritrovi sempre con la medesima violenza di desiderio e nella sua mente non s'acquietava la tendenza a ricostruire l'*Ange* che veniva distrutto ogni giorno. Il malcontento lo spingeva a rifugiarsi nei sogni più dolci. Angiolina quindi gli dava tutto: il possesso della sua carne e – essendone essa l'origine – anche il sogno del poeta.

Tanto di frequente la sognò infermiera che tentò di continuare il sogno anche accanto a lei. Stringendosela fra le braccia col violento desiderio del sognatore, le disse, – Vorrei ammalarmi per essere curato da te. – Oh, sarebbe bellissimo! – disse ella che in certe ore si sarebbe prestata a tutti i suoi desiderî. Naturalmente bastò quella frase per annullare qualunque sogno.

Una sera, trovandosi con Angiolina, egli ebbe un'idea che per quella sera alleviò potentemente il suo stato d'animo. Fu un sogno ch'egli ebbe e sviluppò accanto ad Angiolina e ad onta di questa vicinanza. Essi erano tanto infelici causa il turpe stato sociale vigente. Egli ne era tanto convinto che poté pensare di essere persino capace di un'azione eroica pel trionfo del socialismo. Tutta la loro sventura era originata dalla loro povertà. Il suo discorso presupponeva ch'ella si vendesse e ch'era spinta a farlo dalla povertà della sua famiglia. Ma essa non se ne accorse e le sue parole le sembravano una carezza eppoi pareva egli volesse biasimare solo se stesso.

In una società differente egli avrebbe potuto farla sua, pubblicamente, subito, senza imporle prima di darsi al sarto. Faceva proprie anche le menzogne di Angiolina, pur di renderla dolce e indurla a entrare in quelle idee, per sognare in due. Ella volle delle spiegazioni ed egli gliele diede beato di poter dar voce al sogno. Le raccontò quale lotta immane fosse scoppiata fra poveri e ricchi, i più e i meno. Non v'era da dubitare dell'esito della lotta il quale avrebbe apportato la libertà a tutti, anche a loro. Le parlò dell'annientamento del capitale e del mite breve lavoro che sarebbe stato l'obbligo d'ognuno. La donna uguale all'uomo e l'amore un dono reciproco.

Ella chiese delle altre spiegazioni che già turbarono il sogno, e poi concluse: – Se tutto venisse diviso, non ci sarebbe niente per nessuno. Gli operai sono degl'invidiosi, dei fannulloni, e non riusciranno a niente. – Egli tentò di discutere ma poi vi rinunziò. La figlia del popolo teneva dalla parte dei ricchi.

A lui parve ch'ella non gli avesse mai chiesto del denaro. Quello ch'egli non poté negare neppure a se stesso era che, quando, consapevole dei suoi bisogni, egli l'abituò a ricevere del denaro in luogo di oggetti o di dolciumi, ella se ne dimostrò riconoscentissima, pur affettando sempre una grande vergogna. E questa riconoscenza si rinnovava egualmente vivace ad ogni dono ch'egli le faceva; perciò, quando egli sentiva il bisogno di trovarla dolce e amorosa, sapeva molto bene come avesse da comportarsi. Tale bisogno era sentito da lui tanto spesso che la sua borsa ne fu presto esausta. Accettando, ella non dimenticò mai di protestare e visto che l'accettazione non importava mai più di un semplice atto, quello di stendere la mano, mentre la protesta era fatta con molte parole, a lui rimasero impresse più queste che quello, e continuò a ritenere che anche senza di quei doni la loro relazione sarebbe rimasta la stessa.

La penuria nella famiglia d'Angiolina doveva essere grande. Ella aveva fatto ogni sforzo per impedirgli di venire a sorprenderla nella sua casa. Quelle visite inaspettate non le garbavano punto. Ma le minacce di non farsi trovare, di farlo gettare giù dalle scale dalla madre, dai fratelli o dal padre, non approdarono a nulla. Era certo che quando egli aveva tempo, di sera, sul tardi, capitava a trovarla, e ciò sebbene molto spesso venisse a tenere compagnia alla vecchia Zarri. Erano i sogni che lo trascinavano lassù. Egli sperava sempre di trovare Angiolina mutata e veniva frettoloso a cancellare l'impressione – sempre triste – dell'ultimo ritrovo.

Allora fece un ultimo tentativo. Gli raccontò che il padre non le dava pace e che le era riuscito con grande fatica di trattenerlo dal fargli una scenataccia Tutto quello che aveva potuto ottenere era la promessa che si sarebbe astenuto dall'usare violenze, ma le sue ragioni il vecchio voleva dirgliele. Cinque minuti dopo entrò il vecchio Zarri. Ad Emilio parve che il vecchio, un uomo lungo, magro, tentennante, che appena entrato provò il bisogno di sedere, sapesse che il suo ingresso era stato annunziato. Le sue prime parole parvero preparate per imporre. Parlava lento e impacciato, ma imperioso. Disse che credeva di poter dirigere e proteggere quella sua figliuola che ne aveva bisogno, perché se non avesse avuto lui non avrebbe avuto nessuno, visto che i fratelli – egli non voleva dirne male – degli affari di famiglia non si occupavano. Angiolina parve si compiacesse grandemente del lungo esordio; tutt'ad un tratto disse che andava a vestirsi nella stanza accanto e uscì.

Il vecchio perdette subito ogni imponenza. Guardò dietro alla figliuola portando al naso una presa di tabacco; fece una lunga pausa durante la quale Emilio pensava le parole con cui avrebbe risposto alle accuse che gli sarebbero mosse. Il padre di Angiolina guardò poi dinanzi a sé, e, lungamente, le proprie scarpe. Fu proprio per caso che alzò gli occhi e rivide Emilio. Ah, sì – fece come persona sorpresa di ritrovare un oggetto smarrito. Ripeté l'esordio ma con meno forza; era molto distratto. Poi si concentrò, con uno sforzo evidente, per continuare. Guardò Emilio a più riprese sempre evitando d'incontrarne lo sguardo e non parlò che quando si risolse a guardare la tabacchiera consunta che teneva fra le mani.

C'era della gente cattiva che perseguitava la famiglia Zarri. Angiolina non glielo aveva detto? Aveva fatto male. C'era dunque della gente che stava sempre sull'attenti per cogliere in fallo la famiglia Zarri. Bisognava guardarsi! Il signor Brentani non conosceva *Tic*? Se lo avesse conosciuto non sarebbe venuto tanto spesso in quella casa.

Qui la predica degenerò in un'ammonizione ad Emilio, a non esporsi – così giovine – a tanti pericoli. Quando il vecchio alzò gli occhi per guardare di nuovo Emilio, questi indovinò. In quegli occhi stranamente azzurri sotto a una canizie argentea, brillava la follia.

Questa volta il pazzo seppe sostenere lo sguardo d'Emilio. Sta bene che *Tic* abita lassù ad Opicina ma di lassù manda le percosse alle gambe e alle schiene dei suoi nemici. Foscamente aggiunse: – Qui in casa bastona persino la piccola. – La famiglia aveva un altro nemico: *Toc*. Quello abitava in mezzo alla città. Non bastonava, ma faceva di peggio. Aveva portato via alla famiglia tutti i mestieri, tutto il denaro, tutto il pane.

Al colmo del furore, il vecchio gridava. Venne Angiolina la quale indovinò subito di che cosa si trattasse. – Vattene – disse al padre con grande malumore e lo spinse fuori.

Il vecchio Zarri si fermò sulla soglia, esitante: – Egli – disse accennando ad Emilio – non sapeva nulla né di *Tic* né di *Toc*.

– Glielo racconterò io – disse Angiolina, ridendo ora di cuore. Poi gridò: – Mamma vieni a prendere papà. – Chiuse la porta.

Emilio, terrorizzato dagli occhi pazzi che lo avevano guardato sì a lungo: – È ammalato? – domandò.

– Oh – fece Angiolina con disdegno – è un poltrone che non vuole lavorare. Da una parte c'è *Tic*, dall'altra *Toc* e così egli non esce di casa e fa sgobbare noialtre donne. – Tutt'ad un tratto rise sgangheratamente, e gli raccontò che tutta la famiglia per compiacere al vecchio, fingeva di sentire le legnate che pervenivano alla casa da parte di *Tic*. Anni prima, quando la fissazione del vecchio era appena nata, essi stavano in un quinto piano al Lazzaretto Vecchio, e *Tic* stava al Campo Marzio e *Toc* in Corso. Cambiarono di casa sperando che in tutt'altra regione della città il vecchio avrebbe di nuovo osato di andare sulla via, ma ecco che subito *Tic* va a stare a Opicina e *Toc* in via Stadion.

Lasciandosi baciare ella disse: – L'hai scampata bella. Guai a te se egli, giusto in quel momento, non si fosse ricordato dei suoi nemici.

Così divenivano sempre più intimi. Egli aveva oramai scoperto tutti i misteri di quella casa. Anch'ella sentiva che nulla in lei poteva più ripugnare ad Emilio ed una volta ebbe una bellissima espressione: – A te racconto tutto come a un fratello. – Lo sentiva ben suo, e se anche non ne abusava, perché non era del suo carattere di gioire della forza, di usarne per provarla, ma bensì di goderne per vivere meglio e più lieta, abbandonò ogni riguardo. Giungeva in ritardo agli appuntamenti quantunque lo trovasse ogni volta con gli occhi fuori dalla testa, febbricitante, violento. Divenne sempre più rozza. Quando era stanca delle sue carezze lo respingeva con violenza tanto ch'egli, ridendo, le disse di temere che prima o poi ella l'avrebbe bastonato.

Non poté accertarsene, ma gli parve che Angiolina e la Paracci, la donna che gli dava a fitto quella stanza, si conoscessero. La vecchia guardava Angiolina con una certa aria materna, ne ammirava i capelli biondi e i begli occhi. Angiolina poi diceva bensì che l'aveva conosciuta in quei giorni, ma tradì di conoscerne la casa, ogni più recondito suo angolo. Una sera, in cui ella arrivò più tardi del solito, la Paracci li sentì litigare e intervenne risolutamente a favore di Angiolina. – Come si fa a rimbrottare a quel modo quest'angelo? – Angiolina che non rifiutava omaggi da qualunque parte venissero, stette a udirla, subito sorridente: – Senti? Dovresti imparare. Egli stava a udire infatti, stupefatto dalla volgarità della donna amata.

Convinto oramai di non poterla elevare in alcun modo, sentiva talvolta, violentissimo, il bisogno di scendere a lei, al di sotto di lei. Una sera ella lo respingeva. S'era confessata e per quel giorno non voleva peccare. Egli ebbe meno vivo il desiderio di possederla che di essere, almeno una volta, più rozzo di lei. La costrinse violentemente, lottando fino all'ultimo. Quando, senza fiato, cominciava a pentirsi di tanta brutalità, ebbe il conforto di un'occhiata d'ammirazione d'Angiolina. Per tutta quella sera ella fu ben sua, la femmina conquistata che ama il padrone. Egli si propose di procurarsi, nel modo stesso, delle altre serate simili, ma non seppe farlo. Era difficile trovare una seconda volta l'occasione d'apparire brutale e violento ad Angiolina.

Capitolo XI

Era proprio stabilito dal destino che il Balli dovesse sempre intervenire a rendere più dolorosa la situazione di Emilio in faccia ad Angiolina. Erano da lungo tempo d'accordo che l'amante di Emilio avrebbe dovuto posare allo scultore. Per incominciare il lavoro mancava solo che una buona volta Emilio si ricordasse d'avvisarne Angiolina.

Poiché era facile capire il motivo di tanta smemoratezza, Stefano si propose di non parlarne più. Per il momento gli sembrava di non poter fare altro, tranne la figura immaginata con Angiolina e, solo per passare il tempo, compiacendosi unicamente di quell'idea, impiantò i puntelli e li coperse d'argilla segnando la figura nuda. Avvolse il tutto in stracci bagnati, e pensò: – Un lenzuolo mortuario. – Ogni giorno guardava quel nudo, lo sognava vestito, lo ricopriva poi dei suoi stracci e lo bagnava con cura.

I due amici non si spiegarono in proposito. Tentando d'arrivare al suo scopo senza fare una domanda formale, una sera il Balli disse ad Emilio: – Non so più lavorare. Dispererei, se non avessi nella mente quella figura.

– Mi sono dimenticato di nuovo di parlarne ad Angiolina, disse Emilio senza però curarsi di fingere la sorpresa di chi s'accorge di un'involontaria mancanza. – Sai che fare? Quando la vedi, parlagliene tu; vedrai come s'affretterà a compiacerti.

C'era tanta amarezza in quest'ultima frase che al Balli fece compassione, e per allora non ne parlò più. Egli stesso sapeva che il suo intervento fra i due amanti non era stato molto felice e non voleva più ingerirsi nelle loro faccende.

Non poteva cacciarsi fra di loro come aveva fatto ingenuamente alcuni mesi prima per il bene dell'amico, e la guarigione d'Emilio doveva essere opera del tempo. La sua bella immagine sognata tanto, l'unica che per il momento avrebbe potuto spingerlo al lavoro, veniva ammazzata dall'incurabile bestialità d'Emilio.

Tentò di compiere l'opera con un'altra modella, ma dopo alcune sedute, disgustatosene, lasciò il lavoro in asso. Veramente questi abbandoni bruschi d'idee vagheggiate a lungo s'erano verificati spesso nella sua carriera. Questa volta, e nessuno avrebbe potuto dire se a torto o a ragione, egli ne dava la colpa ad Emilio. Non v'era alcun dubbio che se avesse avuta la modella sognata, avrebbe potuto riprendere con tutta lena il lavoro fosse pure per distruggerlo qualche settimana dopo.

Si trattenne dal raccontare tutto ciò all'amico e fu l'ultimo riguardo che gli usò. Non bisognava far capire ad Emilio quanto importante fosse divenuta anche per lui Angiolina; sarebbe equivalso ad inasprire la malattia del disgraziato. Chi avrebbe potuto far capire ad Emilio che la fantasia dell'artista s'era fermata su quell'oggetto, proprio perché in tanta purezza di linee ci aveva scoperta un'espressione indefinibile, non creata da quelle linee, qualche cosa di volgare e di goffo, che un Raffaello avrebbe soppresso e ch'egli tanto volentieri avrebbe copiato, rilevato?

Quando camminavano insieme per le vie egli non parlava del proprio desiderio, ma Emilio non aveva alcun vantaggio del riguardo usatogli perché quel desiderio, che l'amico non osava esprimere, gli pareva anche più grande di quanto fosse e ne era geloso, dolorosamente. Oramai il Balli desiderava Angiolina quanto egli stesso. Come si sarebbe difeso da un nemico simile?

Non poté difendersene! Aveva già rivelato la propria gelosia, ma non voleva parlarne; sarebbe stato troppo sciocco mostrarsi geloso del Balli dopo di aver sopportata la concorrenza dell'ombrellaio. Questo pudore lo rese inerme. Un giorno Stefano andò a prenderlo in ufficio, come faceva di spesso, per accompagnarlo a casa. Camminavano lungo la riva del mare, quando videro avanzarsi verso di loro Angiolina tutta illuminata dal sole meridiano che le giocava nei riccioli biondi, e sulla faccia un po' contratta dallo sforzo di tener aperti gli occhi in tanta luce. Così il Balli si trovava a faccia a faccia col suo capolavoro ch'egli, dimenticando il contorno, vide in tutti i dettagli. Ella s'avanzava con quel suo passo fermo che non toglieva niente della sua grazia alla figura eretta. La gioventù incarnata e vestita si sarebbe mossa così alla luce del sole.

– Oh, senti! – esclamò Stefano deciso. – Per una tua insulsa gelosia non impedirmi di fare un capolavoro. – Angiolina rispose al loro saluto, come da qualche tempo usava, molto seria; tutta la sua serietà si concentrava nel saluto e anche quella manifestazione di serietà doveva esserle stata insegnata da poco. Il Balli s'era fermato e aspettava un segno di consenso dall'altro. – Sia pure – disse Emilio, macchinalmente, esitante e sempre sperando che Stefano s'accorgesse con quanto dolore egli acconsentiva. Ma il Balli non vedeva altro che il suo modello il quale stava sfuggendogli; lo rincorse subito non appena Emilio ebbe detto la parola di consenso.

Così il Balli e Angiolina si ritrovarono. Quando Emilio li raggiunse li trovò già perfettamente d'accordo. Il Balli non aveva fatto complimenti e Angiolina, rossa dal piacere, aveva subito chiesto quando dovesse venire. L'indomani alle nove. Ella assentì con l'osservazione che, per fortuna, il giorno appresso non aveva da andare dai Deluigi. – Sarò puntuale – promise congedandosi. Ella aveva l'abitudine di dire molte parole, quelle che prima le venivano alle labbra, e non pensò che quella promessa d'essere puntuale, poteva dispiacere ad Emilio perché con essa contrapponeva gli appuntamenti col Balli a quelli con Emilio.

Commessa la colpa, il Balli tornò col pensiero all'amico. Fu subito conscio di avergli fatto torto, e ne domandò affettuosamente scusa ad Emilio: – Non potevo farne a meno, quantunque sapessi di farti dispiacere. Io non voglio approfittare del fatto che tu fingi indifferenza. So che soffri. Hai torto, torto, ma so che neppure io non ho avuto ragione.

Con un sorriso forzato Emilio rispose: – Allora non ho proprio niente da dirti.

Il Balli trovò ch'Emilio era con lui anche più duro di quanto egli sapesse di meritare: – Così per farmi scusare da te non mi resta altro che avvertire Angiolina di non venire? Ebbene, se lo desideri faccio anche questo.

La proposta non era da accettare perché quella povera donna – Emilio la conosceva come se l'avesse fatta lui – amava molto chi la respingeva ed egli non voleva le fossero date nuove ragioni d'amare il Balli. – No – dichiarò più mitemente. – Lasciamo le cose come stanno. Io m'affido in te, anzi – aggiunse ridendo – soltanto in te.

Con grande calore Stefano assicurò che egli meritava quella fiducia. Promise, giurò che il giorno in cui si fosse accorto d'aver dimenticata, nelle sedute con Angiolina, anche per un solo istante, l'arte, avrebbe messa la fanciulla alla porta. Emilio ebbe la debolezza di accettare la promessa, anzi di farsela ripetere.

Il giorno appresso il Balli venne da Emilio a fargli il rapporto della prima seduta. Aveva lavorato da indemoniato e non poteva lagnarsi d'Angiolina, la quale nella sua posa non troppo comoda, aveva resistito quanto aveva potuto. Le mancava ancora di comprendere la posa, ma il Balli non disperava di riuscirci. Era più innamorato che mai del proprio concetto. Per otto o nove sedute non avrebbe avuto neppure il tempo di scambiare una parola con Angiolina. – Quando avrò delle esitazioni per cui mi toccherà arrestarmi, ti prometto che non si ciarlerà che di te; scommetto che finirà coll'amarti di cuore.

– Tutt'al più, e non sarà male, parlandole di me l'annoierai tanto, che non amerà neppur te.

Per quei due giorni egli non poté vedere Angiolina e perciò si trovò con lei soltanto il pomeriggio della domenica, nello studio del Balli. Li trovò in pieno lavoro.

Lo studio non era altro che un vasto magazzino Gli era stata lasciata tutta la ruvidezza della sua antica destinazione perché il Balli non lo voleva elegante. Il pavimento lastricato era rimasto sconnesso come quando ci venivano deposte le balle di merci; soltanto nel mezzo, d'inverno, un grande tappeto salvava i piedi dello scultore dal contatto del suolo. Le pareti erano rozzamente imbiancate e qua e là, su dei sostegni, riposavano delle figurine di argilla o di gesso, non certo per esservi ammirate, ché erano accatastate piuttosto che aggruppate. Le comodità non v'erano però trascurate. La temperatura v'era resa mite da una stufa piramidale. Una grande quantità di sedie e poltrone di varia forma e grandezza toglievano allo studio, con le loro forme eleganti, il suo carattere di magazzino. Erano differenti l'una dall'altra perché il Balli diceva di aver sempre bisogno di riposare in conformità al sogno che gli occupava la mente. Anzi trovava sempre che gli mancavano ancora delle forme di sedie di cui sentiva talvolta d'aver bisogno. Angiolina posava su un trespolo munito di soffici cuscini bianchi; in piedi, su una sedia accanto ad un altro trespolo girevole, il Balli lavorava alla sua figura appena abbozzata.

Vedendo Emilio saltò giù per salutarlo vivacemente. Anche Angiolina abbandonò la posa e sedette sui cuscini candidi; pareva riposasse in un nido. Salutò Emilio con grande gentilezza. Da tanto tempo non si vedevano. Lo trovava un po' pallido. Era forse indisposto? Il Brentani non seppe esserle grato di tante manifestazioni d'affetto. Ella voleva probabilmente dimostrargli gratitudine perché la lasciava tanto sola col Balli.

Stefano s'era soffermato dinanzi al proprio lavoro. – Ti piace? – Emilio guardò. Su una base informe poggiava inginocchiata una figura quasi umana, le due spalle vestite, evidentemente quelle di Angiolina nella forma e nell'atteggiamento. Fatta fino a quel punto la figura aveva qualche cosa di tragico. Pareva fosse sepolta nell'argilla, facesse degli sforzi immani per liberarsene. Anche la testa su cui qualche colpo di pollice aveva incavate le tempie e lisciata la fronte, appariva come un teschio coperto accuratamente di terra acciocché non gridasse. – Vedi come la cosa sorge – disse lo scultore, gettando un'occhiata, una carezza su tutto il lavoro. – L'idea c'è già tutta; è la forma che manca. – Ma l'idea non la vedeva che lui. Qualche cosa di fine, quasi inafferrabile. Doveva sorgere da quell'argilla una prece, la prece di una persona che per un istante crede e che forse non avrebbe creduto mai più. Il Balli spiegò anche la forma che voleva. La base sarebbe rimasta grezza e la figura sarebbe andata affinandosi in su fino ai capelli, che dovevano essere disposti con la civetteria del parrucchiere più modernamente raffinato. I capelli erano destinati a negare la preghiera che la faccia avrebbe espressa.

Angiolina ritornò alla posa e il Balli al lavoro. Per una mezz'ora ella posò con tutta coscienziosità, figurandosi di pregare, come le aveva ordinato lo scultore, per avere un'espressione di supplice nella faccia. A Stefano quell'espressione non piaceva, e non visto che da Emilio, ebbe un gesto di esecrazione. Quella beghina non sapeva pregare. Piuttosto che rivolgerli piamente, ella lanciava con impertinenza gli occhi in alto. Civettava col Signor Iddio.

La stanchezza d'Angiolina cominciò a tradirsi nel respiro

affannoso. Il Balli non se ne accorgeva affatto, essendo giunto a un punto importante del suo lavoro: piegava quella povera testa sulla spalla destra, senza pietà. – Molto stanca? – chiese Emilio ad Angiolina e, poiché il Balli non lo vedeva, le accarezzò e sorresse il mento. Ella mosse le labbra per baciare quella mano, ma non mutò di posizione. – Posso resistere ancora per un poco. – Oh, come era ammirabile, sacrificandosi a quel modo per un'opera d'arte. Se egli fosse stato l'artista, avrebbe considerato quel sacrificio come una prova d'amore.

Poco dopo, il Balli concesse un breve riposo. Egli stesso non ne sentiva certo il bisogno e nel frattempo si diede da fare intorno alla base. Nel suo lungo mantello di tela egli aveva un aspetto sacerdotale. Angiolina, seduta accanto ad Emilio, guardava lo scultore con malcontenuta ammirazione. Era un bell'uomo, con quella sua barba elegante, brizzolata, ma dai riflessi d'oro; agile e forte saltava dal bilico e vi risaliva senza che la statua si scuotesse, ed era la personificazione del lavoro intelligente, in quella sua rude veste da cui sporgeva l'elegante solino. Anche Emilio lo ammirava, soffrendone.

Si ritornò presto al lavoro. Lo scultore schiacciò ancora un poco la testa, senza curarsi se così le faceva perdere quel po' di forma che aveva avuta. Aggiunse dell'argilla da una parte, ne tolse dall'altra. Si doveva supporre che copiasse, visto che guardava spesso il modello, ma ad Emilio non parve che l'argilla riproducesse alcun tratto della faccia d'Angiolina. Quando Stefano finì di lavorare, glielo disse, e lo scultore gl'insegnò a guardare. Per il momento la somiglianza non esisteva, che quando si guardava quella testa da un solo punto. Angiolina non si riconobbe e le dispiacque anzi che il Balli credesse di aver ritratta la sua faccia in quella cosa informe. Emilio vide quella somiglianza evidentissima. La faccia pareva addormentata, immobilizzata da una fasciatura aderente, gli occhi, non fatti, sembravano chiusi, ma si capiva che l'alito vitale stava per animare quel loto.

Il Balli avvolse la figura con un lenzuolo bagnato. Era soddisfatto del proprio lavoro, e ne era agitato.

Uscirono insieme. L'arte del Balli era veramente l'unico punto di contatto fra i due amici; parlando dell'idea dello scultore, si sentirono riavvicinati e, per quel pomeriggio, i loro rapporti ebbero una dolcezza, quale non avevano avuta da gran tempo. Perciò chi fra i tre si divertì meno fu Angiolina, la quale si sentiva quasi il terzo incomodo. Il Balli, cui non piaceva di farsi vedere in quella compagnia nelle vie ancora chiare, volle ch'ella li precedesse, ciò ch'ella fece, ritta sdegnosamente, il nasino all'aria. Il Balli parlò sempre della statua, mentre Emilio seguiva con gli occhi i movimenti della fanciulla. In tutte quelle ore non ci fu posto per la gelosia. Il Balli sognava, e quando s'occupava d'Angiolina, era solo per tenersela lontana senza scherzare e senza maltrattarla.

Faceva freddo e lo scultore propose di entrare in un'osteria a bere del vino caldo. Visto che nel locale v'era molta gente e un acre sentore di cibo e di tabacco, decisero di restare nel cortile. Dapprima Angiolina, spaventata dal freddo, protestava ma poi, quando il Balli disse che la cosa era molto originale, ella s'avvolse nel mantiglione e si divertì a vedersi ammirata dalla gente che usciva dalla stanza calda e dal servitore che li serviva correndo. Il Balli non s'accorgeva del freddo e guardava nel bicchiere come se ci avesse scoperta la propria idea; Emilio era occupato a scaldare le mani che Angiolina gli abbandonava. Era la prima volta ch'ella gli permettesse di accarezzarla in presenza del Balli ed egli ne godeva intensamente. – Dolce creatura! – mormorò e giunse fino a baciarla sulla guancia ch'ella premette contro le sue labbra.

Era una serata chiara, azzurra; il vento sibilava sopra l'alta casa da cui essi ne erano difesi. Aiutati dalla bevanda calda, aromatica, ch'essi ingoiarono in copia, resistettero per quasi un'ora a quella rigida temperatura. Fu per Emilio un altro episodio indimenticabile del suo amore. Quel cortile fosco, azzurro, e il loro gruppo ad un'estremità del lungo tavolo di legno Angiolina abbandonata definitivamente a lui dal Balli, e più che docile, amante.

Al ritorno il Balli raccontò che quella sera doveva andare al veglione; ne era seccatissimo, ma ne aveva preso impegno con un amico, un dottore in medicina, che per divertirsi al veglione diceva d'aver bisogno della compagnia rispettabile di un uomo come lo scultore, acciocché i suoi clienti scusassero più facilmente la sua presenza in quel luogo.

Stefano avrebbe preferito di coricarsi di buon'ora per ritornare il giorno appresso al lavoro con la mente fresca. Gli venivano brividi al pensiero di dover passare tutte quelle ore in mezzo al baccanale.

Angiolina chiese se egli avesse il palco per tutta la stagione e volle poi sapere esattamente in quale posizione. – Spero bene disse il Balli ridendo – che se ti mascheri mi verrai a trovare.

– Non sono mai stata ad un veglione – assicurò Angiolina con grande vigore. Poi aggiunse, dopo averci pensato come se avesse scoperto allora che c'erano dei veglioni: – Mi piacerebbe tanto di andarci. – Fu stabilito subito, subito: sarebbero andati al veglione che si dava la settimana ventura a scopo di beneficenza. Angiolina spiccava dei salti dalla gioia, e parve tanto sincera che persino il Balli le sorrise con affabilità, come a un bambino cui si è lieti di aver dato con piccolo sforzo un grande piacere.

Allorché i due uomini rimasero soli, Emilio riconobbe che la seduta non gli era dispiaciuta. Il Balli, congedandosi, convertì in fiele la dolcezza goduta quel giorno, dicendogli:

– Sei stato contento di noi? Riconoscerai che ho fatto del mio meglio per soddisfarti.

Egli doveva dunque l'affabilità di Angiolina alle raccomandazioni del Balli, e ciò lo umiliò. Era una nuova, forte ragione di gelosia. Si propose di far capire al Balli ch'egli non amava di dover l'affetto di Angiolina all'ascendente altrui. Con quest'ultima, poi, alla prima occasione, si sarebbe dimostrato meno grato di quelle manifestazioni d'affetto che l'avevano beato poco prima. Era dunque chiaro perché si fosse lasciata tanto docilmente accarezzare in presenza del Balli. Come era sottomessa allo scultore! Per lui sapeva rinunziare alle sue affettazioni d'onestà e a tutte quelle menzogne da cui Emilio non sapeva liberarsi. Col Balli ella era tutt'altra. Col Balli che non la possedeva, ella si smascherava, con lui no!

La mattina di buon'ora egli corse da Angiolina, ansioso di vedere come sarebbe stato trattato quando Stefano non c'era. Ottimamente! Ella stessa, dopo essersi accertata ch'era lui, gli aperse la porta. Di mattina era più bella. Il riposo di una sola notte bastava a darle l'aspetto sereno di vergine sana. La vestaglia bianca di lana, rigata di turchino, un po' consunta, secondava docile le forme precise del suo corpo e le lasciava nudo il bianco collo.

– Disturbo? – chiese lui, fosco, trattenendosi dal baciarla per non togliersi la possibilità di trovare uno sfogo nel litigio che meditava.

Ella neppure s'accorse di tutta quella musoneria. Lo fece entrare nella sua stanza: – Vado a vestirmi perché alle nove debbo trovarmi dalla signora Deluigi. Tu intanto leggi questa lettera – e nervosamente levò una carta da un canestro – leggila attentamente e poi mi consiglierai. – Si rattristò e le si empirono gli occhi di lagrime: – Vedrai cosa avviene. A te racconterò tutto. Sei il solo che mi possa consigliare. Ho raccontato tutto anche a mamma, ma essa, poveretta, non ha che gli occhi per piangere. – Uscì, ma rientrò subito: – Bada per il caso che mamma venga qui e ti parli, ch'ella sa tutto tranne che io mi sia data al Volpini. – Gli gettò un bacio colla mano e se ne andò.

La lettera era del Volpini, una formale lettera di congedo. Incominciava col dirle che egli s'era comportato sempre onestamente, mentre ella – ora lo sapeva – l'aveva tradita fin dal principio. Emilio si mise a leggere con maggior premura quella scrittura quasi illeggibile, temendo di trovar motivato quell'abbandono col suo nome. In quella lettera non si parlava di lui. Al Volpini era stato assicurato ch'ella non era stata la fidanzata ma l'amante del Merighi. Egli non aveva voluto crederci, ma, alcuni giorni prima, aveva risaputo con piena sicurezza ch'ella era stata a parecchi veglioni in compagnia di vari zerbinotti. Seguivano poi delle grosse frasi che, malamente connesse, davano l'impressione della perfetta sincerità del buon uomo e facevano ridere solo per qualche parolona, che doveva essere stata presa di peso da un vocabolario.

Entrò la vecchia Zarri. Le mani al solito posto sotto al grembiale, s'appoggiò al letto e aspettò pazientemente ch'egli avesse terminato di leggere quella lettera. – Cosa le sembra? – chiese con la sua voce nasale. – Angiolina dice di no, ma a me sembra che la sia finita col Volpini.

Emilio era stato meravigliato da una sola delle asserzioni del Volpini. – E vero – chiese – che Angiolina sia stata tanto spesso a veglioni? – Tutto il resto, ch'ella cioè fosse stata l'amante del Merighi e di molti altri, era per lui assolutamente vero e gli pareva anzi che per il fatto che un altro era stato ingannato come e meglio di lui, egli dovesse risentirsi meno di quelle menzogne che gli erano apparse sempre offensive. Ma la lettera apprendeva anche a lui qualche cosa di nuovo. Ella sapeva fingere meglio di quanto egli avesse sospettato. Il giorno prima ella aveva ingannato persino il Balli con l'espressione di gioia che aveva avuto al pensiero di andare per la prima volta ad un veglione.

– Son tutte bugie – disse la vecchia Zarri con la calma con cui si dice cosa che si suppone già creduta da chi la ode. – Angiolina viene ogni sera a casa direttamente dal lavoro, e si corica subito. La vedo io andare a letto. – L'abile vecchia! Ella certo non era stata ingannata e non ammetteva si credesse ch'ella ingannasse.

La madre uscì non appena entrò la figlia. – Hai letto? – chiese Angiolina sedendoglisi accanto. – Che te ne sembra?

Con tanto di muso, Emilio disse rudemente che il Volpini aveva ragione, perché ad una promessa sposa non era permesso di andare ai veglioni.

Angiolina protestò. Lei ai veglioni? Non aveva visto la gioia ch'ella aveva provato la sera prima, all'idea di andare ad un veglione, il primo in vita sua?

Citato in quel modo, l'argomento perdeva ogni vigore. Quella gioia, ricordata come una prova, doveva esserle costata una grande fatica se poi s'era impressa tanto bene nella memoria. Ella portò anche molte altre prove: era stata con lui tutte le sere che non aveva dovuto andare dalla Deluigi; non possedeva un solo straccio che potesse servire a mascherarsi, ed anzi contava sul suo aiuto per provvedersi del necessario per la mascherata che avevano progettata. Non convinse Emilio, ormai sicuro ch'ella era stata tutto quel carnevale frequentatrice assidua dei veglioni, ma dalle tante prove portate con un calore seducente, egli fu rabbonito. Ella non s'offendeva dell'offesa fattale d'aver dubitato di lei. Ella s'attaccava a lui, cercava di convincerlo e di commuoverlo, e il Balli non c'era!

Poi capì ch'ella aveva bisogno di lui. Ella non voleva ancora lasciar libero il Volpini e, per tenerlo, contava sui consigli d'Emilio, nel quale aveva l'enorme fiducia che hanno gli incolti per i letterati. Quest'osservazione non tolse ad Emilio la soddisfazione per l'affetto che gli era offerto, perché era sempre meglio che doverlo al Balli. Volle anche meritarsi quelle espansioni e si mise a studiare con tutta serietà la questione che gli era sottoposta.

Dovette subito accorgersi ch'ella la comprendeva meglio di lui. Con grande accortezza ella osservò che per sapere come si dovesse comportarsi, bisognava prima di tutto sapere se il Volpini credesse nelle notizie ch'egli dava per sicure o se avesse scritta quella lettera tentando con essa di appurare vaghe voci raccolte; e poi, l'aveva scritta con la ferma intenzione di prendere congedo, oppure per minaccia e pronto a cedere al primo passo che Angiolina avrebbe fatto verso di lui? Emilio dovette rileggere quello scritto e gli fu forza ammettere che il Volpini affastellava troppi argomenti per averne uno solo di assolutamente buono. Di nomi non citava che quello del Merighi. – Quanto a questo so ben io come rispondere, – disse Angiolina con grande ira. – Egli dovrà pur riconoscere d'avermi posseduta per primo.

Messo su quella via, Emilio fece un'osservazione che corroborò il modo di vedere di Angiolina. Nella chiusa magniloquente, il Volpini dichiarava che la lasciava, prima di tutto perché lo tradiva, e poi perché la trovava freddissima con lui e sentiva ch'ella non lo amava. Era quello il momento di lagnarsi di un difetto, ch'era forse il solo di carattere, se gli altri rimproveri avevano quella serietà che lo scrivente aveva voluto far credere? Ella gli fu gratissima di quell'appunto che confermava all'evidenza la giustezza della propria interpretazione e non ricordò ch'era stata lei ad avviarlo a quella ricerca. Oh, ella non era una letterata né ci teneva ad essere lodata. Si trovava nella lotta e impugnava con la stessa energia ogni arme che le sembrasse efficace, senza curarsi di vedere chi l'avesse costruita.

Ella non volle scrivere subito al Volpini perché aveva da correre via essendo attesa dalla signora Deluigi; ma a mezzodì si sarebbe trovata in casa e pregava Emilio di venirci anche lui. Lo aspettava, e fino a quell'ora, tanto lui quanto lei dovevano pensare unicamente a quell'oggetto. Anzi egli doveva portare con sé in ufficio quella lettera per studiarla con comodità.

Uscirono insieme, ma ella lo prevenne che si dovevano dividere prima d'entrare in città. Ella non aveva più alcun dubbio che a Trieste vi fossero delle persone incaricate di spiarla per conto del Volpini: – Infame! – esclamò con enfasi. – M'ha rovinata! – Odiava il suo antico promesso, come se fosse stato veramente lui a rovinarla. – Ora naturalmente, egli sarebbe lieto di liberarsi del suo impegno, ma avrà da fare con me. – Confessò ch'ella l'odiava profondamente. Le faceva fastidio come una sucida bestia. – Sei stato tu la colpa che mi sono data a lui – Vedendolo sorpreso di quell'incolpazione, fatta per la prima volta con violenza, ella si corresse: – Se non per tua colpa, certo per amor tuo.

Con queste dolci parole lo lasciò ed egli restò convinto che l'incolpazione non era stata fatta per altro motivo che per indurlo ad appoggiarla con tutte le forze in quella lotta ch'ella stava per imprendere contro il Volpini.

Egli la seguì per un pezzo e vedendola in mezzo alla via, offrirsi sfacciatamente con l'occhio ad ogni passante, fu ripreso dalla sua malattia che dominò ogni altro suo sentimento. Dimenticando la paura che ella s'aggrappasse a lui, egli ebbe una gioia intensa dell'accaduto. L'abbandono del Volpini le faceva sentire bisogno di lui e a mezzodì, per un'altra ora intera egli avrebbe potuto tenerla tutta per sé e sentirla intimamente sua.

Nella città laboriosa, in cui a quell'ora nessuno

camminava per diporto, la figura di Angiolina, morbida e colorita, con quel passo calmo e quell'occhio attento a tutt'altra cosa che alla propria strada, attirava l'attenzione di tutti. Ed egli sentì che, vedendola, si doveva immediatamente pensare all'alcova per cui ella era fatta. Non uscì per tutta la mattina dall'eccitazione che aveva prodotta in lui quell'immagine.

Si propose di far sentire a mezzodì ad Angiolina il valore del proprio aiuto, e di fruire di tutti i vantaggi che quella posizione eccezionale gli offriva. Fu ricevuto dalla vecchia Zarri, che con grande gentilezza lo invitò ad accomodarsi in stanza della figlia. Egli, stanco della salita che aveva fatta rapidamente, si assise, sicuro di veder comparire Angiolina. – Non c'è ancora disse la vecchia guardando verso il corridoio come se anche lei si fosse attesa di veder capitare la figlia.

– Non c'è? – chiese Emilio provando una delusione tanto dolorosa da indurlo persino a non credere alle proprie orecchie.

– Non capisco perché ritardi – continuò la vecchia, sempre guardando fuori della porta. – Sarà stata trattenuta dalla signora Deluigi.

– Fino a che ora potrebbe tardare? – domandò egli.

– Non so, – rispose l'altra con una grande ingenuità. – Potrebbe essere qui subito, ma se ha pranzato dalla signora Deluigi, allora potrebbe tardare anche fino a questa sera. – Stette zitta per un istante, molto pensierosa e poi, più sicura, soggiunse: – Non credo però che resti a pranzo fuori di casa, perché il suo pranzo è pronto di là.

Acuto osservatore, Emilio s'accorse benissimo che tutti quei dubbi erano finti, e che la vecchia doveva sapere che Angiolina non sarebbe venuta tanto presto. Ma, come sempre, la sua forza d'osservazione gli fu di piccola utilità. Trattenuto dal desiderio, attese lungamente, mentre la madre di Angiolina gli faceva compagnia, silenziosa, seria tanto, che poi nel ricordo Emilio la scoperse ironica. La più piccola delle figlie era venuta a porsi accanto alla madre e si soffregava sul fianco di costei come un gattino sullo stipite di una porta.

Egli se ne andò sconfortato, congedato dai saluti gentilissimi della vecchia e della fanciulla. Egli accarezzò i capelli di quest'ultima, che avevano il colore di quelli dell'Angiolina. In genere, salvo la rosea salute, ella andava somigliando alla sorella.

Pensò che forse sarebbe stato saggio partito vendicarsi di quel tiro d'Angiolina, non andando da lei finché ella non l'avesse chiamato. Ora che ne aveva bisogno sarebbe venuta ben presto in cerca di lui. Ma la sera, subito dopo l'ufficio, egli rifece la strada proponendosi intanto d'indagare la causa di quell'inesplicabile assenza. Era possibilissimo che si fosse trattato di un caso di forza maggiore.

Trovò Angiolina ancora vestita come quando l'aveva accompagnata la mattina. Era rientrata in quell'istante. Ella si lasciò baciare ed abbracciare con la dolcezza che usava quando aveva bisogno di ottenere un perdono. Le sue guance erano in fiamme e la sua bocca puzzava di vino.

– Infatti ho bevuto molto – disse ella subito ridendo.

– Il signor Deluigi, un vecchio cinquantenne, s'era proposto di farmi prendere una sbornia; ma non c'è riuscito mica, veh! – Eppure doveva esserci riuscito meglio di quanto ella credesse, e ne faceva fede la sua smodata allegria. Si contorceva dalle risa. Era bellissima, con quell'insolito rossore alle guance e gli occhi lucenti. Egli la baciò nella bocca spalancata, sulle gengive rosse, ed ella lo lasciò fare, passiva come se il caso non fosse suo. Continuava a ridere, e raccontava, a frasi smozzicate, che non soltanto il vecchio, ma tutta la famiglia aveva preso l'impegno di farle perdere la testa e che sebbene fossero in tanti, non c'erano riusciti. Egli tentò di renderla ragionevole parlandole del Volpini. – Lasciami in pace con quella roba! gridò Angiolina e, visto ch'egli insisteva, ella senza rispondere, lo baciò e abbracciò come egli aveva fatto sino allora con lei nella bocca e sul collo, aggressiva come non era stata mai e finirono sul letto, ella col cappellino ancora in testa e col soprabito indosso La porta era rimasta spalancata, ed era difficile che i suoni di quella battaglia non fossero arrivati sino alla cucina ove si trovavano il padre, la madre e la sorella d'Angiolina.

L'avevano ubriacata davvero. Strana casa quella di quei signori Deluigi. Egli non portò con sé alcun rancore contro Angiolina perché la sua soddisfazione, quella sera, era stata proprio perfetta.

Il giorno dopo si ritrovarono a mezzodì ambedue di umore eccellente. Angiolina assicurò che la madre non s'era accorta di nulla. Poi disse che deplorava d'essersi lasciata cogliere in quello stato. La colpa non era sua: – Quel maledetto vecchio Deluigi!

Egli la tranquillò, assicurandola che se fosse dipeso da lui ella si sarebbe ubriacata una volta al giorno. Poi composero la lettera al Volpini con un'accuratezza di cui non sarebbero sembrati capaci nello stato d'animo in cui si trovavano.

Angiolina era potuta sembrare superiore nell'interpretazione della lettera del Volpini; la risposta colò intera dalla penna esperta di Emilio.

Ella avrebbe voluto scrivere una lettera d'insolenze; voleva sfogare in essa soltanto l'indignazione di una ragazza onesta, sospettata a torto. – Anzi – osservò con un'ira magnanima – se il Volpini fosse qui, gli darei uno schiaffo, senz'addurre alcuna giustificazione. Sarebbe subito convinto d'aver avuto torto.

Non c'era male, ma Emilio voleva procedere con maggior cautela. Con grande ingenuità e senza che ella pensasse d'offendersene, le raccontò ch'egli, per studiare con più facilità il problema, s'era posta la domanda: nei panni d'Angiolina come si sarebbe comportata una ragazza onesta? Non raccontò che aveva concretata la donna onesta in Amalia e s'era chiesto come la sorella si sarebbe comportata nel caso in cui avesse avuto da rispondere alla lettera del Volpini; le comunicò i risultati ottenuti. La donna onesta avrebbe provato da prima una grande, enorme sorpresa; poi il dubbio che si trattasse di un malinteso e in fine, ma appena in fine, il sospetto orribile che tutta la lettera fosse da attribuirsi al desiderio dell'amante di sottrarsi ai suoi impegni. Angiolina fu incantata di tutta quella ricostruzione di un processo psicologico, ed egli si mise subito al lavoro.

Ella gli sedette accanto zitta zitta. Si lavorava per lei e, appoggiata con una mano sul suo ginocchio, la testa vicinissima alla sua per poter leggere subito quello ch'egli via via scriveva, gli si faceva sentire senza incomodarlo punto nello scrivere. Quella vicinanza tolse alla lettera l'aspetto di rigida preparazione e – se non fosse stata destinata ad un uomo come il Volpini – anche l'efficacia, perché perdette la misura dignitosa ch'egli aveva pensato di dover darle. Perciò penetrò in quelle frasi qualche cosa di Angiolina. Gli venivano alla penna dei grossi paroloni ed egli li lasciava correre beato di vederla estatica dall'ammirazione, con la stessa espressione con la quale giorni prima aveva guardato, nello studio, il Balli.

Poi, senza rileggerla, ella si mise a copiare quella prosa, soddisfattissima di potervi apporre la propria firma. Ella era apparsa ben più intelligente quando aveva ragionato sul modo di comportarsi, che non ora nella sua incondizionata approvazione. Copiando non seppe dare alla lettera la sua attenzione, perché la calligrafia le dava molto da fare.

Guardando l'esterno della busta chiusa, ella chiese improvvisamente se il Balli non avesse più parlato del veglione cui aveva promesso di condurla. Il moralista che sonnecchiava in Emilio non si destò, ma egli sconsigliò di andare a quel veglione per la paura che il Volpini lo risapesse. Ella però aveva delle risposte che toglievano qualunque dubbio. – Adesso poi ci vado al veglione. Finora, per rispetto a quell'infame, non ci ero andata, ma adesso! Magari lo risapesse.

Emilio insistette per vederla quella sera. Nel pomeriggio ella doveva posare al Balli, poi doveva correre un istante dalla signora Deluigi; perciò non potevano trovarsi che tardi. Ella accordò l'appuntamento visto che – come dichiarò – per il momento, non sapeva negargli nulla; ma non nella stanza della Paracci, perché voleva essere a casa di buon'ora. Come nei tempi migliori del loro amore, avrebbero passeggiato insieme a Sant'Andrea, e poi egli l'avrebbe accompagnata a casa. Ella era ancora abbattuta – aveva bevuto tanto vino il giorno prima – e aveva bisogno di riposo. A lui la proposta non dispiacque affatto. Era una delle sue caratteristiche essenziali quella di compiacersi nella rievocazione sentimentale del passato. Quella sera avrebbe analizzato di nuovo il colore del mare e del cielo e dei capelli d'Angiolina.

Ella lo congedò e, per ultimo saluto, lo pregò di imbucare la lettera al Volpini. Così egli si trovò in mezzo alla via con quella lettera in mano, segno palpabile dell'azione più bassa ch'egli avesse compiuto in vita sua, ma di cui aveva coscienza soltanto allora che Angiolina non era più seduta accanto a lui.

Capitolo XII

Era già entrato in casa, e nel tinello, col cappello in mano, stava titubante, dubbioso se sfuggire alla noia di rimanere un'ora a faccia a faccia con la muta sorella. In quella sentì dalla stanza di Amalia il suono di due o tre parole confuse, poi una frase intera: – Via di qua, brutta bestiaccia. – Trasalì! La voce era alteratissima dalla fatica o dall'emozione, tale che somigliava a quella della sorella soltanto come un urlo uscito involontariamente dalla gola può somigliare alla voce modulata di chi dice. Ella ora dormiva e sognava di giorno?

Aperse la porta evitando di far rumore e gli si presentò agli occhi uno spettacolo del cui ricordo non seppe mai più liberarsi. Durante tutta la sua vita bastò che i suoi sensi fossero colpiti dall'uno o dall'altro dei particolari di quella scena, per ricordarla immediatamente tutta, per fargliene sentire lo spavento, l'orrore. Alcuni villici passavano cantando per una via vicina e il loro canto monotono chiamò poi sempre le lagrime agli occhi d'Emilio. Tutti i suoni che gli giungevano erano monotoni, senza calore e senza senso. In un appartamento vicino, un dilettante maldestro stonava sul pianoforte un valzer volgare. Quel valzer sonato così – e lo riudì spesso – gli parve una marcia funebre. Anche l'ora, lieta, divenne triste per lui. Il meriggio era trascorso da poco e dalle finestre di faccia veniva riflesso nella stanza solitaria tanto sole da abbacinare. Eppure il ricordo di quel momento andò sempre congiunto ad una sensazione di oscurità e di freddo raccapricciante.

Le vesti di Amalia giacevano sparse al suolo ed una gonna aveva impedito alla porta d'aprirsi tutta; alcuni panni giacevano sotto il letto, la camicetta era chiusa fra le due vetriate della finestra e i due stivali, con evidente accuratezza, erano posti proprio nel centro del tavolo.

Amalia seduta sulla sponda del letto, coperta della sola corta camicia, non s'era avvista della venuta del fratello e continuava a fregare con le mani le gambe sottili come fuscelli. Dinanzi a quella nudità Emilio ebbe la sorpresa ed il fastidio di trovarla somigliante a quella di un ragazzo malnutrito.

Non comprese subito di trovarsi dinanzi ad una delirante. Non s'accorse dell'affanno; attribuì la respirazione romorosa e congiunta a tanta fatica da moverle persino i fianchi, alla posizione affaticante. Il primo suo sentimento fu d'ira: lasciato libero da Angiolina, trovava pronta quell'altra per dargli noie e dolori. – Amalia! che fai? – le chiese rimproverando.

Ella non lo udì mentre doveva percepire i suoni del valzer, perché ne segnava il ritmo nel lavorìo a cui era intenta sulla propria gamba.

– Amalia! – ripeté debolmente, sbigottito dall'evidenza di quel delirio. Le toccò con la mano la spalla. Allora ella si volse. Da prima guardò la mano di cui aveva sentito il contatto, poi lui in faccia; nell'occhio ravvivato dalla febbre null'altro che lo sforzo di vedere, le guance infiammate, le labbra violacee, asciutte, informi come una ferita vecchia che non sa più rimarginare. Poi l'occhio corse alla finestra inondata di sole e subito, forse ferito da tanta luce, ritornò alle gambe nude ove si fermò con attenta curiosità.

– Oh, Amalia! – gridò egli lasciando che il suo spavento si manifestasse in quel grido, che forse avrebbe potuto richiamarla in sé. L'uomo debole teme il delirio e la pazzia come malattie contagiose; il ribrezzo che ne provò Emilio fu tale che gli toccò di farsi forza per non abbandonare quella stanza. Vincendo la propria violenta ripulsione, toccò di nuovo la spalla della sorella: – Amalia! Amalia! –

gridò. Chiamava aiuto.

Si sentì un po' sollevato, accorgendosi ch'ella lo aveva udito. Lo aveva guardato una seconda volta, pensierosa, come se avesse cercato di comprendere la ragione di quei gridi e di quella replicata pressione sulla sua spalla. Si toccò il petto, come se in quell'istante si fosse accorta dell'affanno che la tormentava. Poi ridimenticò Emilio e l'affanno: – Oh, sempre bestie! – e la voce alterata pareva annunziasse prossimo il pianto. Stropicciò con ambe le mani le gambe; con brusco movimento si chinò come se avesse voluto sorprendere un animale pronto a fuggire. Si trovò nella destra un dito del proprio piede; lo coperse con la mano che poi sollevò chiusa come se avesse afferrato qualche cosa. Era vuota però ed ella la guardò più volte; poi ritornò al piede pronta a curvarsi di nuovo per ritornare a quella strana caccia.

Un nuovo brivido di freddo che la colse ricordò ad Emilio ch'egli doveva indurla a ripararsi nel letto. Vi si accinse con un fremito doloroso al pensiero di dover forse usare la forza. Gli riuscì invece facilissimo perché ella obbedì alla prima pressione imperiosa della sua mano; portò senza pudore una gamba dopo l'altra sul letto e si lasciò ricoprire. Ma per un'inesplicabile esitazione si puntellò con un braccio sul letto quasi non volesse adagiarvisi tutta. Ben presto non poté resistere in quella posizione e s'abbandonò sul guanciale emettendo per la prima volta un suono intelligente di dolore: – Oh! Dio mio! Dio mio!

– Ma che cosa ti è accaduto? – domandò Emilio, che, per quel solo suono assennato, credette di poterle parlare come a persona che disponga dei suoi sensi.

Ella non rispose, di nuovo occupata ad indagare quello che la inquietava anche sotto alle coltri. Si rannicchiò tutta, portò le mani alle gambe, e parve che, per far riuscire il tranello che meditava contro le cose o gli animali che la torturavano, sapesse perfino rendere meno romoroso il respiro. Trasse poi a sé le mani che con una sorpresa incredula trovò di nuovo vuote. Per qualche tempo, di sotto alle coperte, le venne un'angoscia che le faceva dimenticare quell'altra tanto violenta dell'affanno.

– Stai meglio? – le chiese Emilio, pregando. Voleva consolarsi al suono della propria voce, che modulò dolcemente, cercando di dimenticare la minaccia di violenza che aveva pesato su di lui. Si piegò a lei per farsi intendere meglio.

Ella lo guardò lungamente esalandogli in faccia il soffio frequente e debole del suo respiro. Lo riconobbe. Il calore del letto doveva pur averle aperti i sensi. Per quanto poi ella delirasse, egli non dimenticò d'essere stato riconosciuto.

Evidentemente ella andava migliorando. – Adesso andiamo via da questa casa – ella aveva detto facendo comprendere ogni sillaba. Aveva stesa anche una gamba per uscire dal letto, ma, avendola egli trattenuta con troppa più violenza di quanta fosse occorsa, si rassegnò subito e dimenticò il proposito che l'aveva spinta a quell'atto.

Lo ripeté poco dopo, ma non più con la stessa energia, e pareva rammentasse che le fosse stato imposto di coricarsi e vietato di uscire dal letto. Parlava ora. Le pareva che avessero cambiato di casa e che ci fosse molto da fare, affannosamente da fare per mettere tante cose in ordine. – Dio mio! Tutto è sucido qui. Io me n'ero accorta ma tu ci sei voluto venire. Ed ora? Non andiamo?

Egli cercò di calmarla secondandola. L'accarezzò, dicendole che non vedeva che tutto fosse tanto sucido, e che ora che si trovavano in quella casa sarebbe stato meglio di rimanerci.

Amalia udì quello che egli disse ma udì anche delle parole ch'egli non aveva dette; poi disse: – Se tu vuoi, io devo far così. Restiamo, ma... tanto sudiciume... – Le colarono due sole lagrime dagli occhi fino allora asciutti; rotolarono come due perle sulle guance infocate.

Poco dopo dimenticò quel dolore ma il delirio glie ne creò di nuovi. Era stata in pescheria e non vi aveva trovato pesce: – Non capisco! Perché tengono la pescheria se non ci hanno del pesce? Fanno camminare tanto, tanto, con questo freddo. L'avevano spedito via tutto e non c'era più del pesce per loro. Tutto quel dolore e l'affanno parevano provocati da tale fatto. Le sue parole fievoli e rese ritmiche dall'affanno erano sempre interrotte da qualche suono d'angoscia.

Egli non l'ascoltava più: bisognava uscire in qualche modo da quella situazione, bisognava trovare la maniera di chiamare un medico. Tutte le idee suggeritegli dalla disperazione furono da lui esaminate come se fosse stato possibile di metterle in atto. Guardò intorno a sé per trovare una corda onde legare l'ammalata al letto e poter lasciarla sola; fece un passo verso la finestra, per chiamare di là soccorso, e infine, dimenticando che non era possibile di farsi comprendere da Amalia, si mise a parlarle per ottenerne la promessa che sarebbe stata tranquilla durante la sua assenza. Premendole dolcemente le coperte sulle spalle per significarle che doveva rimanere coricata, le disse: – Starai così, Amalia? Me lo prometti?

Ella oramai parlava di vestiti. Ne avevano per un anno e perciò non c'era da far spese per un anno intero. – Non siamo ricchi ma abbiamo tutto, tutto. – La signora Birlini però poteva guardarli dall'alto in basso perché aveva di più. Ma Amalia era contenta che quella signora ne avesse di più, perché le voleva bene. Il balbettìo continuava puerile e buono ed era straziante di udirla dichiararsi tanto lieta in mezzo a tante sofferenze.

Urgeva di prendere una risoluzione. Il delirio di Amalia non le aveva dato né un gesto né una parola violenta e, toltosi allo stupore da cui era stato colto sin dal momento in cui l'aveva trovata in quello stato, Emilio uscì dalla stanza e corse alla porta di casa. Avrebbe chiamato il portinaio, poi sarebbe corso da un dottore oppure dal Balli a prendere consiglio. Non sapeva ancora quello che avrebbe fatto, ma bisognava correre per salvare quella disgraziata. Oh, quale dolore ricordarne la compassionevole nudità!

Sul pianerottolo si fermò esitante. Sarebbe voluto ritornare ad Amalia per vedere se ella non avesse approfittato della sua assenza per commettere qualche atto da delirante. Si poggiò col petto sulla ringhiera per vedere se qualcuno salisse. Si curvò per vedere più lontano e per un istante, un attimo, il suo pensiero si pervertì; dimenticò la sorella che, forse, agonizzava lì accanto, e ricordò che, proprio in quella posizione, egli usava aspettare Angiolina. Questo pensiero in quel breve istante fu tanto potente che egli, sforzandosi di veder lontano, cercò di vedere, anziché il soccorso invocato, la figura colorita dell'amante. Si rizzò nauseato.

Una porta al piano superiore s'aperse e si richiuse. Qualcuno – il soccorso – scendeva a lui. Egli salì d'un solo slancio una rampa e si trovò di fronte ad un'alta e forte figura femminile. Alta e forte e bruna; altro non vide, ma trovò subito le parole opportune: – Oh, signora! – pregò. – M'aiuti! Io farei per qualunque mio simile quello che domando a lei.

– Ella è il signor Brentani? – domandò con voce dolce e la bruna figura che veramente aveva fatto già atto di fuggire si fermò.

Egli raccontò che ritornato a casa poco prima, aveva trovato la sorella in preda a un delirio tale che non osava di lasciarla sola come avrebbe dovuto per chiamare un medico.

La signora discese: – La signorina Amalia? Poverina! Vengo

con lei, subito, ben volentieri. – Ella era vestita a lutto. Emilio pensò ch'ella dovesse essere religiosa e, dopo una lieve esitazione, disse: – Dio ne la rimeriti.

La signora lo seguì nella stanza d'Amalia. Emilio fece quei pochi passi con un'angoscia indicibile. Chissà quale nuovo spettacolo lo attendeva. Nella stanza vicina non si sentiva alcun rumore, mentre a lui era sembrato che il respiro d'Amalia dovesse essere udito in tutta la casa.

La trovò voltata contro il muro. Parlava ora di un incendio; vedeva fiamme che non potevano farle altro male che mandarle un calore terribile. Egli si chinò a lei e per richiamare la sua attenzione la baciò sulle gote infiammate. Quando ella si volse a lui, egli volle assistere, prima d'andarsene, all'impressione che avrebbe fatta sulla fanciulla la vista della compagna che le lasciava. Amalia guardò la nuova venuta per un solo istante, con piena indifferenza.

– Io gliel'affido – disse Emilio alla signora. Poteva farlo. La signora aveva una faccia dolce di madre; i suoi piccoli occhi si posavano su Amalia pieni di pietà. – La signorina mi conosce – disse ella e sedette accanto al letto. – Sono Elena Chierici e sto qui al terzo piano. Ricorda quel giorno in cui ella mi prestò il termometro per misurare la febbre a mio figlio?

Amalia la guardò: – Sì, ma brucia e brucerà sempre.

– Non brucerà sempre – disse la signora Elena chinandosi a lei con un buon sorriso d'incoraggiamento e gli occhi umidi dalla compassione. Pregò Emilio di darle, prima di uscire, una boccia d'acqua e un bicchiere. Per Emilio fu un affar serio trovare quelle cose in una casa ch'egli aveva abitata con l'incuria di chi sta in un albergo.

Non subito Amalia comprese che in quel bicchiere le era offerto un refrigerio; poi bevve a piccoli sorsi, avidamente. Quando si lasciò ricadere sul guanciale trovò un nuovo sollievo: il morbido braccio di Elena vi si era steso e la sua testina riposava ora sorretta con pietà. Un'onda di riconoscenza gonfiò il petto ad Emilio e, prima d'uscire, egli la tradusse in una stretta di mano ad Elena.

Corse allo studio del Balli e s'imbatté nell'amico che ne usciva. Pensò che forse vi avrebbe trovata Angiolina; respirò trovando il Balli solo. Sul proprio contegno durante la breve parte di quella giornata in cui egli aveva immaginato si potesse ancora intraprendere qualche cosa per Amalia, egli non ebbe mai rimorsi. In quelle ore egli non pensò che alla sorella, e se si fosse imbattuto in Angiolina, avrebbe trasalito dolorosamente, solo perché quella vista gli avrebbe ricordata la propria colpa.

– Oh, Stefano! M'accadono delle cose tanto gravi! – Entrò nello studio, s'assise sulla sedia più vicina alla porta e, celandosi il volto nelle mani, scoppiò in singhiozzi disperati. Non avrebbe saputo dire perché proprio allora si fosse sciolto in lagrime. Incominciava a riaversi del fiero colpo ricevuto e otteneva dal dolore riflesso lo sfogo necessario, oppure era la vicinanza del Balli – il quale ci doveva aver la sua parte nella malattia d'Amalia, – la causa di quell'emozione tanto acuta? Certo è ch'egli stesso poi s'accorse di compiacersi d'aver dato al proprio dolore un'espressione violenta; per se stesso e pel Balli. Tutto si mitigava e addolciva nel pianto; egli si sentiva sollevato e migliorato. Avrebbe dedicato il resto della vita ad Amalia. Anche se – come egli credeva – ella fosse stata pazza, l'avrebbe tenuta presso di sé non più come sorella ma come figlia. E in quel pianto si compiacque tanto da dimenticare quale urgenza ci fosse di chiamare un medico. Era proprio là il suo posto, era là ch'egli doveva agire a vantaggio di Amalia. Nell'eccitazione in cui si trovava, qualunque impresa gli parve facile e, colla sola manifestazione del proprio dolore, pensò che avrebbe fatto dimenticare tutto il passato anche al Balli. Gli avrebbe finalmente fatto conoscere Amalia, mite, buona e sventurata com'era.

Raccontò in tutti i particolari la scena di poco prima: il delirio, l'affanno di Amalia e il lungo tempo in cui egli, trovandosi solo, non s'era potuto allontanare da quella stanza fino all'intervento provvidenziale della signora Chierici.

Il Balli prese l'aspetto di persona sorpresa da una mala nuova – non certo l'aspetto sperato da Emilio – e con l'energia che in quello stato d'animo doveva essergli facile, consigliò di correre a chiamare il dottor Carini. Gli era stato descritto quale un buon medico; per di più era suo intimo ed egli l'avrebbe saputo interessare alla sorte di Amalia.

Emilio piangeva e non accennava a muoversi dal posto. Gli pareva di non aver ancora terminato; non si dava per vinto, e cercava una frase per commuovere l'amico. Ne trovò una che fece rabbrividire lui stesso: – Pazza o moribonda! – Oh, la morte! Era la prima volta ch'egli immaginava Amalia morta, scomparsa ed egli che allora allora aveva appreso di non amare più Angiolina, si vedeva solo, desolato dal rimpianto di non aver saputo approfittare della felicità, che fino a quel giorno era stata a sua disposizione, di dedicare la propria vita a qualcuno che aveva bisogno di tutela e di sacrificio. Con Amalia spariva dalla sua vita ogni speranza di dolcezza. Disse con voce profonda: – Non so se provo maggior dolore o rimorso.

Guardò il Balli per vedere se fosse stato compreso. Sulla faccia di Stefano s'impresse una meraviglia sincera: – Rimorso? – Aveva sempre creduto che Emilio fosse il modello dei fratelli, e lo disse. Ricordò però che Amalia era stata un po' trascurata in causa d'Angiolina e aggiunse: – Certo è che non valeva la pena che tu ti occupassi tanto di una donna quale è Angiolina; ma sono sventure che capitano... – Il Balli aveva capito Emilio tanto poco che dichiarò di non comprendere perché perdessero tanto tempo. Bisognava correre dal Carini e non disperare prima di sapere quello che avrebbe detto lui dello stato di Amalia. Poteva essere anche che i sintomi che spaventavano i profani impressionassero poco il medico.

Era la speranza, ed Emilio vi si abbandonò tutto. Sulla via si divisero. Al Balli sembrò consigliabile di non lasciare Amalia più a lungo sola con una straniera; Emilio ritornasse a casa: sarebbe andato lui a cercare il medico.

Ambedue si misero a correre. La fretta d'Emilio era causata dalla grande speranza che s'era insinuata poco prima nel suo animo. Non era affatto escluso che, a casa, egli potesse trovare Amalia, tornata in sé, a salutarlo grata dell'affetto che gli avrebbe letto in viso. Il suo passo rapido accompagnava e spingeva il sogno ardito. Giammai Angiolina gli aveva dato un sogno simile dettato da un desiderio sì intenso.

Non sofferse dell'aria rigida spirante da poco, tale da far dimenticare la tiepida giornata quasi primaverile che a lui era sembrata stridente contraddizione al suo dolore. Le vie s'andavano oscurando rapidamente: il cielo era coperto di grossi nuvoloni, trascinati da una corrente d'aria, che a terra non si percepiva che nell'improvviso abbassamento della temperatura. In lontananza Emilio vide sul cielo fosco la cima di un'altura gialla di luce morente.

Amalia delirava come prima. Riudendone la stanca voce, dall'identico suono dolce, la stessa modulazione puerile interrotta dall'affanno, egli comprese che mentre fuori egli aveva sperato pazzamente, in quel letto l'ammalata non aveva trovato un istante di tregua.

La signora Elena era legata al letto perché la testa dell'ammalata riposava sul suo braccio. Raccontò però che poco dopo la sua uscita, Amalia aveva respinto quel guanciale divenutole increscioso; ora l'aveva riaccettato.

Veramente l'ufficio della buona signora sarebbe stato finito, ed egli lo disse esprimendole un'infinita riconoscenza.

Ella lo guardò coi suoi buoni piccoli occhi e non mosse il braccio su cui la testina di Amalia si muoveva inquieta.

Domandò: – E chi mi sostituirà? – Udito ch'egli aveva l'intenzione di rivolgersi al dottore per un'infermiera a pagamento, ella pregò con calore: – Allora permetta a me di restare qui. – E ringraziò quando egli, commosso, le dichiarò che non aveva mai pensato di mandarla via, ma che aveva temuto di disturbarla trattenendola. Le domandò poi se le occorresse di avvisare qualcuno della ragione della sua assenza. Con semplicità ella rispose: – Non ho nessuno in casa che possa essere sorpreso della mia assenza. Si figuri che la fantesca è entrata in servizio in casa mia quest'oggi.

Poco dopo Amalia portò la testa sul guanciale e il braccio della signora fu libero. Allora finalmente poté levarsi il cappellino di lutto e, riponendolo, Emilio ringraziò di nuovo, perché gli sembrava che quell'atto confermasse la determinazione da lei presa di rimanere accanto a quel letto. Ella lo guardò sorpresa senza comprenderlo. Non si sarebbe potuta comportare più semplicemente di così.

Amalia riprese a parlare, senza scuotersi, senza chiamare, come se avesse creduto di aver sempre detto ad alta voce tutto il suo sogno. Di certe frasi diceva il principio, di altre la fine; borbottava delle parole incomprensibili, altre le sillabava chiare. Esclamava e domandava. Domandava con ansietà, mai soddisfatta della risposta, che forse non intendeva a pieno. Alla signora Elena, che s'era piegata su lei, per indovinare meglio un desiderio che pareva volesse manifestare: – Ma tu non sei Vittoria? – chiese. – Io, no – disse la signora sorpresa. Questa risposta fu compresa e bastò per qualche tempo a quietare l'ammalata.

Poco dopo tossì. Lottò per non tossire più e la sua faccia prese un aspetto di desolazione puerile; doveva aver sentito un forte dolore. La signora Elena fece osservare ad Emilio quell'espressione che durante la sua assenza s'era già prodotta. – Bisognerà parlarne al dottore; si capisce da quella tosse che la signorina deve essere ammalata di petto. – Amalia ebbe più scoppi di tosse fievole, soffocata. – Non ne posso più – gemette e pianse.

Ma il pianto le bagnava ancora le guance ed ella aveva già dimenticato il dolore. Affannosamente riparlò della sua casa. C'era un nuovo ritrovato per fare a buon prezzo il caffè. – Fanno di tutto oramai. Presto si potrà vivere senza denaro. Mi dia un po' di quel caffè, per provare. Io glielo restituirò. A me piace la giustizia. L'ho detto anche ad Emilio...

– Sì, me ne rammento – disse Emilio per darle riposo. – Tu hai amata sempre la giustizia. – Si chinò su di lei per baciarla in fronte.

Un istante di quel delirio non fu più dimenticato da Emilio. – Sì, noi due – fece ella, guardandolo con quel tono dei deliranti, che non si sa se esclami o domandi. – Noi due, qui, tranquilli, uniti, noi due soli. – La serietà ansiosa della faccia accompagnava la serietà della parola e l'affanno pareva l'espressione di un dolore cocente. Poco dopo però, ella parlava di loro due soli nella casa a buon mercato.

Suonò. Erano il Balli e il dottor Carini. Emilio conosceva già quest'ultimo, un uomo sulla quarantina, bruno, alto, magro. Si diceva che i suoi anni d'università fossero stati più ricchi di divertimenti che non di studi, mentre ora, essendo benestante, non cercava clienti e s'accontentava di una posizione subalterna all'ospedale per potervi continuare gli studi non fatti prima. Amava la medicina col fervore del dilettante; ma ne alternava lo studio con passatempi d'ogni natura, tant'è vero che contava maggior numero d'amici fra gli artisti che non fra i medici.

Si fermò nella stanza da pranzo e, osservato che sulla malattia d'Amalia il Balli non gli aveva saputo dire altro se non che doveva trattarsi di un forte accesso di febbre, pregò Emilio di dirgliene lui qualche cosa di più.

Emilio prese a raccontare dello stato in cui aveva trovata la sorella un paio d'ore prima, nella casa solitaria, ove ella doveva aver commesse delle stranezze già dalla mattina. Descrisse con esattezza di particolari il delirio, manifestatosi prima in quell'inquietudine che la spingeva a cercare degli insetti sulle gambe, poi in quel chiacchierio incessante. Commosso nel ricordare e analizzare tutta l'angoscia di quella giornata, parlò, piangendo, dell'affanno, poi della tosse, quel suono esile e falso che pareva prodotto da un vaso fesso, e del dolore intenso che ogni colpo di tosse produceva all'ammalata.

Il dottore cercò d'incorarlo con qualche parola amichevole, ma poi, ritornando all'argomento, fece una domanda che cagionò ad Emilio non poca angoscia: – E prima di questa mattina?

– Mia sorella è stata sempre debole, ma sempre sana. – S'era compromesso con questa frase e soltanto dopo averla detta fu colto da dubbi. Non erano stati certo degl'indizi di salute quei sogni ad alta voce ch'egli aveva sorpresi. Non avrebbe dovuto parlarne? Ma come farlo dinanzi al Balli?

– Prima d'oggi la signorina si sentiva sempre bene? – chiese il Carini con aria incredula. – Anche ieri stesso?

Emilio si confuse e non seppe rispondere. Egli non ricordava neppur d'aver vista la sorella nei giorni precedenti. Veramente quando l'aveva vista l'ultima volta? Forse mesi prima, quel giorno in cui l'aveva scorta sulla via vestita in modo tanto strano. – Io non credo ch'ella sia stata ammalata prima. Me lo avrebbe detto.

Il dottore ed Emilio entrarono nella stanza dell'ammalata, mentre il Balli, dopo una breve esitazione, si fermò nel tinello.

La signora Chierici, ch'era seduta al capezzale, si levò e andò ai piedi del letto. L'ammalata pareva assopita ma, come al solito, parlò quasi fosse sempre in una conversazione e avesse avuto da rispondere a domande o da aggiungere delle parole ad osservazioni fatte prima: – Di qui a mezz'ora. Sì, ma non prima. – Spalancò gli occhi e riconobbe il Carini; disse qualche cosa che doveva essere un saluto.

– Buon giorno, signorina – rispose il dottore ad alta voce con l'evidente intenzione d'adattarsi al suo delirio. – Volevo venire a trovarla prima, ma m'è stato impossibile. – Il Carini era stato in casa una sola volta ed Emilio fu lieto ch'ella l'avesse riconosciuto. Ella doveva esser migliorata di molto in quelle brevi ore, perché a mezzodì ella non aveva ravvisato neppure lui. Comunicò tale osservazione a bassa voce al dottore.

Questi era tutto intento a studiare il polso dell'ammalata. Poi ne denudò il petto e vi appoggiò l'orecchio in diversi punti. Amalia taceva con gli occhi rivolti al soffitto. Poi il dottore si fece aiutare dalla signora Elena per rizzare l'ammalata e sottoporre alla medesima disamina anche la schiena. Amalia oppose resistenza per un istante ma quando capì che cosa si volesse da lei cercò anche di sostenersi da sola.

Ella guardava ora la finestra, che s'era rapidamente oscurata. La porta era aperta e il Balli, che s'era soffermato sulla soglia, fu visto dall'ammalata. – Il signor Stefano – disse ella senz'alcuna sorpresa e senza muoversi perché aveva capito che si voleva ch'ella stesse ferma. Emilio che aveva temuta una scena, fece al Balli un cenno imperioso di ritirarsi, e soltanto il suo gesto sottolineò l'importante incontro.

Il Balli però non poteva più ritirarsi e si avanzò, mentre ella con cenni ripetuti del capo lo incoraggiava e chiamava. – Tanto tempo – borbottò, certo volendo significare ch'era molto tempo che non si vedevano.

Quando le permisero di riadagiarsi, ella continuò a guardare il Balli ch'ella, anche nel delirio, continuava a considerare quale la persona più importante per lei in quella stanza. L'affanno era aumentato per la fatica che le avevano data costringendola a muoversi, un lieve assalto di tosse le fece contrarre la faccia dal dolore, ma ella continuò a guardare il Balli. Anche bevendo con voluttà l'acqua che le era stata offerta dal dottore, ella tenne gli occhi fissi sul Balli. Chiuse gli occhi e parve volesse dormire. – Così tutto è bene – disse ad alta voce e per qualche istante si quietò.

I tre uomini uscirono dalla stanza di Amalia e si fermarono nella vicina. Emilio impaziente domandò: – Ebbene, dottore?

Il Carini, che aveva poca pratica di trattare con clienti, espresse con semplicità la sua opinione: una polmonite. Trovava lo stato dell'ammalata gravissimo.

– Senza speranza? – domandò Emilio, e attese con ansietà la risposta.

Il Carini gli lanciò un'occhiata di compassione. Disse che c'era sempre speranza e ch'egli aveva già visti dei casi simili risolversi improvvisamente addirittura nella piena salute: un fenomeno che sorprendeva anche il medico più provetto.

Allora Emilio si commosse. Oh, perché non si sarebbe avverato anche in questo caso quel fenomeno sorprendente? Sarebbe bastato a dargli il sentimento della felicità per tutta la vita. Non era la gioia inaspettata, il dono generoso della provvidenza quale egli s'era augurato? La speranza per un istante fu piena; se avesse visto

Amalia camminare, se l'avesse udita parlare assennatamente, non ne avrebbe potuto provare una maggiore.

Ma il Carini non aveva detto tutto. Egli non ammetteva che la malattia fosse scoppiata quel giorno. Già violenta doveva essersi manifestata uno o forse anche due giorni prima.

Di nuovo Emilio doveva scolparsi di quel passato che giaceva tanto lontano da lui. – Potrebbe essere – ammise – ma mi pare difficile. Se è scoppiata ieri, deve essere stato in modo sì lieve ch'io non me ne sia potuto accorgere. – Poi, offeso da una occhiata di rimprovero del Balli, aggiunse: – Non mi pare possibile.

Ruvidamente, col tono che tutti da lui tolleravano, il Balli disse al dottore: – Sai, noi di medicina non ne sappiamo niente. Questa febbre durerà sempre, finché non cessi la malattia? Non vi saranno delle soste?

Il Carini rispose che sul decorso della malattia egli non poteva dir nulla. – Mi trovo dinanzi ad un'incognita, a una malattia di cui non conosco che il momento presente. Ci sarà crisi? E quando? Domani, questa sera, di qui a tre o quattro giorni, che ne so io?

Emilio pensò che tutto ciò autorizzava le più ardite speranze e lasciò il Balli a continuare l'interrogatorio del medico. Egli si vedeva accanto Amalia guarita, assennata, ridivenuta capace di sentire il suo affetto.

Il peggior sintomo che il Carini osservasse in Amalia, non era la febbre né la tosse; era la forma del delirio, quel chiacchierio agitato e continuo. Aggiunse a bassa voce: – Non sembra un organismo adatto a sopportare delle temperature elevate.

Si fece dare l'occorrente per scrivere, ma, prima di fare la ricetta, disse: – Per combattere la sete le darei del vino con dell'acqua di selz. Ogni due o tre ore le permetterei di prendere un bicchiere di vino generoso. Già – fece esitante – la signorina dev'essere abituata al vino. – Con due tratti risoluti di penna scrisse la ricetta.

– Amalia non è abituata al vino – protestò Emilio. – Anzi non lo può soffrire; non sono stato mai capace d'indurla ad abituarvisi.

Il dottore fece un gesto di sorpresa e guardò Emilio come se non avesse potuto credere che gli fosse detta la verità. Anche il Balli guardò Emilio con occhio scrutatore. Egli aveva già capito che il dottore aveva concluso dai sintomi presentati dalla malattia di Amalia di aver a fare con un'alcoolizzata, e ricordava d'aver osservato ch'Emilio era capace dei pudori più falsi. Voleva indurlo a dire la verità che il dottore doveva conoscere.

Emilio indovinò il significato di quell'occhiata. – Come puoi credere una cosa simile? Ella, bere! Non sa neppure bere dell'acqua in abbondanza. Ci mette un'ora per un bicchiere d'acqua.

– Se ella me lo assicura – disse il dottore – tanto meglio, perché un organismo, per quanto debole, può resistere alle temperature elevate, quando non è fiaccato dall'alcool. – Guardò la ricetta un po' esitante, ma poi la lasciò intatta, ed Emilio comprese di non essere stato creduto. – In farmacia le daranno un liquido di cui vorrà far prendere all'ammalata un cucchiaio ogni ora. Anzi vorrei parlare con la signora che l'assiste.

Emilio ed il Balli seguirono il dottore e lo presentarono alla signora Elena. Il Carini spiegò che desiderava si tentasse di far sopportare all'ammalata delle compresse ghiacciate al petto, e disse che ciò sarebbe stato vantaggiosissimo per la cura.

– Oh, le sopporterà! – disse Elena con un fervore che sorprese i tre uomini.

– Adagio – fece il dottore sorridendo lieto di veder l'ammalata in mani sì pietose. – Non desidero la si costringa, e se dimostrasse una ripulsione troppo forte pel freddo, bisognerebbe rinunziare a tale tentativo.

Il Carini se ne andò promettendo di ritornare il giorno appresso di buon'ora. – Ebbene, dottore? – domandò ancora una volta Emilio con voce supplichevole. Invece di una risposta il dottore disse qualche parola di conforto e di voler rimandare il suo giudizio al giorno appresso. Il Balli uscì col Carini promettendo di ritornare subito; voleva prendere il dottore a quattr'occhi e sentire se avesse parlato ad Emilio con piena sincerità.

Emilio s'aggrappava con tutte le forze alla sua speranza. Il dottore s'era ingannato quando aveva creduto che Amalia fosse una beona; tutta la sua prognosi poteva perciò essere errata. Non conoscendo limiti ai sogni, Emilio pensò persino che la salute di Amalia potesse ancora dipendere da lui. Ella era ammalata prima di tutto, perché egli aveva mancato al dovere di proteggerla; ora invece egli era là per procurarle tutte le soddisfazioni, tutti i conforti, e questo il dottore l'ignorava. Andò al letto d'Amalia come se avesse voluto portarle soddisfazioni e conforti, ma là si sentì subito inerme. La baciò in fronte, e stette lungamente a guardarla affannarsi per conquistare un po' d'aria ai suoi poveri polmoni.

Il Balli, ritornato, sedette in un cantuccio quanto più lontano poté dal letto di Amalia. Il dottore non aveva potuto che ripetergli quanto già aveva detto ad Emilio. La signora Elena chiese di poter andare per un istante nel suo quartierino, ove doveva dare qualche disposizione; avrebbe mandata lei la sua fantesca in farmacia. Uscì accompagnata da un'occhiata d'ammirazione del Balli. Non occorreva consegnarle dei denari, perché, per una vecchia abitudine, i Brentani avevano conto aperto in farmacia.

Il Balli mormorò: – La bontà così semplice mi commuove più che non la genialità più alta.

Emilio aveva preso il posto lasciato libero da Elena. Da parecchio tempo l'ammalata non diceva alcuna parola comprensibile; borbottava indistintamente quasi si fosse voluta esercitare a pronunciare delle parole difficili. Emilio poggiò la testa sulla mano e stette ad ascoltare quell'affanno sempre uguale, vertiginoso. Era dalla mattina che lo udiva, e gli pareva divenuto una qualità del proprio orecchio, un suono da cui non avrebbe saputo più liberarsi. Ricordò, che una sera, ad onta del freddo, s'era alzato in camicia dal letto per usare una gentilezza alla povera sorella, che egli aveva sentito soffrire accanto a lui: le aveva offerto di accompagnarla la sera appresso a teatro. Aveva sentita una grande consolazione percependo della riconoscenza nella voce di Amalia. Poi aveva dimenticato quell'istante, e non aveva più cercato di ripeterlo. Oh, se egli avesse saputo che nella sua vita c'era una missione tanto grave come quella di tutelare una vita affidata unicamente a lui, egli non avrebbe più sentito il bisogno di avvicinarsi ad Angiolina. Ora, troppo tardi forse, era guarito di quell'amore. Pianse in silenzio, nell'ombra, amaramente.

– Stefano – chiamò l'ammalata a bassa voce. Emilio trasalì e guardò il Balli che si trovava nella parte della stanza ancora scarsamente illuminata dalla luce della finestra. Stefano non doveva aver udito perché non s'era mosso.

– Se tu lo vuoi, voglio anch'io – disse Amalia. Rinascevano con le identiche parole gli antichi sogni, che il brusco abbandono del Balli aveva soffocati. L'ammalata aveva ora aperti gli occhi e guardava la parete di faccia: – Io sono d'accordo – disse – fa tu, ma presto. – Un colpo di tosse le fece contrarre la faccia dal dolore, ma subito dopo disse: – Oh, la bella giornata! Tanto attesa! – Richiuse gli occhi.

Emilio pensò che avrebbe dovuto allontanare il Balli da

quella stanza, ma non ebbe il coraggio. Aveva fatto già tanto male una volta in cui s'era interposto fra il Balli e Amalia. Il balbettìo dell'ammalata ridivenne, per qualche tempo, incomprensibile, ma, quando Emilio incominciava a tranquillarsi, dopo un nuovo accesso di tosse, ella disse chiaramente: – Oh, Stefano, io sto male.

– Chiamò me? – domandò il Balli alzandosi e venendo sino al letto.

– Non ho udito – disse Emilio confuso.

– Io non capisco, dottore, – disse l'ammalata, rivolta al Balli – io sto quieta, mi curo e sto sempre male.

Meravigliato di non essere riconosciuto dopo di essere stato chiamato, il Balli parlò come se fosse stato lui il dottore; le raccomandò di continuare ad essere buona e che fra poco sarebbe stata bene.

Ella continuava: – Che bisogno avevo io di tutto questo... questo... – e si toccò il petto e il fianco – di questo... – L'affanno si sentiva intero solo nelle pause, ma queste erano prodotte da esitazioni, non dalla mancanza di respiro.

– Di questo male – soggiunse il Balli suggerendole la parola ch'ella invano cercava.

– Di questo male – ripeté lei riconoscente. Ma poco dopo le ritornò il dubbio di essersi espressa male e affannosamente riprese: – Che bisogno avevo io di questo... Oggi! Come faremo con questo... questo... in una giornata simile?

Il solo Emilio comprese. Ella si sognava a nozze.

Amalia però non espresse tale pensiero. Ripeté ch'ella non aveva avuto bisogno del male, che credeva nessuno l'avesse voluto e proprio adesso... proprio adesso. L'avverbio però non era mai precisato altrimenti e il Balli non lo poteva intendere Quando ella si adagiava sul guanciale e guardava dinanzi a sé o chiudeva gli occhi, si rivolgeva con assoluta familiarità all'oggetto dei suoi sogni; quando li riapriva, non s'avvedeva che quell'oggetto si trovava in carne ed ossa accanto al suo letto. L'unico che potesse comprendere il sogno era Emilio, che conosceva tutti i fatti reali e tutti i sogni precedenti a questo delirio. Si sentì più che mai inutile a quel letto. Amalia non gli apparteneva nel delirio; era ancora meno sua che quando si trovava nel possesso dei suoi sensi.

La signora Elena ritornò, portando seco le pezze bagnate già preparate, e tutto il necessario per isolarle e impedire che bagnassero il letto. Denudò il petto di Amalia e lo protesse agli occhi dei due uomini ponendovisi dinanzi.

Amalia emise un lieve grido di spavento a quella improvvisa sensazione di freddo. – Le farà bene – disse la signora Elena curva su lei.

Amalia comprese, ma dimandò dubbiosa ed ansimante – Fa bene? – Volle però liberarsi da quella sensazione penosa dicendo: – Non oggi, però, non oggi.

– Te ne prego, sorella mia – pregò Emilio calorosamente trovando finalmente qualche cosa da fare – sforzati di tenere sul petto quelle pezze. Ti guariranno.

L'affanno di Amalia parve aumentato; di nuovo gli occhi le si empirono di lagrime. – È buio – disse – assai buio. – Era infatti buio, ma quando la signora Elena s'affrettò ad accendere una candela, l'ammalata non se ne avvide neppure e continuò a lagnarsi dell'oscurità. Cercava d'esprimere così tutt'altra sensazione opprimente.

Al chiarore della candela, la signora Elena si accorse che la faccia d'Amalia era irrorata di sudore; anche la camicia ne era intrisa fino alle spalle. – Che sia un buon segno? – esclamò giocondamente.

Intanto però Amalia, che nel delirio era l'umiltà in persona, per liberarsi dal peso al petto e non contravvenire all'ordine che aveva sentito echeggiare nel suo orecchio, spinse le pezze verso la schiena. Ma anche di là le mandarono una sensazione incresciosa e, allora, con sorprendente abilità, le cacciò sotto al guanciale, lieta d'aver trovato un posto, ove poteva tenerle senz'averne a soffrire. Poi esaminò con l'occhio inquieto le facce dei suoi infermieri, di cui sentiva d'aver bisogno. Quando la signora Elena allontanò le pezze dal letto, ella ebbe un'impressione e un suono indistinto di sorpresa. Durante la notte fu questo l'intervallo in cui dimostrò maggior consapevolezza, e anche allora non ebbe che l'intelligenza di una buona bestia mite e obbediente.

Il Balli aveva fatto venire, per mezzo di Michele, varie bottiglie di vini bianchi e neri. Volle il caso che la prima bottiglia che si ponesse a mano fosse di vino spumante; il turacciolo saltò con una forte detonazione, toccò il soffitto e ricadde sul letto di Amalia. Ella non se ne accorse neppure, mentre gli altri, spaventati, seguirono con gli occhi il volo del proiettile.

Poi l'ammalata bevve il vino offertole dalla signora Elena, facendo però dei segni di disgusto. Emilio osservò quei segni con profonda soddisfazione.

Il Balli offerse un bicchiere alla signora Elena la quale accettò a patto che lui ed Emilio bevessero con lei. Il Balli bevette augurando prima con voce profonda la salute ad Amalia.

Ma la salute era ben lontana dalla poveretta: – Oh, oh, chi vedo! – fece ella poco dopo, con voce chiara guardando dinanzi a sé. – Vittoria con lui! Non può essere, perché me l'avrebbe detto. – Era la seconda volta che nominava quella Vittoria, ma ora Emilio comprese, perché aveva indovinato chi l'ammalata designasse con quel lui accentuato. Ella stava facendo un sogno di gelosia.

Continuò a parlare, ma meno chiaramente. Dal solo balbettio Emilio poté seguire il sogno che durò più di quelli che lo avevano preceduto. Le due persone create dal delirio s'erano avvicinate, e la povera Amalia diceva che aveva piacere di vederle e di vederle unite. – Chi dice che a me dispiaccia? A me fa piacere. – Poi seguì un periodo più lungo, in cui borbottò soltanto delle parole indistinte. Forse il sogno era già morto da tempo ed Emilio cercava ancora in quei suoni affannosi il dolore della gelosia.

La signora Elena s'era seduta di nuovo al suo solito posto al capezzale. Emilio andò a raggiungere il Balli che, appoggiato al davanzale, guardava sulla via. L'uragano che da qualche ora minacciava, continuava ad addensarsi. Sulla via non era caduta ancora una goccia d'acqua. Gli ultimi riflessi del tramonto ingialliti dall'aria torbida, mandavano al selciato e alle case dei riverberi che parevano d'incendio. Il Balli con gli occhi socchiusi guardava e gustava lo strano colore.

Di nuovo Emilio tentò d'attaccarsi ad Amalia, proteggendola, difendendola ad onta che persino nel delirio ella lo respingesse da sé. Chiese al Balli: – Hai osservato con quale smorfia di disgusto ha bevuto quel vino? Era quella forse la faccia di chi è abituato a bere?

Il Balli gli diede ragione, ma desideroso di difendere il Carini, disse col solito ingenuo modo di espressione: – Può essere però che la malattia le abbia alterato il palato.

Emilio, dall'ira, si sentì un nodo alla gola: – Tu credi ancora nelle parole di quell'imbecille.

Accorgendosi di tanta commozione, il Balli si scusò: – Io non capisco niente; la sicurezza con la quale ne parlò il Carini mi mise dei dubbi.

Emilio pianse di nuovo. Disse che non era la malattia o la morte d'Amalia che lo portava alla disperazione ma il pensiero che essa era vissuta sempre misconosciuta e vilipesa. Ora il destino implacabile si compiaceva di snaturarne la mite, dolce, virtuosa fisonomia con l'agonia dei viziosi. Il Balli cercò di calmarlo: pensandoci bene trovava anche lui impossibile che Amalia avesse avuto quel vizio. Del resto egli non aveva voluto fare un affronto alla povera fanciulla. Con profonda commiserazione, guardando verso il letto, disse: – Se anche la supposizione del Carini fosse stata giusta, io non avrei mica disprezzato tua sorella.

Stettero lungamente in silenzio alla finestra. Il giallo sulla via veniva cancellato dalla notte che si avanzava rapidamente. Il solo cielo, ove le nubi continuavano ad accavallarsi, rimaneva chiaro e giallo.

Emilio pensò che forse neppure Angiolina sarebbe andata all'appuntamento. Ma, di botto, dimenticando da un momento all'altro quello che, fin dalla mattina, aveva deciso, disse: – Io adesso andrò all'ultimo appuntamento con Angiolina. Infatti, perché no? Viva o morta, Amalia lo avrebbe diviso per sempre dall'amante, ma perché non sarebbe andato a dire ad Angiolina che voleva rompere definitivamente ogni relazione con lei? Gli si aperse il cuore alla gioia di quell'ultimo abboccamento. La sua presenza in quella stanza non giovava a nessuno, mentre andando da Angiolina egli portava subito un olocausto ad Amalia. Al Balli che, meravigliato di quelle parole, cercava di distoglierlo dal suo proposito, egli disse che andava all'appuntamento perché voleva approfittare di quel suo stato d'animo per liberarsi per sempre da Angiolina.

Stefano non gli credette; gli pareva di sentir parlare il solito debole Emilio e gli parve di renderlo più forte raccontandogli che quel giorno stesso egli era stato obbligato di scacciare Angiolina dallo studio. Lo disse con parole che non potevano lasciare dubbio sul motivo.

Emilio impallidì. Oh, la sua avventura non era ancora morta. Rinasceva proprio là, al letto della sorella.

Angiolina lo tradiva un'altra volta in modo inaudito. Gli parve di essere preso dallo stesso affanno di cui soffriva Amalia; proprio nell'istante in cui s'accorgeva che per Angiolina egli aveva dimenticato tutti i suoi doveri, ella lo tradiva col Balli. L'unica differenza fra le ire che lo avevano colto altre volte e quella che gli toglieva ora il respiro, era ch'egli non poteva pensare di vendicarsi di quella donna altrimenti che con l'abbandono. Nella sua mente abbattuta non capiva più l'idea della vendetta. Gli avvenimenti si sarebbero svolti esattamente come se il Balli non gli avesse detto niente. Non gli era riuscito di celare la sua sorpresa dolorosa. – Te ne prego – disse con un calore che non tentò di mitigare – raccontami quello che è avvenuto.

Il Balli protestò: – Oltre alla vergogna di aver dovuto fare una volta in mia vita da casto Giuseppe, non voglio mica avere anche quella di consegnare alla storia tutti i particolari della mia avventura. Tu però sei definitivamente perduto, se in una giornata simile vai ancora col pensiero a quella donna.

Emilio si difese. Disse che già dalla mattina aveva deciso di abbandonare Angiolina, e che perciò le parole del Balli avevano potuto addolorarlo solo per il rimpianto di aver dedicato ad una simile donna tanta parte della propria vita. Stefano non doveva credere ch'egli sarebbe andato a quell'appuntamento con l'intenzione di fare una scena ad Angiolina. Sorrise debolmente. Oh, ne era tanto lontano! Anzi le parole del Balli avevano avuta tanto poca efficacia su di lui ch'egli non credeva di essere più risoluto di prima a troncare quella relazione. – Son tutte cose che mi commovono perché mi riconducono col pensiero al passato.

Egli mentiva. Era il presente che s'era accalorato meravigliosamente. Dov'era lo sconforto che lo aveva preso durante la lunga, vana assistenza che aveva prestata ad Amalia? Quell'eccitazione non costituiva un sentimento

sgradevole. Avrebbe voluto correre via per giungere più
presto a quel momento in cui avrebbe detto ad Angiolina
di non volerla rivedere più. Sentiva però il bisogno di
ottenere prima il consenso del Balli. Non gli fu difficile,
perché Stefano sentiva quel giorno sì viva compassione per
lui, da non avere il coraggio d'opporsi ad un suo desiderio.

Emilio, dopo una lieve esitazione, pregò il Balli di restare a
far compagnia alla signora Elena. Già, egli contava
d'essere di ritorno tra poco. Perciò un'altra volta Angiolina
aveva accostato Stefano ed Amalia.

Il Balli raccomandò ad Emilio di non degnarsi di far delle
scene ad Angiolina. Il Brentani ebbe un sorriso calmo di
persona superiore. Se anche il Balli non la domandava, gli
dava l'assicurazione ch'egli ad Angiolina non avrebbe
neppure parlato di quell'ultimo tradimento appreso allora.
E questa era sinceramente la sua intenzione. Egli si
figurava l'ultimo colloquio con Angiolina, mite, forse
affettuoso. Aveva bisogno che fosse così. Le avrebbe
raccontato che Amalia moriva e ch'egli rinunziava a lei
senza rimproveri. Non l'amava più, ma non amava
nient'altro a questo mondo.

Col cappello in mano andò al letto d'Amalia. Ella lo guardò
lungamente: – Vieni a pranzo? – gli chiese. Poi cercò di
guardare dietro di lui e gli chiese di nuovo: – Siete venuti a
pranzo? – Ella cercava sempre il Balli.

Salutò la signora Elena. Ebbe un'ultima esitazione. Il
destino s'era sempre compiaciuto di mettere bizzarramente
la sventura d'Amalia accanto al suo amore per Angiolina;
non poteva perciò succedere che la sorella morisse proprio
quando egli si trovava per l'ultima volta con l'amante?
Ritornò a quel letto e nella poveretta trovò l'immagine
stessa dell'angoscia. S'era abbattuta su un fianco e teneva
la testa fuori del guanciale, fuori del letto. Invano quella
testa, dai pochi capelli umidi e arruffati, cercava un punto
dove posare. Era evidente che quello stato poteva

precorrere immediatamente l'agonia; tuttavia Emilio la lasciò ed uscì.

Aveva risposto alle nuove raccomandazioni del Balli con un nuovo sorriso. L'aria rigida della sera lo scosse, lo refrigerò fino in fondo all'anima. Lui usare delle violenze ad Angiolina! Perché era lei la causa della morte d'Amalia? Ma quella colpa non poteva esserle rimproverata. Oh, il male avveniva, non veniva commesso. Un essere intelligente non poteva essere violento perché non v'era posto a odii. Per l'antica abitudine di ripiegarsi su se stesso e analizzarsi, gli venne il sospetto che forse il suo stato d'animo era risultato dal bisogno di scusarsi e di assolversi. Ne sorrise come di cosa comicissima. Come erano stati colpevoli lui e Amalia di prendere la vita tanto sul serio! Alla riva, dopo di aver guardato l'orologio, si fermò. Qui il tempo appariva peggiore che non in città. Al sibilare del vento si univa imponente il clamore del mare, un urlo enorme composto dall'unione di varie voci più piccole. La notte era fonda; del mare non si vedeva che qua e là biancheggiare qualche onda che il caos aveva voluto infranta prima di giungere a terra. Sui battelli, alla riva, si era sull'attenti e si vedeva qualche figura di marinaio, in alto, su quegli alberi che facevano la solita varia danza nelle quattro direzioni, lavorare nella notte e nel pericolo.

Ad Emilio parve che quel tramestìo si confacesse al suo dolore. Vi attingeva ancora maggiore calma. L'abito letterario gli fece pensare il paragone fra quello spettacolo e quello della propria vita. Anche là, nel turbine, nelle onde di cui una trasmetteva all'altra il movimento che aveva tratto lei stessa dall'inerzia, un tentativo di sollevarsi che finiva in uno spostamento orizzontale, egli vedeva l'impassibilità del destino. Non v'era colpa, per quanto ci fosse tanto danno.

Accanto a lui un grosso marinaio piantato solidamente

sulle gambe coperte di stivaloni, urlò verso il mare un nome. Poco dopo gli rispose un altro grido; egli allora si gettò su una colonna vicina, ne slegò una gomena che v'era attortigliata, l'allentò e la saldò di nuovo. Lentamente, quasi impercettibilmente, uno dei maggiori bragozzi si allontanò dalla riva ed Emilio comprese ch'era stato attaccato ad una boa vicina per salvarlo dalla terra.

Il grosso marinaio prese ora tutt'altra attitudine; s'era appoggiato alla colonna, aveva accesa la pipa e in quel diavoleto si godeva il suo riposo.

Emilio pensò che la sua sventura era formata dall'inerzia del proprio destino. Se, una volta sola nella sua vita, egli avesse avuto da slegare e riannodare in tempo una corda; se il destino di un bragozzo, per quanto piccolo, fosse stato affidato a lui, alla sua attenzione, alla sua energia; se gli fosse stato imposto di forzare con la propria voce i clamori del vento e del mare, egli sarebbe stato meno debole e meno infelice.

Andò all'appuntamento. Il dolore sarebbe ritornato subito dopo; per il momento egli amava ad onta di Amalia. Non c'era dolore in quell'ora in cui egli poteva fare proprio quello che la sua natura esigeva. Assaporava con voluttà quel sentimento calmo di rassegnazione e di perdono. Non pensò nessuna frase per comunicare il suo stato d'animo ad Angiolina; anzi il loro ultimo abboccamento doveva esserle assolutamente inesplicabile, ma egli avrebbe agito come se qualche essere più intelligente fosse stato presente a giudicare lui e lei.

Il tempo s'era risolto in un vento freddo e violento, ma continuo, uguale; nell'aria non c'era più alcuna lotta.

Angiolina gli venne incontro dal viale di Sant'Andrea. Vedendolo esclamò con grande stizza – una stonatura dolorosa nello stato d'animo di Emilio: – Son qui da mezz'ora. Ero in procinto di andarmene.

Egli, dolcemente, la trasse accanto ad un fanale e le fece vedere l'oriuolo che segnava precisamente l'ora stabilita per l'appuntamento.

– Allora mi sono ingannata – disse ella, non molto più dolcemente. Mentre egli andava studiando il modo con cui dirle che quello sarebbe stato l'ultimo loro incontro, ella si fermò e gli disse: – Per questa sera dovresti lasciarmi andare. Ci vedremo domani; fa freddo e poi...

Egli fu strappato all'indagine che sempre continuava su se stesso e la guardò, la osservò; comprese subito che non era il freddo che le faceva desiderare d'andarsene. Lo colpì inoltre di trovarla vestita con maggior accuratezza del solito. Un vestito bruno che non le aveva mai visto, elegantissimo, sembrava tirato fuori per qualche grande occasione; anche il cappello gli sembrò nuovo, e osservò persino delle scarpettine poco adatte per camminare a Sant'Andrea con quel tempo. – E poi? – ripeté egli fermandosele accanto e guardandola negli occhi.

– Senti, voglio dirti tutto – disse lei assumendo un aspetto di confidenza risoluta, assolutamente fuori di posto e continuò imperterrita, senz'accorgersi che lo sguardo di Emilio si faceva sempre più torvo: – Ho ricevuto un dispaccio dal Volpini con cui m'annunzia il suo arrivo. Non so che cosa egli voglia da me; ma a quest'ora, certo, si trova già a casa mia.

Ella mentiva, non v'era alcun dubbio. Il Volpini cui, nella mattina, egli aveva scritto quella lettera, eccolo che, prima di riceverla, arrivava, contrito, a chiedere scusa. Sconvolto, rise triste: – Come? Colui che ieri ti scrisse quella lettera, oggi capita a ritirarla in persona ed anzi ti avvisa la sua venuta telegraficamente. Grandi affari! Grandi affari! Da dover ricorrere al telegrafo! E se tu ti ingannassi e in luogo del Volpini fosse un altro?

Ella sorrise ancora sicura di sé: – Ah, a te è stato

raccontato dal Sorniani, che due sere fa mi ha visto a ora tarda sulla via, accompagnata da un signore? Avevo lasciata la casa dei Deluigi in quel momento, e avendo paura di camminar sola di notte, quella compagnia mi riuscì comoda. – Egli non l'udiva, ma l'ultima frase di quella ch'ella credeva fosse una giustificazione, la udì e, per la sua stranezza, la ritenne: – Quello era un *Deo gratias* qualunque. – Poi continuò: – Peccato che ho dimenticato a casa il dispaccio. Ma se non mi vuoi credere, tanto peggio. Non vengo forse sempre puntuale a tutti gli appuntamenti? Perché oggi avrei da inventare delle frottole per mancarvi?

– È facile capirlo! – disse Emilio ridendo rabbiosamente.

– Oggi tu hai un altro appuntamento. Vattene presto! C'è qualcuno che t'attende.

– Ebbene, se credi di me questa cosa, è meglio ch'io me ne vada! – Parlava risoluta, ma non si mosse.

Le parole fecero a lui lo stesso effetto come se fossero state accompagnate dall'atto immediato. Ella voleva lasciarlo! – Aspetta prima un istante, che ci spieghiamo! – Anche nell'ira enorme che lo pervadeva tutto, egli pensò un momento se non fosse tuttavia possibile di ritornare allo stato di calma rassegnata in cui s'era trovato poco prima. Ma non sarebbe stato giusto di atterrarla e calpestarla? L'afferrò per le braccia per impedirle di andare, s'appoggiò al fanale che aveva dietro di sé e avvicinò la propria faccia sconvolta a quella di lei rosea e tranquilla. – È l'ultima volta che ci vediamo! – urlò.

– Sta bene, sta bene – disse ella occupata soltanto a liberarsi di quella stretta che le faceva male.

– E sai perché? Perché tu sei una... – Esitò un istante, poi urlò quella parola che persino alla sua ira era sembrata eccessiva, la urlò vittorioso, vittorioso del suo stesso dubbio.

– Lasciami – gridò ella sconvolta dalla rabbia e dalla paura – lasciami o chiamo aiuto.

– Tu sei una... – replicò egli che finalmente, vedendola irritata, poteva rinunziare a percuoterla. – Ma credi dunque che io da lungo tempo non mi sia accorto con chi abbia avuto da fare Quando ti trovavo vestita da serva, sulle scale di casa tua rammentò quella sera in tutti i particolari – con quello scialle grezzamente colorito sulla testa, le braccia calde di alcova, pensai subito la parola che ora t'ho detta. Non volli dirtela e giuocherellai con te come facevano tutti gli altri, Leardi, Giustini, Sorniani e... e... il Balli.

– Il Balli! – rise ella urlando per farsi udire attraverso al rumore del vento e della voce d'Emilio. – Il Balli si vanta; non è vero niente.

– Perché lui non volle, quello sciocco, per riguardo a me come se a me potesse importare che t'abbia posseduta un uomo di meno, te... – e per la terza volta le disse quella parola. Ella raddoppiò gli sforzi per svincolarsi, ma lo sforzo di trattenerla era ora per Emilio lo sfogo migliore; le cacciava con voluttà le dita nelle braccia morbide.

Egli sapeva che il momento in cui l'avrebbe lasciata libera, ella se ne sarebbe andata e tutto sarebbe stato finito, tutto e in modo tanto differente da quello ch'egli aveva sognato. – Ed io ti ho voluto bene – disse, forse tentando di mitigarsi, ma aggiunse subito: – Sempre però sapevo quello che tu sei. Sai quello che sei? – Oh, aveva trovata infine una soddisfazione bisognava obbligarla a confessare quello ch'ella era: – Di' su. Che cosa sei?

Ella ora, apparentemente estenuata, aveva paura; la faccia sbiancata, lo fissava con uno sguardo che chiedeva compassione. Si lasciava scuotere senza resistenza e a lui parve ch'ella stesse per cadere. Allentò la stretta e la sostenne. Tutt'ad un tratto ella si svincolò e si mise a correre disperatamente. Ella dunque aveva mentito ancora! Egli non avrebbe saputo raggiungerla; si chino, cercò un sasso, e non trovandone raccolse delle pietruzze che le scagliò dietro. Il vento le portò e qualcuna dovette colpirla perché ella gettò un grido di spavento; altre furono arrestate dai rami secchi degli alberi e produssero un rumore sproporzionatissimo all'ira che le aveva lanciate.

Che fare ora? L'ultima soddisfazione cui aveva anelato, gli era stata negata. Ad onta di tanta sua rassegnazione tutto intorno a lui rimaneva rude, senza dolcezza; egli stesso era brutale! Le arterie gli battevano dalla sovraeccitazione; in quel freddo egli ardeva d'ira, di febbre, immobile sulle gambe paralitiche e già era rinato in lui l'osservatore calmo che lo rimproverava.

– Non la rivedrò mai più – disse come per rispondere ad un rimprovero. – Mai! Mai! – E quando poté camminare, questa parola gli risuonò nel rumore dei propri passi e nel sibilo del vento sul paesaggio sconsolato. Sorrise da solo ripassando per i luoghi per cui era venuto e ricordando le idee che lo avevano accompagnato a quell'appuntamento. Come rimaneva sorprendente la realtà!

Non andò subito a casa. Gli sarebbe stato impossibile d'atteggiarsi ad infermiere in quello stato d'animo. Il sogno lo possedeva intero, tanto che non avrebbe saputo dire per quali vie fosse poi rincasato. Oh! Se l'abboccamento con Angiolina fosse stato quale egli l'aveva voluto, avrebbe potuto andare diritto al letto d'Amalia senz'alterare neppure l'espressione della propria faccia.

Scoperse una nuova analogia fra la sua relazione con Angiolina e quella con Amalia. Da entrambe egli si distaccava senza poter dire l'ultima parola che avrebbe addolcito almeno il ricordo delle due donne. Amalia non poteva udirla; ad Angiolina egli non aveva saputo dirla.

Capitolo XIII

Egli passò quella notte intera al letto di Amalia in un sogno ininterrotto. Non che avesse pensato continuamente ad Angiolina, ma fra lui e il suo contorno v'era un velo che gli toglieva di veder chiaro. Una grande stanchezza gl'impediva tanto le speranze ardite, che di tratto in tratto aveva pur avute durante il pomeriggio, quanto le disperazioni violente che gli avevano dato il sollievo del pianto.

A casa gli era parso di trovare tutto nello stato di prima. Soltanto il Balli aveva abbandonato il suo cantuccio ed era andato a sedere ai piedi del letto, accanto alla signora Elena. Guardò a lungo Amalia sperando di poter nuovamente piangere. L'analizzò, la scrutò, per sentire tutto il suo male e soffrire con lei. Poi guardo altrove vergognandosi; s'era accorto che nella ricerca di commozione era andato alla ricerca di immagini e di traslati. Gli capitò di nuovo il desiderio di fare qualche cosa e disse al Balli che lo lasciava libero, ringraziandolo per l'assistenza che gli aveva prestata.

Ma il Balli, che non s'era neppure pensato di chiedergli come fosse andato il congedo da Angiolina, lo trasse in disparte per dirgli ch'egli non voleva andarsene. Pareva imbarazzato e triste. Aveva da dire ancora qualche cosa, e gli pareva tanto delicata che non osò senza un esordio di preparazione. Essi erano amici da molti anni e tutto il male che poteva toccare ad Emilio, egli lo sentiva come proprio. Poi, deciso, disse: – Quella poveretta mi nomina molto spesso; io resto. – Emilio gli strinse la mano senza provare una grande riconoscenza; già ora – egli ne era tanto certo da attingervi una grande tranquillità – per Amalia non v'era più alcun rimedio.

Gli raccontarono che da qualche minuto Amalia parlava continuamente della sua malattia. Non poteva questo essere un indizio che la febbre fosse diminuita? Egli stette a udire, ben convinto che s'ingannavano. Infatti ella delirò: – Mia colpa se sto male? Torni domani, dottore, e starò bene. – Non sembrava ch'ella soffrisse; aveva la faccia piccola, misera, oramai proprio la faccia appropriata a quel corpo. Sempre guardandola egli pensò: – Ella morrà! – Se la figurò morta, quietata, priva d'affanno e di delirio. Ebbe dolore di aver avuta quell'idea poco affettuosa. S'allontanò un poco dal letto e s'assise al tavolo, ove s'era posto anche il Balli.

Elena rimase al letto. Alla scarsa luce della candela Emilio s'avvide ch'ella piangeva. – Mi pare di essere al letto di mio figlio – disse ella accorgendosi che le sue lagrime erano state viste.

Amalia improvvisamente disse di sentirsi molto ma molto bene e domandò di mangiare. Il tempo non correva normalmente a quel letto per chi seguiva, viveva quel delirio. Ella accusava ad ogni istante un altro stato d'animo, o nuove avventure, e faceva passare con lei i suoi infermieri per delle fasi di cui lo svolgimento nella vita solita dura giorni e mesi.

La signora Elena – ricordando una prescrizione del medico – le preparò e offerse del caffè, che fu preso con voluttà. Subito il delirio la ricondusse al Balli. Soltanto per un osservatore superficiale quel delirio mancava di nesso. Le idee si mescolavano, una si sommergeva nell'altra, ma quando riappariva risultava esser proprio quella ch'era stata abbandonata. Ella aveva inventata quella sua rivale, Vittoria; l'aveva accolta con parole dolci, poi – come il Balli raccontò – fra le due donne s'era svolto un battibecco che al Balli aveva rivelato essere lui il pensiero dominante dell'ammalata. Ora Vittoria ritornava, Amalia la vedeva avvicinarsi e ne aveva orrore. – Io non le dirò nulla! Starò qui zitta, come se ella non ci fosse. Io non voglio niente, dunque mi lasci in pace. – Poi chiamò Emilio ad alta voce. – Tu che sei suo amico, digli tu ch'essa inventa tutto. Io non le feci nulla.

Il Balli credette di poterla calmare: – Senta, Amalia! Io sono qui e non crederei niente se mi fosse detto del male sul conto suo.

Ella lo udì e lo considerò lungamente: – *Tu* Stefano? – Non lo riconobbe: – Glielo dica allora! – Spossata lasciò ricadere la testa sul guanciale e, per l'esperienza fattane, tutti sapevano che, per allora, l'episodio era chiuso.

La signora Elena, durante quella sosta, spinse la propria sedia verso il tavolo al quale sedevano i due uomini e pregò Emilio, ch'ella vedeva affranto, di andare a coricarsi. Egli rifiutò, ma queste parole avviarono fra i tre infermieri una conversazione che riuscì, per qualche istante, a distrarli.

La signora Chierici, cui il Balli con la sua indiscreta curiosità aveva fatte delle domande, raccontò che quando Emilio s'era imbattuto in lei, ella stava andando a messa. Ora – disse – le pareva d'essere in chiesa dalla mattina e provava il medesimo alleggerimento di coscienza di chi ha pregato con fervore. Lo disse senz'esitazione col tono del credente che non teme i dubbi altrui.

Poi raccontò una storia strana, la propria: fino all'età di quarant'anni ella era vissuta senz'affetti avendo perduti, giovanissima, i genitori; senza affetti le erano trascorsi i giorni solitari e sereni. A quell'età s'era imbattuta in un vedovo, che la sposò per dare una madre al figlio e alla figlia che aveva di primo letto. Da bel principio i due fanciulli le fecero cipiglio ma ella nondimeno sentiva di voler loro tanto bene ch'era sicura di finire col farsene amare. Si ingannò. Essi la considerarono e l'odiarono sempre quale madrigna. V'erano i parenti della prima moglie che si frammettevano fra i fanciulli e la loro nuova madre e la facevano odiare loro con menzogne, e facendo loro credere che l'ombra della prima madre si sarebbe ingelosita del nuovo affetto. – Io invece m'affezionavo sempre più, tanto da amare la rivale che me li aveva dati. Forse – aggiunse con un'osservazione d'analista oggettiva – il disdegno che vestiva tanto bene i loro bei visini rosei me ne faceva innamorare maggiormente. – La fanciulla le fu tolta, poco dopo la morte del padre, da un parente che si ostinava a crederla maltrattata.

Il fanciullo restò tutto per lei, ma anche quando i parenti non ci furono più per suggerirgli l'odio, egli, con un'ostinazione sorprendente nella mente giovanile, continuò a conservare per lei la stessa sdegnosa malevolenza che si palesava in dispetti e sgarbatezze. Ammalò di scarlattina maligna, ma anche nella febbre le resistette finché, estenuato, poche ore prima di morire, le gettò le braccia al collo, chiamandola mamma e pregandola di salvarlo. Poi la signora Elena si compiacque a lungo a descrivere quel fanciullo che l'aveva fatta soffrir tanto. Ardito, vivace, intelligente; tutto comprendeva, meno l'affetto che gli era offerto. Adesso la vita della signora Elena si compendiava tra la sua casa vuota, la chiesa ove ella pregava per chi le aveva voluto bene un solo istante, e quella tomba ove c'era sempre molto da fare. Sì! L'indomani, senza fallo, ella doveva recarvisi per vedere come fosse riuscito il tentativo fatto di puntellare un alberello che non voleva crescere diritto.

– Allora vado io via, se c'è Vittoria – gridò Amalia e si rizzò a sedere. Emilio, spaventato, alzò la candela per veder meglio. Amalia era livida; la sua faccia aveva il colore del guanciale su cui si proiettava. Il Balli la guardò con evidente ammirazione. La luce gialla della candela si rifletteva luminosissima sulla faccia umida d'Amalia, tanto che pareva luminosità sua; il nudo così brillante e sofferente gridava. Pareva la rappresentazione plastica di un grido violento di dolore. La faccina, su cui per un istante s'era stampata una risoluzione ferma, minacciava imperiosamente. Fu un lampo: ella ricadde subito, quetata da parole che non comprese. Riprese poi a borbottare mitemente da sola, accompagnando con qualche parola la corsa vertiginosa dei suoi sogni.

Il Balli disse: – Pareva una buona dolce furia. Non ho mai visto qualche cosa di simile. – S'era seduto e guardava in aria con quell'occhio da sognatore con cui cercava le idee. Era evidente, ed Emilio ne provò soddisfazione: Amalia moriva amata dell'amore più nobile che il Balli potesse offrire.

La signora Elena riprese la conversazione al punto ove l'aveva lasciata. Forse quetando Amalia ella non s'era staccata neppure per un istante dal pensiero suo più caro. Anche il rancore verso i parenti del marito era un elemento della sua vita. Raccontò che essi l'avevano disprezzata, perché era figlia di un commerciante di ferrareccia. – Ad ogni modo – aggiunse – il nome dei Deluigi è un nome onorato.

Emilio si meravigliò della sorte che faceva capitare in casa un membro di quella famiglia nominata tanto spesso da Angiolina. Interrogò subito Elena se avesse altri parenti. Ella disse di no e negò anche che in città vi potesse essere un'altra famiglia di quel nome. Lo negò tanto risolutamente, ch'egli dovette crederle.

Perciò anche durante quella notte il suo pensiero fu attratto da Angiolina. Come nell'epoca che gli pareva tanto lontana in cui Amalia sana non era per lui altro che una persona inquietante, di cui si doveva evitare la vicinanza, egli fu invaso da un desiderio cocente di correre da Angiolina per rimproverarla di tanto tradimento, il maggiore ch'ella avesse ordito. Quei Deluigi erano saltati fuori al principio della loro relazione ed erano stati creati i singoli membri della famiglia a seconda del bisogno. Prima era stata la vecchia signora Deluigi, che amava Angiolina come una madre, poi la figlia che la teneva per amica, e infine il vecchio che aveva tentato d'ubbriacarla. Una menzogna ch'era stata ripetuta ad ogni loro colloquio, e per essa scompariva ogni dolcezza dal ricordo di Angiolina. Anche quei rari tratti d'amore ch'ella aveva saputo simulare si rivelavano con limpida evidenza per quello che erano, delle menzogne. Eppure anche quel nuovo tradimento egli lo sentì ben presto quale un nuovo legame. Amalia si moveva invano, affannosamente, nel suo letto di dolore; per lungo tempo egli non la vide. Quando riconquistò un po' di calma, ebbe il dolore di dover riconoscere che quando fosse scomparsa la malattia di Amalia o Amalia stessa, egli sarebbe corso di nuovo da Angiolina. Lungamente, per esercitare su se stesso una pressione si irrigidì al suo posto e giurò di non ricadere mai più in quei lacci: – Mai più, mai più.

Anche quell'interminabile notte, la più penosa che egli mai avesse vegliata e che pure poteva divenire oggetto di rimpianto, fuggiva. Un orologio batté le due.

La signora Elena pregò Emilio di procurarle una pezzuola per asciugare la faccia di Amalia. Per non dover lasciare quella stanza, egli – trovate le chiavi – aperse l'armadio della sorella. Fu subito colpito da uno strano odore di medicinali profumati. La poca biancheria era distribuita nei grandi cassetti ch'erano poi riempiti di boccette di varia grandezza. Egli non comprese subito e per vedere meglio prese la candela. Qualche cassetto era pieno fino all'orlo di boccette brillanti lietamente con dei bagliori gialli misteriosi di tesoro rinchiuso; in altri cassetti c'era ancora posto, e la distribuzione era fatta in modo che s'indovinava i proposito di completare ordinatamente la strana collezione. Una sola boccetta era fuori di posto, e in quella c'era ancora un resto di liquido trasparente. L'odore del liquido non lascio luogo a dubbi; doveva essere dell'etere profumato. Il dottor Carini aveva avuto ragione: Amalia aveva cercato l'oblio nell'ebrietà. Non ebbe del rancore verso la sorella neppure per un attimo perché la conclusione a cui corse subito la sua mente fu una sola: Amalia era perduta. Quella scoperta valse perciò a ricondurlo finalmente a lei.

Richiuse accuratamente l'armadio. Non aveva saputo tutelare la vita della sorella; avrebbe ora tentato di conservarne intatta la riputazione.

L'aurora s'avanzava fosca, esitante, triste. Sbiancava la finestra ma lasciava intatta la notte nell'interno della stanza. Parve che un raggio solo vi penetrasse, perché sui cristalli sul tavolo, la luce del giorno si franse colorandovisi, azzurrina e verde, fine e mite. Sulla via soffiava ancora il vento, cogli stessi suoni regolari, trionfali, che aveva avuti quando Emilio aveva abbandonato Angiolina.

Nella stanza invece v'era una grande quiete. Da parecchie ore il delirio di Amalia non si traduceva che in parole mozze. S'era quietata sul fianco destro, la faccia vicinissima alla parete, gli occhi sempre aperti.

Il Balli andò a riposare nella stanza di Emilio. Aveva pregato di non lasciarlo dormire più di un'ora.

Emilio s'assise di nuovo al tavolo. Si scosse terrorizzato: Amalia non respirava più. Anche la signora Elena se n'era accorta e si era rizzata. L'ammalata guardava sempre con gli occhi spalancati la parete, e qualche istante appresso riprese a respirare. I primi quattro o cinque respiri parvero di persona sana, e Emilio ed Elena si guardarono sorridendo e pieni di speranza. Ma ben presto quel sorriso morì sulle labbra, perché il respiro di Amalia andò accelerandosi, per appesantirsi poi e quindi cessare di nuovo. La sosta questa volta durò tanto ch'Emilio dallo spavento gridò. Il respiro riprese come prima, calmo per breve tempo, e poi subito affannoso vertiginosamente. Fu uno stadio dolorosissimo per Emilio. Per quanto, dopo un'ora d'intensa attenzione, egli si fosse potuto accertare che quella momentanea cessazione di respiro non era la morte e che la respirazione regolare che seguiva non preludiava alla salute, egli, dall'ansia, tratteneva anche lui il respiro quando cessava quello di Amalia, si abbandonava a sperare pazzamente quando sentiva riprendere quel respiro calmo e ritmico, e soffriva fino alle lagrime al disinganno di vederla ritornare all'affanno.

L'alba illuminava oramai anche il letto. La nuca grigia della signora Elena che, accontentandosi di un riposo superficiale da buona infermiera, teneva reclinata la testa sul petto, appariva tutta d'argento. Per Amalia la notte non sarebbe cessata più. La testa spiccava ora coi contorni precisi sul guanciale. I capelli neri non avevano mai avuta tanta importanza su quella testa come durante la malattia. Pareva un profilo di persona energica, con gli zigomi sporgenti e il mento aguzzo.

Emilio puntellò le braccia sul tavolo e poggiò la fronte sulle mani. L'ora in cui egli aveva maltrattata Angiolina gli pareva lontana lontana, perché di nuovo egli non si riteneva capace di un'azione simile; non trovava in sé l'energia né la brutalità che c'erano volute a compierla. Chiuse gli occhi e s'addormentò. Gli parve poi d'aver sempre percepito anche nel sonno il respiro di Amalia e di aver continuato a risentirne come prima spavento, speranza e disinganno.

Quando si destò era giorno fatto. Amalia con gli occhi spalancati guardava la finestra. Egli s'alzò e, sentendolo muoversi, ella lo guardò. Quale sguardo! Non più di febbre, ma di persona stanca a morte, che dell'occhio proprio non interamente disponga e le occorra sforzo e ricerca per guidarlo. – Ma che cosa ho, Emilio? Io muoio!

L'intelligenza era ritornata ed egli, dimenticata l'osservazione fatta su quell'occhio, riebbe intera la speranza. Le disse ch'ella era stata molto male, ma che adesso – si capiva – risanava. L'affetto che si sentiva in cuore traboccò e si mise a piangere dalla consolazione. Baciandola gridò che da allora sarebbero vissuti insieme uniti, uno per l'altro. Gli pareva che tutta quella notte tormentosa non ci fosse stata che per prepararlo a tale inaspettata felice soluzione. Poi ricordò tale scena con vergogna. Pareva a lui stesso di aver voluto approfittare di quel solo lampo di intelligenza in Amalia per quetare la propria coscienza.

La signora Elena accorse per calmarlo e ammonirlo di non agitare l'ammalata. Disgraziatamente Amalia non capiva. Pareva tanto fissa in un'idea unica da averne occupati tutti i sensi: – Dimmi – pregò – che cosa è accaduto? Ho tanta paura! Ho visto te e Vittoria e... – Il sogno s'era mescolato alla realtà; e la sua povera mente fiaccata non sapeva sciogliere la complicata matassa.

– Cerca di capire! – pregò Emilio con calore. – Hai sognato ininterrottamente da ieri. Riposa adesso, e poi penserai. – L'ultima frase era stata detta in seguito a un nuovo gesto della signora Elena la quale perciò attirò a sé l'attenzione di Amalia – Non è Vittoria – disse la poverina evidentemente tranquillata. Oh, quella non era l'intelligenza che poteva essere considerata quale il nunzio della salute; si manifestava con soli lampi che minacciavano d'illuminare e rendere sensibile il dolore. Emilio ne ebbe altrettanta paura come prima del delirio.

Entrò il Balli. Aveva udita la voce d'Amalia e veniva anche lui, sorpreso dell'insperato miglioramento. – Come sta, Amalia? – le domandò affettuosamente.

Ella lo guardò con un'espressione di sorpresa incredula: – Ma dunque non era un sogno? – Considerò lungamente Stefano; guardò poi il fratello e di nuovo il Balli come se avesse voluto confrontare i due corpi e cercare se a uno dei due fosse mancato l'aspetto della realtà. – Ma Emilio – esclamò, – io non capisco!

– Sapendoti ammalata – spiegò Emilio – ha voluto farmi compagnia questa notte. E sempre il vecchio amico di casa nostra.

Ella non udiva bene: – E Vittoria? – domandò.

– Non è mai stata qui questa donna – disse Emilio.

– Egli ha diritto di far così. E tu resta pure con loro – borbottò ella ed ebbe negli occhi un lampo di rancore. Poi dimenticò tutto e tutti guardando la luce alla finestra.

Stefano le disse: – Mi ascolti, Amalia! Io non ho mai conosciuta quella Vittoria di cui ella parla. Sono il suo devoto amico e sono rimasto qui per assisterla.

Ella non ascoltava. Guardava la luce alla finestra con un evidente sforzo per acuire l'occhio semispento. Guardava estatica, ammirando. Ebbe una brutta smorfia che pure rassomigliò a un sorriso.

– Oh – disse – quanti bei fanciulli. – Ammirò lungamente. Il delirio era ritornato. Ci fu però una sosta fra i sogni della notte e le immagini luminose ch'erano vestite del colore dell'aurora. Vedeva bimbi rosei ballare al sole. Un delirio di poche parole. Designava l'oggetto che vedeva e null'altro. La propria vita era dimenticata. Non nominò il Balli, né Vittoria, né Emilio. – Quanta luce – disse affascinata. Anch'ella s'illuminò. Sotto alla pelle diafana si vide salire il sangue rosso e colorarle le gote e la fronte. Ella mutava ma non sentiva se stessa. Guardava le cose che sempre più s'allontanavano da lei.

Il Balli propose di chiamare il medico. – È inutile – disse la signora Elena che da quel rossore aveva capito a qual punto si fosse.

– Inutile? – domandò Emilio spaventato di sentir ripetuto da altri il proprio pensiero.

Infatti, poco dopo, la bocca d'Amalia si contrasse in quello strano sforzo in cui pare che da ultimo anche i muscoli, inetti a ciò, vengano costretti a lavorare per la respirazione. L'occhio guardava ancora. Ella non disse più alcuna parola. Ben presto al respiro s'unì il rantolo, un suono che pareva un lamento, proprio il lamento di quella persona dolce che moriva. Pareva risultato da una desolazione mite; pareva voluto, un'umile protesta. Era infatti il lamento della materia che, già abbandonata disorganizzandosi, emette i suoni appresi nel lungo dolore cosciente.

Capitolo XIV

L'immagine della morte è bastevole ad occupare tutto un intelletto. Gli sforzi per trattenerla o per respingerla sono titanici, perché ogni nostra fibra terrorizzata la ricorda dopo averla sentita vicina, ogni nostra molecola la respinge nell'atto stesso di conservare e produrre la vita. Il pensiero di lei è come una qualità, una malattia dell'organismo. La volontà non lo chiama né lo respinge.

Di questo pensiero Emilio lungamente visse. La primavera era passata, ed egli non se n'era accorto che per averla vista fiorire sulla tomba della sorella. Era un pensiero cui non andava congiunto alcun rimorso. La morte era la morte; non più terribile per le circostanze che l'avevano accompagnata. Era passata la morte, il grande misfatto, ed egli sentiva che i propri errori e misfatti erano stati del tutto dimenticati.

In quel periodo, per quanto poté, visse solitario. Evitò anche il Balli, il quale dopo di essersi contenuto tanto bene al letto di Amalia, aveva già perfettamente dimenticato il breve entusiasmo ch'ella aveva saputo inspirargli. Emilio non gli sapeva perdonare di non essergli più simile in questo. Era oramai la sola cosa che gli rimproverasse.

Quando la sua commozione s'affievolì, gli sembrò di perdere equilibrio. Corse al cimitero. La strada polverosa lo fece soffrire, e indicibilmente, il caldo. Sulla tomba prese la posa del contemplatore, ma non seppe contemplare. La sua sensazione più forte era il bruciore della cute irritata dal sole, dalla polvere e dal sudore. A casa si lavò e, rinfrescata la faccia, perdette ogni ricordo di quella gita. Si sentì solo, solo. Uscì col vago proposito d'attaccarsi a qualcuno, ma sul pianerottolo dove un giorno aveva trovato il soccorso invocato, ricordò che poco distante poteva trovare una persona che gli avrebbe insegnato a ricordare, la signora Elena. Egli – se lo disse salendo le scale egli non aveva dimenticata Amalia, la ricordava anche troppo, ma aveva dimenticata la commozione della sua morte. Invece che vederla rantolare nell'ultima lotta, la ricordava quando triste, spossata, con gli occhi grigi lo rimproverava del suo abbandono, oppure quando, sconfortata, riponeva la tazza preparata per il Balli o, infine, ricordava il suo gesto, la sua parola, il suo pianto d'ira e di disperazione. Erano tutti ricordi della propria colpa. Bisognava coprire il tutto con la morte d'Amalia; la signora Elena gliel'avrebbe rievocata. Amalia stessa era stata insignificante nella sua vita. Non ricordava neppure ch'ella avesse dimostrato il desiderio di riavvicinarsi a lui quando egli, per salvarsi da Angiolina, aveva tentato di rendere più affettuosa la loro relazione. La sua morte sola era stata importante per lui; quella almeno l'aveva liberato dalla sua vergognosa passione.

– La signora Elena è in casa? – domandò alla serva ch'era venuta ad aprire. In quella casa non si doveva essere abituati a ricevere molte visite. La serva – una biondina gentile – gli impedì il passo e si mise a chiamare ad alta voce la signora Elena. Questa venne nel corridoio oscuro da una porta laterale e si fermò nella luce che usciva dalla stanza.

«Come ho fatto bene a venire!», pensò Emilio giocondamente, sentendosi commosso al vedere la testa grigia di Elena, illuminata debolmente, mandare proprio quei riflessi che lo avevano colpito la mattina della morte di Amalia.

La signora Elena lo accolse con grande affetto. – È tanto tempo ch'io speravo di vederla. Mi fa proprio piacere.

– Lo sapevo – disse Emilio con le lagrime nella voce. L'amicizia offertagli da quella donna al letto di morte d'Amalia lo commoveva. – Ci conosciamo da poco, ma abbiamo passata insieme tale una giornata da sentircene legati più che non da anni d'intimità.

La signora Elena lo fece entrare nella stanza da cui era uscita, della forma del tinello del Brentani, sul quale era situata. L'arredo ne era semplice, anzi scarso, ma tutto era tenuto con grande accuratezza, e non vi si sentiva il bisogno di altri mobili. La semplicità appariva un po' eccessiva sulle pareti lasciate nude del tutto.

La serva portò una lampada a petrolio accesa, augurando ad alta voce la buona sera. Quindi uscì.

La signora le guardò dietro con un buon sorriso: – Non posso levarle l'abitudine un po' campagnuola d'augurare la buona sera quando porta il lume. Del resto è un uso che non dispiace. Giovanna è tanto buona. Troppo ingenua. È strano di trovare ai nostri tempi una persona ingenua. Viene voglia di guarirla da una malattia tanto adorabile. Quando le racconto qualche cosa dei costumi moderni, fa tanto d'occhi. – Ella rise di cuore. Imitava la persona di cui parlava spalancando i buoni piccoli occhi; pareva la studiasse per goderne di più.

La biografia della serva aveva interrotta la commozione di Emilio. Per chiarire un dubbio che gli venne, raccontò d'essere stato quel giorno al cimitero. Infatti il suo dubbio fu subito risolto, perché, senz'alcuna esitazione, la signora disse – Io al cimitero non vado mai. Non ci sono stata dal giorno della morte di sua sorella. – Dichiarò poi ch'ella sapeva oramai che con la morte non si lotta. – Chi è morto è morto e il conforto non può venire che dai vivi. – Aggiunse senz'alcuna amarezza: – Purtroppo, ma è così. – Disse poi ch'era stata tolta all'incanto dei ricordi dalla breve assistenza prestata ad Amalia. La tomba del figliuolo non le dava più quella commozione che sconvolge e rinnova. Parlava veramente i pensieri d'Emilio; certo non più, quando concluse con un assioma morale. – Vi sono i vivi che hanno bisogno di noi.

Riparlò di Giovanna. Costei, per sua fortuna, era stata colta da una malattia ed Elena l'aveva assistita e salvata. Si erano trovate durante quella malattia. Quando la fanciulla risanò, la signora comprese che suo figlio riviveva in lei. – Più mite, più buono, più riconoscente, oh, tanto riconoscente – Anche il suo nuovo affetto le dava pensieri e dolori: – Giovanna era innamorata...

Emilio non l'udiva più. Era occupato tutto dalla soluzione di un grave problema. Andandosene salutò con rispetto sulla porta la serva, quella che aveva trovato il modo di salvare dalla disperazione un suo simile. – Strano – pensò, – sembrerebbe che metà dell'umanità esista per vivere e l'altra per essere vissuta. – Ritornò subito col pensiero al proprio caso concreto: – Angiolina esiste forse solo acciocché io viva.

Camminò tranquillo, rinato, nella notte fresca che era seguita alla giornata afosa. L'esempio della signora Elena gli aveva provato che anche lui poteva trovare ancora nella vita il suo pane quotidiano, la ragione d'essere. Questa speranza l'accompagnò per parecchio tempo; aveva dimenticato tutti gli elementi di cui si componeva la sua misera vita, e credeva che il giorno in cui avesse voluto, avrebbe potuto rinnovarla.

Le prime prove che fece fallirono. Aveva tentato di nuovo l'arte e non gliene era risultata alcuna commozione. Avvicinò delle donne e le trovò poco importanti. – Io amo Angiolina! pensò.

Un giorno il Sorniani gli raccontò che Angiolina era fuggita col cassiere infedele di una Banca. Il fatto aveva destato scandalo in città.

Fu una sorpresa dolorosissima per lui. Si disse: – M'è fuggita la vita. – Invece, per qualche tempo, la fuga d'Angiolina lo ripose in piena vita, nel più vivace dei dolori e dei risentimenti. Sognò vendette e amore, come la prima volta in cui l'aveva abbandonata.

Andò dalla madre d'Angiolina, quando già questo risentimento s'era affievolito, come era andato da Elena quando il ricordo d'Amalia aveva minacciato d'attenuarsi. Anche questa visita gli fu imposta da un suo preciso stato d'animo che domandava in quel dato momento un nuovo impulso, tant'è vero che la fece in ore d'ufficio, incapace di ritardarla neppure di minuti.

La vecchia l'accolse con l'antica gentilezza. La stanza d'Angiolina aveva cambiato un po' d'aspetto, denudata di tutte le cianfrusaglie che l'Angiolina aveva raccolte nella sua lunga carriera. Anche le fotografie erano scomparse e dovevano oramai adornare la parete di qualche stanza in altro paese.

– È dunque fuggita? – domandò Emilio con amarezza e ironia. Gustava quell'istante come se avesse parlato ad Angiolina stessa.

La Zarri negò che Angiolina fosse fuggita. Era andata a stare in casa di parenti che abitavano a Vienna. Emilio non protestò, ma poco dopo, cedendo al suo imperioso desiderio, riprese il tono d'accusatore che si era tentato di togliergli. Disse ch'egli aveva previsto tutto. Aveva tentato di correggere Angiolina e di segnarle la via retta. Non vi era riuscito e ne rimaneva scorato; ma era ben peggio per Angiolina, ch'egli non avrebbe lasciata mai, se ella l'avesse trattato altrimenti.

Non avrebbe poi saputo ripetere le parole ch'egli pronunziò in quel momento tanto importante, ma dovettero essere efficacissime, perché la signora Zarri si mise a singhiozzare con certi singhiozzi strani, secchi; gli volse le spalle e se ne andò. Egli la seguì con lo sguardo un po' sorpreso dell'effetto prodotto. I singhiozzi erano certo sinceri; la scuotevano tutta fino ad impedirle il passo.

– Buon giorno, signor Brentani – gli disse, entrando con un bell'inchino e offrendogli la mano, la sorella d'Angiolina. – Mamma è andata di là perché sta poco bene. Se ella vuole ritorni un altro giorno.

– No! – disse Emilio solennemente come se stesse per abbandonare Angiolina. – Io non ritornerò mai più. – Accarezzò i capelli della fanciulla, più scarsi, ma del colore identico di quelli di Angiolina – Mai più! – ripeté, e con intensa compassione bacio la fanciulla sulla fronte.

– Perché? – domandò lei gettandogli le braccia al collo. Stupefatto egli si lasciò coprire la faccia di baci tutt'altro che infantili.

Quando riuscì a togliersi da quell'abbraccio, la nausea aveva distrutta in lui qualsiasi commozione. Non sentì alcun bisogno di continuare la predica incominciata e se ne andò dopo di aver fatta una carezza paterna, indulgente alla fanciulla, ch'egli non voleva lasciare afflitta.

Una grande tristezza lo colse quando si trovò solo sulla via. Sentiva che la carezza fatta per compiacenza a quella fanciulla segnava proprio la fine della sua avventura.

Egli stesso non sapeva quale periodo importante della sua vita si fosse chiuso con quella carezza.

Lungamente la sua avventura lo lasciò squilibrato, malcontento. Erano passati per la sua vita l'amore e il dolore e, privato di questi elementi, si trovava ora col sentimento di colui cui è stata amputata una parte importante del corpo. Il vuoto però finì coll'essere colmato. Rinacque in lui l'affetto alla tranquillità, alla sicurezza, e la cura di se stesso gli tolse ogni altro desiderio.

Anni dopo egli s'incantò ad ammirare quel periodo della sua vita, il più importante, il più luminoso. Ne visse come un vecchio del ricordo della gioventù. Nella sua mente di letterato ozioso, Angiolina subì una metamorfosi strana. Conservò inalterata la sua bellezza, ma acquistò anche tutte le qualità d'Amalia che morì in lei una seconda volta. Divenne triste, sconsolantemente inerte, ed ebbe l'occhio limpido ed intellettuale. Egli la vide dinanzi a sé come su un altare, la personificazione del pensiero e del dolore e l'amò sempre, se amore è ammirazione e desiderio. Ella rappresentava tutto quello di nobile ch'egli in quel periodo avesse pensato od osservato.

Quella figura divenne persino un simbolo. Ella guardava sempre dalla stessa parte, l'orizzonte, l'avvenire da cui partivano i bagliori rossi che si riverberavano sulla sua faccia rosea, gialla e bianca. Ella aspettava! L'immagine concretava il sogno ch'egli una volta aveva fatto accanto ad Angiolina e che la figlia del popolo non aveva compreso.

Quel simbolo alto, magnifico, si rianimava talvolta per ridivenire donna amante, sempre però donna triste e pensierosa. Sì! Angiolina pensa e piange! Pensa come se le fosse stato spiegato il segreto dell'universo e della propria esistenza; piange come se nel vasto mondo non avesse più trovato neppure un *Deo gratias* qualunque.